# कुछ आपबीती कुछ जगबीती

(कहानी-संग्रह)

# कुछ आपबीती कुछ जगबीती

अनुमिता शर्मा

वाणी प्रकाशन ग्रुप

भारतीय ज्ञानपीठ

वाणी प्रकाशन : भारतीय ज्ञानपीठ की पुस्तकों के एकमात्र प्रकाशक एवं वितरक

लोकोदय ग्रन्थमाला : ग्रन्थांक 1417

सजिल्द पहला संस्करण : 2019
सजिल्द दूसरा संस्करण : 2026

वाणी प्रकाशन : भारतीय ज्ञानपीठ की पुस्तकों के एकमात्र प्रकाशक एवं वितरक

**वाणी प्रकाशन**

4695, 21-ए, दरियागंज, नयी दिल्ली-110 002
दूरभाष : 011-23273167, 23275710
ईमेल : sales@vaniprakashan.in
www.vaniprakashan.com

**ISBN : 978-93-5775-748-5**

**मूल्य : ₹ 325**

**कुछ आपबीती कुछ जगबीती**

*(कहानी-संग्रह)*

**अनुमिता शर्मा**



KUCHH AAPBITI KUCHH JAGBITI
*(Short-Stories)*
by Anumita Sharma

आवरण-चित्र : संजय दुबे
मुद्रक : आर. टेक ऑफ़सेट प्रिंटर्स, दिल्ली-110 032

मेरी बहन अनुभा
के लिए

# क्या-कुछ?

हिंदी न्यूज़ चैनलों पर हर न्यूज़-रीडर के मुँह से यह उक्ति अवश्य सुनी होगी- 'क्या-कुछ'! जैसे- 'सुनते हैं आज किस राजनेता ने क्या-कुछ कहा। देखते हैं आज देश में क्या-कुछ हुआ।' सुनने में बड़ा अजीब लगता है। जब केवल 'क्या' बोल कर अपनी बात कही जा सकती है तो सब 'क्या' के पीछे 'कुछ' क्यों लगाते हैं? आज पहली बार जब अपनी किताब के लिए भूमिका लिखने बैठी तो यही याद आ गया। आख़िर कुछ आपबीती और कुछ जगबीती में 'क्या-कुछ' है? यही तो लिखना है! तो क्यों ना इसी विचित्र कथन से बात शुरू की जाये। मैं भी अपनी किताब का शीर्षक केवल 'आपबीती और जगबीती' रख सकती थी। मैंने आपबीती और जगबीती के आगे 'कुछ' क्यों लगाया? इसलिए क्योंकि मेरी कहानियाँ काल्पनिक तो हैं किन्तु उनमें जो वास्तविक जीवन के पुट हैं वो कुछ अपनी आपबीती और कुछ जाने-पहचाने लोगों की परिस्थियों से प्रेरित हैं। कहानियाँ ऐसे ही तो बनती हैं- कुछ जो ख़ुद पर बीती और कुछ जो जग में बीती। इस कहानी के छः पात्र जब एक-एक कर अपनी कहानी कहते हैं तो वहाँ उपस्थित हर व्यक्ति को ऐसा लगता है मानों उनकी कहानी भी उससे मिलती-जुलती है।

कहानियाँ सुनने और पढ़ने का शौक़ तो बचपन से था और तब परी-कथाएँ सुनते हुए मानो मैं भी पंख लगाकर किसी दूसरी दुनिया में उड़ जाती। आज भी जब यथार्थ से डर लगे तो कहानियों की स्वप्निल दुनिया कुछ समय के लिए पलायनवाद का काम करती हैं। यथार्थवाद और फंतासी को एक तरह से जोड़ने का काम साहित्य में जादुई यथार्थवाद यानि मैजिकल रियलिज्म ने किया है। उसकी सर्वश्रेष्ठ कलाकृति, अतीत का एक मोड़, पूर्णिमा का चाँद, रामचरित्तर की दुल्हन और कुछ आपबीती और कुछ जगबीती कहानियों में इसी जादुई यथार्थवाद की झलकियाँ हैं। स्त्री हो या पुरुष - अकेलेपन का डर सभी को है परन्तु जब रिश्ते ही इंसान को अकेला बना दें तो उसका काल्पनिक लोक में भटकना स्वाभाविक है। मेरी कहानियों की स्त्रियाँ स्वतंत्र हैं। उनमें भी मानवीय कमज़ोरियाँ हैं। वे रिश्तों का महत्त्व समझती हैं, उन्हे प्रेम एवं दोस्ती की आवश्यकता है, अपितु वे विवाह या अन्य बंधनों को अपने जीवन का उद्देश्य नहीं

मानतीं। कुछ पुरुष किरदार रूढ़िवादी हैं जो ऐसी स्त्रियों से पटरी नहीं बिठा पाते लेकिन कुछ पुरुष प्रगतिशील भी हैं। मेरा हमेशा से यह मानना रहा है कि जब तक पुरुषों की सोच में बदलाव नहीं आएगा तब तक नारी सशक्तिकरण की मुहिम अधूरी है।

लेखन जगत में मेरा अभी तक का अनुभव अंग्रेज़ी उपन्यास लिखने का रहा है। कहानी किसी भी भाषा में लिखूँ, जब भी मैं लिखती हूँ, ददिहाल और ननिहाल के गाँवों में बिताये बचपन के दिन और रंग-बिरंगे ग्रामीण ज़रूर याद आते हैं। सौभाग्यवश, महानगर के साथ मुझे गाँव और छोटे शहरों में भी रहने का अनुभव प्राप्त हुआ और सभी परिवेशों को मैंने अपनी कहानियों में जगह दी है। गाँव की कहानियों में कुछ शब्द और बोलने के लहजे में बिहार के मुज़फ़्फ़रपुर और सीतामढ़ी इलाक़े में बोली जाने वाली स्थानीय भाषा वज्जिका की छाप है। मुझे लम्बी कहानियाँ लिखने की आदत है, जिनमें लम्बे विवरण, और लम्बे आत्मचिंतन होते हैं, क्योंकि ज़्यादातर घटनाएँ मेरे पात्रों के दिमाग़ में चलती हैं और संवाद दूसरे किरदारों से अधिक अपने-आप से होता है। कम शब्दों में ज़्यादा कहना और छोटी सी कहानी को दिलचस्प प्लॉट देना एक अद्‌भुत कला है। मातृभाषा में छोटी कहानियाँ लिखने की यह मेरी पहली कोशिश है और किताब आपके सामने है। प्रतिक्रियाओं की प्रतीक्षा रहेगी।

# अनुक्रम


| | |
|---|---|
| रामचरित्तर की दुल्हन | 11 |
| चंदर की बिलाई | 20 |
| पाया | 27 |
| जड़ों की जड़ता | 35 |
| उसकी सर्वश्रेष्ठ कलाकृति | 45 |
| अतीत का एक मोड़ | 54 |
| पूर्णिमा का चाँद | 63 |
| मध्यांतर | 70 |
| राजाराम | 78 |
| कुछ आपबीती कुछ जगबीती | 85 |

# रामचरित्तर की दुल्हन

बहेरा वाली दाई जी मर गयीं। सुबह ठीक-ठाक थीं। उठ कर चाय नाश्ता किया। फिर मिठाई खाने को दिल मचलने लगा। मिठाई मना जो थी! डायबीटीज़ था और सीतामढ़ी के बड़े डॉक्टर के फ़रमान के बाद चाय में चीनी भी बंद कर दी गयी थी। कभी-कभी तो कुछ मीठा चखने का इतना मन करता कि बेचारी आँखें बंद कर बहुत सालों पहले खाई किसी स्वादिष्ट मिठाई को याद करतीं और याद से ही उसका स्वाद लेने की कोशिश करतीं। उस दिन यह तरकीब भी काम नहीं कर रही थी। सारी रात सपने में मिठाई की दुकानों में लड्डू-पेड़ों के बीच घूम रही थीं। एक बड़ा सा, सफ़ेद क्रीम से लदा, चाशनी में डूबा, चमचम खाने के लिए मुँह खोला ही था कि नींद खुल गयी और बस सुबह से किसी काम में ध्यान नहीं लग रहा था। रोटी, कपड़ा, ज़मीन हर जगह चमचम दिखता। फिर एक बारी में काम करते जन को बुलाया और सौ का नोट दे कर बोलीं कि चुपके से बाज़ार जा कर बेनिया की दुकान में जो ताज़ी मिठाई मिले ले आए। मिठाई डेढ़ घंटे के भीतर आ गयी और जब उन्होंने डब्बा खोला तो अंदर चमकते हुए चमचम दिखे। ख़ुशी से बाँछे खिल गयीं। एक चमचम खा भी लिया पर जब दूसरा खाने के लिए मुँह खोला तो प्राण पखेरू उड़ गये।

"मरने से पहले ए गो मिठाई चीख ली", नैनहावाली चाची ने रामचरित्तर बाबा को सांत्वना देते हुए कहा। वो दाई के शव की बग़ल में बैठे दहाड़ें मार कर रो रहे थे। बारह-तेरह दिन तो कर्म-कांड में निकल गये। उसके बाद घर के सब लोग अपने काम-काज में लग गये पर रामचरित्तर बाबा का रोना कम ना हुआ। भरा-पूरा आँगन था रामचरित्तर बाबा का। कोई कमी ना थी। दो बेटे थे, उनकी बहुएँ थीं, पोते-पोती थे। तीनों बेटियों का ब्याह हो चुका था। बेटियाँ अपने परिवार के साथ माँ के श्राद्ध में आई हुई थीं । वो भी एक-एक कर अपने ठिकाने लौट गयीं। बेटे खेती-बाड़ी में व्यस्त हो गये, पोते-पोती स्कूल जाने लगे, और बहुओं को तो वैसे भी घर के काम से साँस लेने की फ़ुरसत नहीं मिलती। रामचरित्तर बाबा करें तो क्या? बहेरा वाली दाई उनका खाने-पीने का ख़याल करतीं, इधर उधर की बातें बतातीं, दोनों की किसी ना किसी बात पर रोज़

खटपट भी होती, और पूरा दिन बीत जाता। अब तो घर-आँगन सब काटने को दौड़ता।

बाबा कभी कमरे में बैठ कर सुबकते तो कभी आँगन में ज़ोर- ज़ोर से विलाप करते। चौबीसों घंटे उनका रुदन सुनते-सुनते बहुओं का सर दुखता। घर में काम करने वाली नउरी मुँह बना कर हँसती और पास-पड़ोस के लोग तरह-तरह के सवाल करते। बच्चे स्कूल से आकर चिड़चिड़ाते। बेटे पत्नियों की शिकायतें सुन कर आजिज़ आ गये। बड़े बेटे चंदेसर ने पिता से कहा,

"बाबू जी, बस आप रोना बंद करिए। आपकी ख़ुशी के लिए सब तो कर रहा हूँ और क्या चाहिए? जो कहेंगे अगर औक़ात में होगा तो करूँगा पर आपका ये रोना अब और सहा नहीं जाता।"

"अगर तू मुझे सच में ख़ुश देखना चाहता है तो मेरी शादी करा दे।" चंदेसर अवाक् पिता का मुँह ताकने लगा। रामचरित्तर बाबा की उम्र कोई सत्तर-पचहत्तर के बीच रही होगी।

"बाबू जी, इस उमर में आपसे कौन शादी करेगा? जवान लड़की को जवान पति चाहिए और बुढ़िया तो ऐसा सोच भी नहीं सकती।"

"बुढ़िया मुझे चाहिए भी नहीं, बेटा। वो भी मर गयी तो? ना ना। जवान ना मिले तो कोई बीच के उम्र की ले आ। पर जैसे भी हो मेरा ब्याह कर दे।" और वो फिर ज़ार-ज़ार रोने लगे।

"बाबू जी, आप चुप हो जाइए। मैं क़सम खाता हूँ कि आपका ब्याह जल्दी से कराऊँगा।"

पिता को चुप करने के लिए चंदेसर ने वादा तो कर दिया पर जब एक महीना बीत गया और कोई लड़की ना मिली तो रामचरित्तर बाबा के सब्र का बाँध टूटने लगा। बेटे को डाँट लगाई,

"तुझे तेरी मरी हुई माँ की किरिया जो तूने अपनी क़सम तोड़ी!"

चंदेसर बड़ी मुश्किल में था। पिता के लिए बहू कहाँ से लाए? गाँव नेपाल बॉर्डर पर था। कुछ विशेष परिस्थियों में सम्पन्न परिवारों में भी उस तरफ़ से किसी ग़रीब लड़की को ब्याह कर लाने की पुरानी परम्परा थी। यह परिस्थिति अति विशेष थीं और भले ही नेपाल के गाँव भारत के ही गाँवों जितनी दूरी पर थे पर सीमा पार होने के कारण किसी सुदूर प्रदेश के लगते। उधर ही सुग्गा गाँव में चंदेसर के मित्र की रिश्तेदारी थी और नियमित आना-जाना था। सुग्गा वाली भौजाई से मशवरा कर वहीं पास के गाँव की एक अधेड़ औरत से बाप का ब्याह तय कर दिया। औरत बहुत ग़रीब पर अच्छे घर की थी। दहेज क्या ठीक से खाने के भी पैसे नहीं थी। अग़ल-बग़ल खाना पका कर अपना और बूढ़े माँ-बाप का पेट पालती। इसीलिए अविवाहित थी। माँ ने क़सम दे कर बेटी को शादी के लिए मना लिया। आख़िर दोनों बूढ़ा-बूढ़ी कब

तक ज़िंदा रहते और उनके बाद वह अकेली! रूपर से सुन्दर। अभी चालीस की उम्र भी नहीं रही होगी और लगती बस तीस।

बुड्ढे की क्या बारात निकलती? औरतें तो यूँ भी बारात नहीं जाती थीं सो गाँव के चार-पाँच मर्द चंदेसर और उसके पिता के साथ गये और दुल्हन लिवा लाये। ग़रीब माँ-बाप ने कुछ जोड़-जाड़ के मंदिर में शादी करा दी और बस एक मोटरी(गट्ठर) सर पर उठा कर नेपालन दाई ससुराल आ गयीं।

नेपालन दाई बहुत अभाव में रही थी। रामचरित्तर बाबा उनका ख़ूब लाड़ करते। रंग-बिरंगी साड़ियाँ लाते। आलता-बिंदी, इत्तर-फुलेल, स्नो-पाउडर किसी बात की कमी नहीं छोड़ते। बहेरा वाली दाई, जिनके लिए रो-रो कर पूरा घर सर पे उठा लिया था, उन्हें झट-पट भूल गये। नेपालन दाई पर सब साज़-सिंगार फबता। गोरा-चिट्टा गोल मुखड़ा हमेशा दमकता रहता। इतनी कड़ी मेहनत करती बड़ी हुई थीं कि शरीर भी चुस्त-दुरुस्त गठीला था। रामचरित्तर बाबा की बड़ी सेवा करतीं। खाना बनाने और घर के हर काम में तो माहिर थी हीं। कमरा साफ़-सुथरा सजा कर रखतीं और बाबा को रोज़ नये-नये व्यंजन पका कर खिलातीं। दोनों एक दूसरे से ख़ुश थे। रामचरित्तर बाबा को बस एक परेशानी थी। नेपालन दाई जब आँगन में पायल छनकाती मटक कर चलतीं तो चंदेसर उन्हें घूर कर देखता और वो भी सकपका जातीं। रामचरित्तर बाबा ने सोचा ये सब देख कर कुढ़ने से अच्छा है साफ़ पूछ लें। रात को सोने से पहले जब नेपालन दाई उनके पैरों में सरसों तेल की मालिश कर रहीं थीं तो बोले,

"देखो नेपाली बहू, मैं तुमसे बहुत प्रसन्न हूँ। वृद्ध हूँ पर तुम्हें कोई कमी नहीं होने दूँगा। अगर तुम भी मुझसे ख़ुश हो तो इतना बता तो कि चनदेसरवा तुम्हें ऐसे क्यों देखता है? मुझसे डरने की ज़रूरत नहीं। पति पत्नी को आपस में कोई बात नहीं छुपानी चाहिए। मुझ पर भरोसा करो और सब कह दो।"

यह सुनकर नेपालन दाई रोने लगीं। जब रामचरित्तर बाबा ने और समझाया-बुझाया तो बोलीं,

"चंदेसर से मेरी पुरानी पहचान है। वो जब भी सुग्गा आता मुझ से मिलता। मुझे बाद में पता लगा कि उसकी जनानी और बाल-बच्चा भी हैं। मुझे पैसे की ज़रूरत थी। माँ बीमार थी। क्या करती? सब कुछ चलता रहा फिर बंद हो गया। साल भर से हम नहीं मिले थे। फिर अचानक आया और अपने बाप से शादी कराने की बात कही। माँ ज़िद करने लगी तो मैं तैयार हो गयी। हमारे घर की हालत तो आप जानते हैं। मजबूरी थी। पर यहाँ आ कर मैं बहुत ख़ुश हूँ। चंदेसर से मेरा सम्बन्ध बहुत पहले नहीं रहा।" और फिर रोने लगीं।

"मुझे तुम पर भरोसा है। देखो, मेरी भी तो पहले एक पत्नी थी। तुम भी पहले की बात भूल जाओ। चंदेसर से कुछ नहीं कह सकता क्योंकि उसने तुमसे ब्याह करा के मुझ

पर अहसान किया है। वो तुम पर कोई बुरी नज़र नहीं डालेगा। तुम ये सब डर मन से निकाल दो। मैं तुम्हारा रखवाला हूँ।''

दोनों के हृदय से जैसे एक बोझ उतर गया। उसके बाद वो और ख़ुश रहते। चंदेसर देखता तो नेपालन दाई ध्यान नहीं देतीं। गाँव के लोग उनकी बेमेल जोड़ी का मज़ाक बनाते पर वो अपने में मस्त थे। कुछ महीनों बाद एक बेटा भी हो गया। बेटे की देख-भाल में नेपालन दाई पति को नहीं भूलीं। एक रात तो इतनी तरह के पकवान बनाये कि रामचरित्तर बाबा गिनती भूल गये। तली हुई मछली, बटेर का माँस, आलू का भुजिया, किशमिश-काजू वाला पुलाव, और सूजी का घी से लबालब हलवा डकार कर बिस्तर पर पड़ गये। बड़ी मीठी नींद आ रही थी जैसे सुगंधित हवा में तैर रहे हों। बच्चा रो रहा था और नेपालन दाई उसे थपथपा कर आँगन में घुमाते हुए सुला रही थीं। उनकी चूड़ी की खनक और पायल की झनक किसी मधुर संगीत से कम ना थी। वो शायद कोई लोरी भी गुनगुना रही थीं। बच्चे की वजह से कभी-कभी दाई रामचरित्तर बाबा के पैरों में तेल नहीं लगा पातीं लेकिन बाबा को कोई शिकायत नहीं थी। जब वो तेल लगातीं बाबा उनकी चूड़ियों की खनक सुनते सो जाते। वही खनक बच्चे को थपथापते हुए भी आती और तब तो रामचरित्तर बाबा को लगता वो दुनिया के सबसे सुखी पुरुष हैं।

सुबह आँख देर से खुली। रामचरित्तर बाबा उठ कर हाथ-मुँह धो नेपालन दाई को ढूँढने लगे। वे आँगन के कोने में लगे चापा-कल के पास बैठी तरकारी धो रहीं थी। शायद नहा भी चुकी थीं। नई लाल साड़ी जो बाबा दो दिन पहले ही गाँव के हाट से लाए थे पहन कर और सुंदर लग रही थीं। कोहनियों तक भर के सतरंगी चूड़ियाँ पहनी थीं। माथे पर रुपए जितना बड़ा कुमकुम का टीका था।

''अरे नेपाली बहू, आज सिंगार-पटार ही करती रही क्या? चाय भी नहीं लाई?'' उन्होंने रूठी सी आवाज़ में दुलार से पुकारा। नेपालन दाई ने कोई जवाब नहीं दिया और अपना काम करती रहीं।

''अरे, ग़ुस्सा हो गयी? मैं तो मज़ाक कर रहा था।'' नेपालन दाई फिर भी नहीं उठीं। रामचरित्तर बाबा बड़ा चकराए। बार-बार पुकारते रहे पर नेपालन दाई टस से मस नहीं हुईं। सुकूलिया नउरी जो घर के काम में हाथ बँटाती थी वो भी कुएँ से रात के बर्तन धो कर ले आई और बोली,

''मालकीन, मालिक अभी तक नहीं उठे क्या?'' जबकि वह सामने खड़े थे।

''रात कुछ ज़्यादा खा लिए थे। थोड़ी देर पहले देखा तो इतने आराम से सो रहे थे कि जगाने का मन नहीं हुआ। अब चाय नाश्ता बना कर ही उठाऊँगी।'' नेपालन दाई बोलीं और उठ कर चौके में चली गयीं।

अब रामचरित्तर बाबा को ग़ुस्सा आने लगा। वो बहुत चीखे चिल्लाये पर दोनों

औरतों के कानों में जूँ तक नहीं रेंगी। भनभनाते हुए कमरे में लौट आये। बिस्तर पर लेटने लगे तो हतप्रभ रह गये। ये आज के दिन हो क्या रहा था? हाथ-पैर काँपने लगे। पसीने छूटने लगे। पता नहीं कब तक खड़े बिस्तर की तरफ़ देखते रहे। उनके सामने उन्हीं के बिस्तर पर कोई और सो रहा था। उससे भी हैरानी की बात ये कि वो बिल्कुल उन्ही का रूप था। वही पक्का साँवला रंग, वही तोते जैसी मुड़ी हुई नाक, वैसे ही मोटे लटके होंठ, बिल्कुल टक़ला सर, और सफ़ेद घनी मूँछें। ये माजरा क्या था?

नेपालन दाई चाय नाश्ता ले आईं और खाट पर सोए आदमी को जगाने लगीं। उसके चेहरे पर अजीब सी मुस्कान थी। वो बिल्कुल बेसुध सोया था। मुँह एक तरफ़ खुला हुआ और टेढ़ा लग रहा था।

"मालिक, उठिए। दिन चढ़ आया। चाय नाश्ता दोनों लाई हूँ। आपकी पसंद के प्याज़ के पकौड़े बनाए हैं। गरम-गरम खा लीजिए।"

जब वह आदमी नहीं उठा तो नेपालन दाई घबरा कर नउरी को पुकारने लगीं।

"सुकूलिया सुकूलिया देखो तो मालिक को क्या हुआ!"

सुकूलिया दौड़ती हुई आई और वो भी उस आदमी को उठाने की कोशिश करने लगी।

"मालिक मालिक, मालिक तो गुज़र गये।" सुकूलिया प्रलाप करने लगी और नेपालन दाई तो जैसे सुन्न पड़ गयीं।

सुन्न तो रामचरित्तर बाबा भी पड़ गये थे। सब कुछ चुप-चाप देखते रहे। सुकूलिया ने रो-रो कर पूरे घर और फिर पूरे गाँव को इकट्ठा कर लिया। कुछ घंटे बाद जब गाँव के लोग उनके बेजान शरीर को उठा कर शमशान घाट ले गये तो बेचारे रामचरित्तर बाबा अपनी शव-यात्रा के पीछे भी चले! तब तक उस आदमी का मुँह और टेढ़ा हो गया था, होंठ और लटक गये थे, और रामचरित्तर बाबा को उस भयानक चेहरे से डर लगने लगा था। फिर चंदेसर ने जब वह बदबूदार देह जला दी तो उन्हें कुछ शांति मिली। पर शांति तुरंत भंग हो गयी। वह अपना क्रिया-कर्म देख कर सबके साथ घर लौटे तो नेपालन दाई को पहचान ही नहीं पाए। लाल साड़ी, चूड़ियाँ, सिंदूर, सब उतर गया था। वो एक मलीन सफ़ेद साड़ी में लिपटी कमरे में रो रही थीं। गाँव की कई औरतें उन्हें ढाँढस बँधा रही थीं।

रामचरित्तर बाबा से वह दृश्य ज़्यादा देर देखा नहीं गया! वह घर से निकल कर इधर उधर भटकने लगे। हर जाने--पहचाने व्यक्ति को रोक कर बातें करने की कोशिश करते। सबसे नेपालन दाई का ख़याल रखने की विनती करते। पर कोई उनकी तरफ़ नहीं देखता। सारा दिन यूँ ही भटकते और रोते-बिलखते निकला। रात को फिर घर लौटे तो नेपालन दाई का वेदना से भरा रूप कटारी की तरह हृदय पर लगा। हाँ, दिल वाली जगह पर कोई चीज़ अभी भी थी और शरीर मिटने के बाद मानो बिना किसी

ढाल के हो गयी थी। हर वार पर दिल और दुखता।

नेपालन दाई कुछ दिनों में सँभलने लगीं। बच्चा बहुत छोटा था। उसकी देख-भाल में दुःख कम होने लगा और फिर वो मन ही मन जानती थीं कि एक लम्बी उम्र उन्हें अकेली काटनी है। बूढ़े रामचरित्तर बाबा कब तक साथ रहते? नेपालन दाई ने जीवन में बड़े दुखों का सामना किया था और वो इस संभावना से भी निपटने के लिए तैयार थीं। उन्हें किसी बात की कमी नहीं थी। कुछ खेत और मकान का वो हिस्सा जिसमें वे पति के साथ रहतीं वो बाबा उनके नाम कर गये थे। उन्हें सब कुछ अपने बेटे के लिए संजों कर रखना था। नेपालन दाई खेत-खलिहानों में भी दिलचस्पी लेने लगीं। समय आराम से कट जाता। बस रात को रामचरित्तर बाबा की बहुत याद आती। कुछ अच्छा पकाती तो उन्हें और याद करतीं। कोई उनके व्यंजन खा कर तारीफ़ों के पुल बाँधने वाला नहीं था। सबका चूल्हा अलग था।

खाने-पीने की कमी नहीं थी पर देह की भूख कभी-कभी खलती। रामचरित्तर बाबा उस उम्र में जैसे फिर से जवान हो गये थे। देर रात तक मीठी-मीठी बातें करते। अगर नेपालन दाई किसी बात से रूठी रहतीं तो मान-मनौव्वल करते। जवानी के दिनों की मजेदार कहानियाँ सुनाते तो ऐसा लगता जैसे उन्ही दिनों में वापस चले गये हैं और नेपालन दाई कुछ प्यार और कुछ सहानुभूति से उनसे लिपट जातीं। 2-4 महीनों बाद सर्दियाँ शुरू हो गयीं और रात के सन्नाटे में अकेलापन सांप बन कर डँसने लगा। आधी रात को नेपालन दाई के कमरे के किवाड़ पर किसी ने दस्तक दी।

"कौन है?" नेपालन दाई हड़बड़ा के उठ गयीं। घर में फिर अनहोनी तो नहीं हो गयी सोचते हुए दरवाज़े की तरफ़ बढ़ी तो बाहर से आवाज़ आई।

"मैं हूँ चंदेसर।" और वो थमक कर रुक गयीं।

"क्या बात है?"

"बात? बात तो ख़ास नहीं। दरवाज़ा खोलो तो बताता हूँ।"

"अगर कोई ख़ास बात नहीं तो सुबह बता देना।"

रामचरित्तर बाबा आँगन में पड़े एक मचिया पर बैठे सब देख रहे थे। चंदेसर को लात-घूँसा सब लगाने का दिल हुआ पर मन मसोस कर रह गये। एक-दो दिन के अंतराल पर नेपालन दाई का किवाड़ फिर खड़का।

"नेपाली बहू एक बार दरवाज़ा तो खोलो। तुम तो ऐसे करती हो जैसे ये पहली बार है कि मैं रात को तुम्हारे पास आया हूँ।"

"वो बात और थी।" नेपालन दाई तमक कर बोलीं।

"अब तो बाबू जी नहीं रहे। बात फिर कुछ और हो गयी है। क्या तुम्हें मेरी थोड़ी भी याद नहीं आती?"

नेपालन दाई झूठ ना बोल सकीं। चंदेसर पहला प्यार था। उसकी याद में बड़े

आँसू बहाए थे। वो एकदम रामचरित्तर बाबा का युवा संस्करण था। वैसा ही गहरा साँवला रंग, ऊँची क़द-काठी, और काले अंगूर जैसे भरे होंठ। वही घनी मूँछें जिनके बाल अभी सफ़ेद से ज़्यादा काले थे और सर के बाल भी काफ़ी हद तक सलामत थे। उसने उन्हें धोखा तो दिया था पर अगर वो ठीक से सोचतीं तो लगता कि वैसे भी उनके जीवन में क्या था जो छिन गया? अगर वो सच में मर्यादा का पालन करने वाली होतीं तो चंदेसर के बाप से ब्याह नहीं करतीं। क्या मन ही मन उन्होंने कभी नहीं सोचा था कि चंदेसर उसी आँगन में रहेगा और शायद कभी उन दोनों का रिश्ता फिर बन जाएगा? रामचरित्तर बाबा के साथ जो कुछ मिला वो भी तो चंदेसर के कारण था। अगर वो मर्यादा के चक्कर में रहतीं तो भूखों मरतीं। फिर क्या गाँव में उनकी इज़्ज़त नहीं थी? वो बड़े घर की बहू थीं, सर पर पक्की छत थी, भंडार और गोद दोनों भरा था। अगर घड़ी दो घड़ी किसी मर्द से हँस बोल लें तो कोई उनका क्या बिगाड़ लेगा? यही सब सोच कर बिस्तर से उठने की कोशिश करतीं फिर जाने क्या सोच कर बदन जम जाता और हिल भी नहीं पातीं। चंदेसर लौट जाता।

रामचरित्तर बाबा की अवस्था और दयनीय थी। वो नेपालन दाई के मन में चल रहे बवंडर से अनभिज्ञ थे। वो बस ये देखते कि चंदेसरवा उनकी जवान और ख़ूबसूरत पत्नी को तंग कर रहा है। नेपाली बहू बेचारी बिस्तर में डर से जमी पड़ी है और वो उसके लिए कुछ नहीं कर पा रहे। फिर सोचते ये सब देख के क्या होगा? नेपालन दाई दरवाज़ा कभी नहीं खोलेंगी उन्हें पूरा विश्वास था और चंदेसर थक कर यह प्रयत्न छोड़ देगा। वो गाँव भर में मारे-मारे फिरते और विवेचना करते कि अपनी उस विचित्र दशा का क्या करें। शरीर होता तो आत्महत्या भी की जा सकती थी पर ऐसे अस्तित्व का क्या तात्पर्य था? कोई रास्ता नहीं सूझता।

कुछ हफ़्तों से गाँव के मंदिर में कहीं बाहर से एक सिद्ध पुरुष आए हुए थे। उन्हें देखने की भीड़ लगी थी। वो गेरुआ वस्त्र पहनते और जब खड़ाऊँ खड़काते चलते तो उनकी सफ़ेद दाढ़ी धरती को छूती। गोरे मुखमंडल पर विचित्र तेज़ था। छोटी-छोटी आँखें हमेशा बंद सी लगती, लम्बी खड़ी नाक का अलग ही रौब पड़ता, और चौड़े माथे से तो जैसे रोशनी निकलती। दिन भर मंदिर के बरगद के नीचे धुनी रमाये बैठे रहते और शाम को बस एक घंटा वहाँ एकत्रित भीड़ की समस्या सुनते। किसी को कुछ सलाह देते तो किसी को डाँट कर भगा देते। रामचरित्तर बाबा ज़्यादातर समय वहीं उनके बग़ल में बैठ कर बिताते। उस महात्मा के समीप एक अलौकिक शांति मिलती। एक दिन महात्मा जी बोले,

''कहो रामचरित्तर, आज मन कुछ ठंडा है?''

रामचरित्तर बाबा चौंक गये।

''महात्मा जी, आप मुझे देख सकते थे तो इतने दिनों से कुछ बोले क्यों नहीं?''

*"मैं सही समय की प्रतीक्षा कर रहा था। कहो, तुम्हारी क्या समस्या है?"* महात्मा जी हँस कर बोले।

"समस्या तो यही है महात्मा जी कि सब लोग कहते हैं मैं परलोक सिधार गया। जब सिधार गया तो इस लोक में क्यों अटका हूँ?"

"क्या तुम इतनी सरल बात नहीं जानते? तुम यहाँ स्वयं अटके हो! अपनी सुंदर स्त्री के मोह में। जब तुम्हारी आत्मा यहाँ जमी है तो परमात्मा क्या कर सकता है?"

"मेरी सहायता करिये प्रभु, आपकी शरण में हूँ। अब तो अपनी दुल्हन के मोह से कुछ मुक्त भी हो रहा हूँ। अपनी त्रिशंकु जैसी स्थिति से तंग आ गया हूँ।"

"रामचरित्तर, क्या तुमने कभी प्रभु को याद किया? शरण में जाना है तो अपने गोसाईं घर में जाओ। कुलदेवी की आराधना कर उन्हें प्रसन्न करो। वो तुम्हारे कुल की माँ हैं तुमपर दया अवश्य करेंगी।"

रामचरित्तर बाबा बड़े शर्मिंदा हुए। सचमुच, वो प्रभु को भूल ही गये थे। इस उम्र में भी वासना के चक्कर में पड़ कर भोग-विलास में लगे थे। भरसक भगवान ने उनसे मुँह फेर लिया था। मन पश्चाताप से भर गया। महात्मा जी के पैर छू कर उल्टे पैर घर लौटे और गोसाईं घर में देवी माँ के चरणों में गिरकर बहुत देर रोते रहे तो माँ प्रकट हुईं। बोलीं,

"रामचरित्तर उठो, संसार से मोह-भंग हुआ या नहीं?" दैविक रूप की चकाचौंध में रामचरित्तर बाबा की आँखें फटी रह गयीं। कुछ देर में संभल कर बोले।

"माँ, मुझ से ग़लती हुई कि एक बेचारी का जीवन बर्बाद किया। शायद उसे कोई और ठिकाना मिल जाता। पर जब हाथ पकड़ कर निभाने का वचन दिया था तो सोचा था कुछ साल और उसके साथ रहूँगा। इतनी जल्दी बिछड़ने से मति भ्रष्ट हो गयी। पर है तो मेरी अर्धांगनी। मुझे इस पापी संसार से मुक्त कीजिये परंतु अपने इस पुत्र की बस एक कामना रख लीजिये। अपनी स्त्री को चार शब्द कह कर विदा ले सकूँ इतना वरदान दीजिये।"

"अच्छी बात है। आज रात ही विदा ले लो," कह कर माँ अंतरध्यान हो गयीं। रात के बारह बज चुके थे। उधर चंदेसर नेपालन दाई का दरवाज़ा खटखटा रहा था।

"नेपाली बहू, आज तुम्हारे लिए चाँदी के कंगन लाया हूँ। ऐसी, जो विधवाएँ भी पहन सकती हैं। दरवाजा एक बार तो खोलो। अगर तुम्हें अच्छा ना लगे तो भगा देना। यहाँ कोई ज़ोर-ज़बरदस्ती थोड़े ही कर सकता हूँ। एक आवाज़ लगाओगी तो मेरी पत्नी बच्चे सब दौड़े आ जाएँगे।"

नेपालन दाई का मन कसमसाने लगा। सुबह से ही कुछ ना कुछ उल्टे-सीधे ख़याल आ रहे थे। बड़ी देर तक नहा कर मन शान्त किया फिर भी मन वहीं अटका था।

चंदेसर के साथ बिताए पल दिमाग़ में बार-बार कौंध रहे थे। चाँदी के कंगन के बारे में सुन कर जी और ललचा गया। कितने दिनों से उन्होंने कोई नई चीज़ नहीं ख़रीदी थी। गहने पहने तो लगा एक युग बीत गया। उनकी गोरी कलाइयों पर चाँदी के कड़े कितने खिलेंगे। अगर बदले में चंदेसर कुछ देर पास बैठ ले तो क्या जाता है? इतनी लम्बी ज़िन्दगी बिना किसी मर्द के संपर्क के कैसे निकलेगी। फिर ये तो घर की बात है किसी को पता भी नहीं लगेगा। किसी नए चक्कर में पड़ने से अच्छा है पुराने को ठोक-बजा के चलाया जाए। वो चंदेसर को ज़्यादा बहकने नहीं देंगी। मुट्ठी में बाँध कर रखेंगी।

क़दम अपने-आप दरवाज़े की तरफ़ बढ़ने लगे। सिटकिनी खोलने के लिए हाथ उठाने ही वाली थीं कि होश उड़ गये। सामने रामचरित्तर बाबा खड़े थे। चेहरे पर पत्नी से हमेशा के लिए बिछड़ने का अवसाद था। रोज़ की तरह चंदेसरवा नेपाली बहू को सता रहा था पर उनकी निष्ठावान स्त्री अपने सतीत्व के पथ पर अटल खड़ी थी। उसे छोड़कर अनंत यात्रा पर जाने का समय आ गया था और जाते-जाते भी रामचरित्तर बाबा को नेपालन दाई से फिर प्रेम हो गया। कहना तो बहुत कुछ था पर सिर्फ़ चार शब्द कह सकते थे। ऐसा क्या कहें कि उनकी दुल्हन को लगे वो मरने के बाद भी उसके पास हैं? थोड़ा सोच कर कुछ याद आया और बोले,

"मैं तुम्हारा रखवाला हूँ।" चार शब्द पूरे होते ही उनकी हवा में तैरती धुँधली छवि ग़ायब हो गयी। चारो शब्द नेपालन दाई के कानों में गूँज रहे थे। हाथ-पैर फूल गये। वो धम्म से ज़मीन पर गिर गयीं और फिर कभी दरवाज़ा खोलने की हिम्मत नहीं हुई।

# चंदर की बिलाई

नाना जी की हवेली मेरे ननिहाल के अत्यंत पिछड़े गाँव का सबसे बड़ा मकान थी। बड़े-बड़े ऊँची छतों वाले कमरे, उससे भी बड़ा आँगन, और घर के पास एक पोखर। पोखर की दूसरी तरफ़ कुछ दूरी पर, हमारी हवेली से नया पर काफ़ी बड़ा, एकमात्र दूसरा पक्का मकान था। उसकी भी अपनी शान-शौक़त थी। पर नाना जी की हवेली वाला शालीन वैभव, शायद पुरानी इमारतों की वक़्त के अनगिनत थपेड़े खाई दीवारों को ही मिल सकता था। उस मकान में भी हमारे ही कुछ रिश्तेदार रहते थे। शायद नाना जी के चचेरे भाई के बच्चे या फिर नाना जी के पिता के चचेरे भाई के बच्चे। गाँव की रिश्तेदारी मेरी समझ से परे थी। कई बार नानी ने बताया था पर मैं हर बार गड़बड़ा जाती। जो भी हो, वो रिश्ते में कुछ लगते थे और एक-दो पीढ़ी पहले ज़मीन को लेकर कोई अन-बन हो गयी थी। दोनों घरों में आना-जाना बंद हो गया था।

मेरे नाना जी कभी थे तो ज़मींदार पर ज़मीन को लेकर हुई लड़ाइयों में मैंने कभी हिंदी फ़िल्मों वाला ख़ून-ख़राबा नहीं सुना। शायद पुराने ज़माने में वो भी होता रहा हो। उन दिनों तो बोल-चाल ही बंद होती थी और ख़ूब कोर्ट-कचहरी में केस चलते। फिर सुलह भी हो जाती क्योंकि जब की ये कहानी है तब तक मामला ठंडा था और हम जब भी ननिहाल जाते तो नानी एक बार वहाँ जाने को अवश्य कहतीं। दोस्ती की कोशिशें हो रहीं थीं। नानी तो आँगन के दरवाज़े से बाहर भी कभी नहीं निकलतीं इसलिए सब बच्चे-कच्चे उनके शांतिदूत थे। हमें वहाँ जाने में ऐसे तो कोई परेशानी नहीं थी बस वहाँ अच्छे बच्चे बन कर एक-दो घंटे बैठना होता और ननिहाल का मतलब सिर्फ़ खेल-कूद वाली धमाचौकड़ी था। घर का आँगन और साथ लगा बगीचा फिर दरवाज़े के बाहर बहुत बड़ा अहाता जिसमें गाय-भैंसें और खलिहान। जब कटनी का समय होता तो वहाँ पुआल के ढेर होते जिसके ऊपर दौड़ते-भागते हम कई खेल खेलते फिर रात को पीठ में इतनी खुजली होती कि नानी सरसों का तेल लगातीं। नींद तो शाम होते ही आने लगती पर रात का खाना खाए बिना सोना तो कोई सोच भी नहीं सकता था। हर रात चंदर कुछ ख़ास जो पकाती!

सो चंदर हमारी मास्टरशेफ़ थी। इतना लज़ीज़ खाना फिर कभी खाने को नहीं मिला। वो कोई चायनीज़, कॉंटिनेंटल, इटैलियन, या मेक्सिकन नहीं, ठेठ देहाती शाकाहारी खाना बनाती पर उसमें जो रस था वो बड़े-बड़े शेफ़ के खाने में भी नहीं हो सकता। चंदर दिखने में साधारण थी। गेंहुआ रंग, सामान्य नाक-नक़्श, कुछ ऊँचे से दाँत, और बड़ी मीठी बोली। बिल्कुल दुबली-पतली और कुछ झुकी सी। पता नहीं कितनी उम्र थी पर लगती बूढ़ी। वैसी, जैसी गाँव की ज़्यादातर बूढ़ी औरतें लगतीं, और उनकी उम्र का अनुमान लगाना मुश्किल होता क्यूँकि वे बूढ़ी दिखतीं पर काम करने में चुस्त और फ़ुर्तीली होतीं। आँगन के एक तरफ़ बना चौका और भण्डार-घर उसका राज्य था। रसोई में वह रोज़ कुछ स्वादिष्ट पकाती तो भण्डार में उसकी दूसरी अनमोल कृतियाँ- क़िस्म-क़िस्म के अचार, खटमिठ्ठी, तिलौरी, बड़ी, पापड़, और ना जाने क्या-क्या भरा था। सब एक से बढ़-कर एक। वो जिसमें हाथ लगा दे वही चीज़ अनुपम स्वाद से भर जाए। रोज़ सुबह वो हमारे उठने से पहले ही आ जाती और उसके ठीक पीछे आती उसकी विचित्र बिल्ली। उसकी सूरत तो किसी साधारण बिल्ली जैसी थी पर पूँछ और हाव-भाव बिल्कुल असाधारण थे।

पूँछ अत्यधिक लम्बी थी जो हमेशा खड़ी रहती – किसी झंडा फहराने वाले बम्बू की तरह। वह पूँछ मैंने कभी नीची नहीं देखी जैसे वो पूँछ नहीं बिल्ली का सर था ! जो भले ही कलम हो जाए पर उसे झुकना मंजूर नहीं था। बिल्लियाँ तो यूँ भी शान-बान वाली होती हैं। उस बिल्ली की भी अपनी ठसक थी। मजाल है जो वह किसी और के हाथ आये ? वह केवल चंदर की बिल्ली थी और चंदर ही उसकी रानी-महारानी दोस्त-हमदर्द सब थी। कहीं और वह नज़र भी नहीं डालती। बस चंदर के पीछे अपनी पूँछ शान से खड़ी कर के आती और उसी के पीछे चली जाती। चंदर जब सुबह आती तब नाश्ता और दिन का खाना बना कर दोपहर को चली जाती। फिर दो-चार घण्टे बाद वह दोबारा चाय के वक़्त आती और रात का खाना पका कर जांती। उसकी बिल्ली उसके साथ वही रूटीन फ़ॉलो करती। उसे हमने अपने यहाँ कभी खाते-पीते भी नहीं देखा। हमने उससे दोस्ती करने के लिए बहुत बार कभी प्याली में दूध तो कभी दही ऑफ़र किया पर उसने हमेशा हमारी कोशिशों की बोरियत भरी अदा से अवहेलना की और किसी चीज़ में मुँह नहीं लगाया। जब चंदर चूल्हे के पास व्यस्त होती तो बिल्ली या तो आँगन में बैठी रहती या अग़ल-बग़ल की छप्पर पर। कभी कभी ग़ायब भी हो जाती पर चंदर के जाने का वक़्त होते ही प्रकट हो जाती और पूरे समारोह पूर्वक चंदर के पीछे चलते हुए दोनों रूख़सत होते।

बिल्ली का कोई नाम नहीं था। सब उसे चंदर की बिलाई कहते। उन दिनों मैं अपनी मौसी के साथ ननिहाल गयी हुई थी। मौसी कर्नाटक में रहतीं और प्रायः लम्बी छुट्टियों में आतीं तो हमारे यहाँ होते हुए गाँव सबसे मिलने जातीं। मुज़फ़्फ़रपुर एक तरह

से हमारे पूरे परिवार का गाँवों के तरफ़ आने-जाने का केंद्र था। जो गाँव की ओर से आता या उधर जाता हमारे यहाँ ज़रूर रुकता। मेरी दो हमउम्र मौसेरी बहनें थीं और हमारे खेल अभी ख़त्म नहीं हुए थे सो मैं उन सब के साथ ननिहाल चल दी। जब हम वहाँ पहुँचे तो एक और मौसी अपने बच्चों के साथ आई हुई थीं सो ख़ूब रंग जमा। मेरी उम्र बारह-तेरह रही होगी। सब बच्चे दो-चार वर्ष छोटे या बड़े थे। कुछ दिनों के बाद दूसरी मौसी अपने बच्चों के साथ अपनी ससुराल के गाँव चली गयीं और हमारे भी लौटने का समय पास आने लगा। हम हर रात चंदर को अपनी सबसे पसंद की चीज़ें बनाने को बोलते। जाने फिर कब खाने का मौक़ा मिले।

एक दिन सुबह-सुबह ही हमने रात को चावल के आँटे की रोटी और बैंगन की सरसों के मसाले वाली सब्ज़ी बनाने का फ़रमान सुना दिया। चावल के आँटे की रोटी यूँ भी हमारी पसंदीदा थी और चंदर हाथ से ठोक कर चावल की बड़ी मज़ेदार रोटी पकाती। सरसों का बड़ा स्वादिष्ट मसाला सिल-बट्टे पर पीसती। हम सब चूल्हे के आस-पास पीढ़े पर बैठते और वो गरम गरम रोटी परोसती। शायद चावल का आँटा ख़त्म हो गया था और रोटी सिर्फ़ नये चावल के आँटे की बनती सो सुबह से ही चंदर चावल फटकने, धोने, सुखाने, किसी को चक्की पर भेज कर आँटा पिसवाने में लगी थी।

शाम को नानी ने कहा कि हम तीनों बहनें जा कर पोखर के दूसरी तरफ़ के रिश्तेदारों से मिल आएँ। चार-पाँच रोज़ में जाना था और फिर समय नहीं मिलेगा। वहाँ कई लोग थे, जिन्हें हम मामा-मामी कहते, और एक बूढ़ी सी महिला थीं, उनको भी नानी कहना होता। मामियों ने कुछ इधर-उधर की सामान्य बातें कीं- कौन सी क्लास में पढ़ती हो और क्या करती हो, यही सब। वहाँ दो लड़कियाँ भी थीं जो हमसे कुछ बड़ी थीं। हमने उनके साथ थोड़ी देर लूडो खेला : एक दीदी ने अपनी माँ के कहने पर किसी फ़िल्म का गाना सुनाया। सबने तारीफ़ की और माँ-बेटी बहुत प्रसन्न हुईं। बूढ़ी नानी ने नौकरों से कह कर काफ़ी कुछ खाने को मँगाया-खजूरी, पेड़किया, निमकी, और अचार। हम सब खाते और संस्कारी बच्चों की तरह एक-एक चीज़ की तारीफ़ करते। जब हमने जाने की बात की तो बूढ़ी नानी खाने के लिए रुकने को कहने लगीं,

''आज रात यहीं खा लो। रामसुखिया बहुत अच्छा खाना बनाती है। सुरेंदर घर छोड़ आयेगा।''

''पर आज रात तो हम नहीं खा सकते, नानी। चंदर से चावल की रोटी बनाने को कहा है। वो सुबह से तैयारी में लगी है।'' रूपाली, मेरी सबसे बड़ी मौसेरी बहन बोली।

''हाँ, और कोई कितना भी अच्छा खाना बनाये हमारी चंदर जैसी चावल की रोटी और बैंगन की सरसों वाली सब्ज़ी दुनिया में कोई नहीं बना सकता,'' नव्या चहक कर बोली। वो हम सब में सबसे छोटी बहन थी और अच्छी के साथ कुछ ज़्यादा सच्ची थी। बेचारी अभी नहीं जानती थी कि कभी-कभी अच्छा बनने के लिए सच्चा होना

ख़तरनाक हो सकता है।

"ऐसा?" बुढ़िया नानी त्योरी चढ़ा कर बोलीं, "फिर तो कल रात तुम यहाँ अवश्य खाओ। रामसुखिया के हाथ की चावल की रोटी भी चखो। चंदर-बंदर सब भूल जाओगे।"

हमें उनका चंदर के साथ बंदर जोड़ना अच्छा तो नहीं लगा पर क्या कहते। मामियाँ और उनकी बेटियाँ भी दुबारा आने की ज़िद करने लगीं। हम चुपचाप सिर हिला कर वापस आ गये। जब घर पर नानी को सारी बात बताई तो वो हँसने लगीं।

"हाँ हाँ, कल तुम तीनों वहीं खा लेना। तुम्हें चावल की रोटी इतनी पसंद है सो एक जगह और सही।"

फिर नानी और मौसी की आपस की बातों से पता लगा कि रामसुखिया चंदर की जेठानी थी। जैसा मामला पोखर के आर-पार के दोनों घरों में चल रहा था कुछ वैसा ही रामसुखिया और चंदर का था। दोनों एक ही घर के दो हिस्सों में रहतीं और जितना वक़्त घर में होतीं आपस में लड़ती रहतीं। दोनों के पति मर चुके थे। बेटियाँ ब्याह दी गयी थीं और बेटे कहीं पंजाब गुजरात में कमाने चले गये थे। बस दोनों विधवाएँ बचीं थीं जो खाना पका कर गुज़ारा कर रहीं थीं। घर अपना था और साथ लगा एक बग़ीचा। सब कुछ दो हिस्से में बराबर बँटा था फिर भी दोनों को शिकायत थी कि एक ने ज़्यादा या बेहतर हिस्सा हड़प लिया। या फिर एक किसी दूसरे के घर कूड़ा फेंकती है या दूसरी बग़ीचे में उसके हिस्से की तरफ़ लगी सब्ज़ियाँ तोड़ लेती है या कुछ नया लगाया नष्ट कर देती है। कोई ना कोई ऐसा मामला रोज़ निकल आता और वो घंटों झगड़ती। दोनों बहुत अच्छा खाना पकाती थीं और चूँकि चंदर हमारे घर काम करती तो पोखर के उधर वालों ने जान-बूझ कर रामसुखिया को अपने घर खाना पकाने के लिए रख लिया।

अगले दिन उस घर के नौकर ने आकर नानी को संदेसा भी दे दिया कि हमारे रात का खाना वहाँ होगा सो कोई बचने का रास्ता नहीं बचा। ये कहानी सुन कर वहाँ खाने का मन बिल्कुल नहीं था पर रामसुखिया ने सचमुच बड़ी अच्छी रोटी पकाई थी। सब्ज़ी भी अच्छी थी पर तीखी ज़्यादा थी। शायद वो लोग ज़्यादा मिर्च-मसाला खाते। साथ में तरह-तरह के अचार और खाने के बाद सूजी का काजू-किशमिश से भरा हलवा भी था। हमारी निष्ठा चंदर के प्रति थी सो यह तो नहीं कह सकते थे कि खाना चंदर के बनाये खाने से बेहतर था पर साथ में इतना कुछ था कि हमें खाने में मज़ा ही आया।

मज़े की वजह से ग्लानि भी थी। हमें लग रहा था जैसे उस खाने को मज़े से खाकर हमने अपनी चंदर से ग़द्दारी की। उस बेचारी का कोई परिवार हो सकता है या वो अकेली है इस बारे में तो हमने सोचा भी नहीं था। वो बस हमारे यहाँ आती और जाती पर जाती कहाँ थी हमने कभी इस बारे में नहीं सोचा था। मैंने और रूपाली दीदी ने निश्चय किया कि अगली दोपहर को उसकी छुट्टी के वक़्त हम चंदर के घर जाकर उसे

सरप्राइज़ देंगे। नव्या तो छोटी थी। हम जो करते वो पीछे लग जाती।

सो जैसा तय हुआ था दोपहर के खाने के बाद चंदर अपनी बंदर यानी बिल्ली के साथ चली गयी तो उसके घंटे भर के बाद हम तीनों उसके घर धमक गये। उसका मिट्टी से बना और फूस की छप्पर वाला घर इतना सुंदर और साफ़ था कि हम चकित रह गये। गाँव के सभी घर हमारी हवेली से कुछ दूरी पर थे और पोखर के आर-पार वाले दोनों घर गाँव के बिल्कुल एक कोने पर बगीचों और खलिहानों से घिरे अलग से थे। वह गाँव इतना पिछड़ा था कि हम जब भी गाँव के अंदर जाते कुछ लोग हमें देखने पीछे लग जाते जैसे हम कोई सिलेब्रिटी हों। पूरी एक फ़ौज हमारे पीछे-पीछे साथ चलती। इतना विचित्र लगता कि हम अपने घर के आस-पास ही रहते और फिर हम इतने भाई-बहन थे कि ख़ुद में ही काफ़ी थे।

चंदर हैरान भी हुई और बहुत ख़ुश भी। पूरा घर घुमा के दिखाया। मिट्टी से बने उस घर में सब कुछ था। अलमारी भी जिसमें उसकी चार-पाँच साड़ियाँ बड़े सलीक़े से रक्खी हुई थी। रसोई भी थी पर उसमें बहुत कम सामान था। वो खाती तो हमारे घर ही थी फिर भी उसने आँगन से तुलसी तोड़ कर चाय बनाई और बग़ीचे से तोड़ कर अमरूद दिए। बिल्ली भी वहाँ थी। जब हम पहुँचे वो आँगन में लेट कर आराम फ़रमा रही थी। उसके पास एक ताम्बे का कटोरा जैसा रखा था। वो उसके खाने-पीने का बर्तन रहा होगा। हमें देखते ही बिल्ली छप्पर पर चली गयी। जब हम वापस जा रहे थे तो आँगन से फिर गुज़रे। आँगन के बीच एक मिट्टी की दीवार थी। उधर से रामसुखिया का चेहरा प्रकट हुआ,

"अरे, बउआ लोग! हमारे घर नहीं आइयेगा?"

उसने इतने मनुहार से कहा कि हम उसके यहाँ भी चले गये। फिर से चाय पी और अमरूद खाये। नव्या घर पर चाय नहीं पीती थी पर यहाँ दोनों जगह ख़ूब सुड़क-सुड़क कर चाय पी। चंदर अपने घर के अंदर चली गयी थी पर उसकी बिल्ली छप्पर पर बैठ कर हमें घूरती रही जैसे रामसुखिया की चाय के साथ चंदर की डाँट भी पिला रही हो। आख़िर जब हम थोड़ी देर बाद निकले तो हमारे कुछ दूर जाते ही चंदर और रामसुखिया की लड़ाई शुरू हो गयी। रूपाली दीदी ने कहा शायद हमें उन्हें रोकना चाहिए तो हम कुछ दूर लौटे भी पर वहाँ विचित्र नज़ारा था। जो लोग हमें देखने वहाँ इकट्ठा हुए थे वो हम तीनों को भूल कर उस लड़ाई का मज़ा ले रहे थे। उनके साथ कुछ और लोग जुड़ गये थे। टीवी, रेडियो, सिनेमा के बदले यही उनके रोज़ का मनोरंजन था। रामसुखिया आँगन में अपनी तरफ़ अकेली चीख़ रही थी और चंदर अपनी तरफ़! बस चंदर के साथ उसकी बिल्ली थी। जो उसके एकदम पीछे अपनी पूँछ खड़ी कर डटी हुई थी जैसे चंदर को मोरल सपोर्ट दे रही हो। वहाँ कुछ कहना तमाशे को और बढ़ाने जैसा होगा, यह सोच कर हम वापस चले गये।

हमें दुःख तो हुआ कि हमने शायद चंदर को ख़ुश करने के बजाय और दुखी कर

दिया पर उस गड़बड़ को ठीक करने का मौक़ा नहीं मिला। एक दो दिन बाद हम शहर लौट गये। क़रीब तीन महीनों बाद पिता जी को उनके गाँव से ख़बर मिली कि दादी की तबीयत बिगड़ गयी है सो हम सब ददिहाल गये। भगवान के शुक्र से दादी ठीक हो गयी तो गाँव से लौटते वक़्त माँ ने कहा कि नानी से भी मिल लेते हैं। हमने एक गाड़ी किराए पर ली थी सो आराम से नानी के गाँव की तरफ़ मुड़ गये। ड्राइव लंबी थी पर वहाँ शाम होने से थोड़ी देर पहले पहुँच गये। पहुँचने की कोई ख़बर नहीं दी थी पर अचानक हमें देख कर नानी बहुत ख़ुश थीं।

ऐसे मौक़ों पर घर में कुछ छोटे-मोटे काम करने वाला एक व्यक्ति था। उसका नाम शिवजी था। वह चाय बहुत बढ़िया बनाता और अक्सर दोपहर के वक़्त जब चंदर नहीं होती और चाय बनाने की ज़रूरत पड़ती; जैसे कोई आ जाता, या किसी को यूँ ही चाय पीने की तलब होती, तो वही चाय बनाता और कुछ छोटा-मोटा नाश्ता भी पका लेता। हमारे लिए जब चाय-नाश्ता शिवजी लाया तो मुझे लगा चंदर के आने का वक़्त अभी नहीं हुआ होगा और वो बाद में आएगी। पर वक़्त निकल गया वो नहीं आई। मैंने सोचा शायद घर में ज़्यादा लोग नहीं हैं सो देर से आती होगी। पर रात को जब शिवजी खाना बनाने लगा तब मैंने नानी से चंदर के बारे में पूछा। वो उदास हो गयीं। बोलीं,

"दो महीने हुए चंदर अपने आँगन में गिर गयी। शुक्र है जानकी मैया का कि रामसुखिया पास ही थी सो बग़ल के लोगों को बुला लिया और डिस्पेन्सरी ले गयी। मुझे भी ख़बर कर दी तो मैंने एक आदमी और कुछ पैसे भिजवा दिए। ख़र्च में कोई कमी नहीं की। सीतामढ़ी में इलाज हुआ और रामसुखिया उसके साथ रही। रामसुखिया ने खाना पकाने वाला काम भी छोड़ दिया। दोनों शहर से वापस आ गयीं हैं। चंदर के पीठ की हड्डी टूट गयी थी। अब काम करना ठीक नहीं होगा। हर महीने उसके पैसे भिजवा देती हूँ। कितनी सेवा की है हमारे परिवार की। अब वैसे लोग नहीं मिलेंगे। ज़माना बदल गया है।"

अगले ही दिन हमें लौटना था। मैं सुबह-सुबह भागती चंदर के घर चली गयी। उसके घर रामसुखिया ने आँगन का किवाड़ खोला। आँगन के बीच की कच्ची दीवार ग़ायब थी। रामसुखिया ख़ूब ख़ुश हुई और चंदर के कमरे में ले गयी।

"अरे बउआ! चंदर कितनी ख़ुश होगी। देखो चंदर कौन आया है।"

चंदर बिस्तर पर बिल्कुल मरणासन्न सी पड़ी थी। उठने की कोशिश करने लगी पर मैंने उठने नहीं दिया। बस थोड़ी देर वहीं खड़े-खड़े बात की। फिर चंदर रामसुखिया से चाय बनाने के लिए कहने लगी तो मैंने कहा,

"नहीं, चाय रहने दो। मैं बस तुम्हें देखने आ गयी। थोड़ी देर में ही हमलोग जा रहे हैं।"

"अगर आपने चाय नहीं पी तो चंदर मुझे बाद में डाँटेगी। मैं बस दो मिनट में लाती हूँ," रामसुखिया बोली।

चाय जल्दी ही आ गयी। पी कर मैंने नम आँखों से चंदर से विदा ली।

जाते वक़्त बिल्ली पर ध्यान गया। वो आँगन में अपने ताम्बे के कटोरे के सामने चंदर की तरह मरणासन्न लेटी थी। कटोरा दूध से भरा था। मुझे देख कर छप्पर की तरफ़ भी नहीं भागी। मुझे उसकी तरफ़ देखते हुए देख कर रामसुखिया बोली,

''जब हम शहर में थे तो एक मिनट भी बिलाई कहीं नहीं गयी। पड़ोस के लोग बोले यहीं हमारी राह देख रही थी। जब से चंदर को ऐसी हालत में देखा है खाना-पीना छोड़ दिया है। बहुत मनुहार करने पर थोड़ा दूध पीती है।''

मैं करीब रोते-रोते घर पहुँची। रामसुखिया ने कहा कि चंदर कहीं और जाने को तैयार नहीं होती। कितनी बार कहा हम दो जने ही तो हैं किसी दूसरे बड़े शहर चलते हैं। मालकिन पैसे भी भिजवा देती हैं। कहीं और ज़्यादा अच्छा इलाज हो जाए। पर वो कहती है अब समय आ गया है और अंतिम समय अपनी चारदीवारी में ही आना चाहिए। शायद चंदर अब फिर ना मिले।

एक साल बाद गर्मी की छुट्टियों में मौसी फिर आयीं। उस बार काफ़ी देर से आ पाई थीं क्योंकि उन्हें अपने ससुराल के तरफ़ की किसी रिश्तेदारी में हो रही शादी में जाना था। ननिहाल जाने का उत्साह उम्र बढ़ने के साथ कम होने लगा था। चंदर याद थी पर सात-आठ महीने पहले ही माँ को मिली एक चिट्ठी में नानी ने लिखा था कि चंदर की मृत्यु हो गयी।

हमारी पल्टन शाम के वक़्त गाँव पहुँची। शिवजी ही चाय नाश्ता लाया।

''नानी, अब चंदर नहीं है तो शिवजी चावल की रोटी भी बनायेगा?'' नव्या ने भोलेपन से पूछा।

''नहीं बेटा, चावल की रोटी रामसुखिया बनाएगी।'' नानी बोलीं। फिर बड़ी देर तक बताया कि कैसे रामसुखिया ने चंदर की आख़िरी वक्त में सेवा की।

''एक मिनट भी छोड़ कर नहीं हटती थी। दोनों कितना लड़ती थीं। शायद उसी में उनका प्रेम छुपा था और उस बचकानी स्पर्धा में उनके जीने की शक्ति थी। चंदर ने उससे कहा था कि उसके मरने के बाद रामसुखिया यहाँ उसकी जगह ले। यह जिम्मेदारी वो और किसी को नहीं सौंप सकती। श्राद्ध के बाद रामसुखिया आई और कहने लगी कि अब वो जब तक ज़िंदा है यही उसका घर है सो मैंने भी रख लिया।''

थोड़ी देर बाद, चंदर के आने के वक़्त पर रामसुखिया आई। दिखने में वो चंदर से बिल्कुल अलग थी पर क़रीब उतनी ही बूढ़ी और झुकी सी थी। फिर वैसी ही सफ़ेद साड़ी और चलने के अन्दाज़ में दूर से कुछ चंदर जैसी दिख रही थी। रामसुखिया धीरे-धीरे चलते हुए आँगन में दाख़िल हुई और उसके ठीक पीछे कौन था? चंदर की बिलाई! वो रामसुखिया के पीछे कुछ दूरी पर बिल्कुल रामसुखिया की तरह ही धीरे-धीरे चल रही थी। बस उसकी झंडे जैसी सीधी खड़ी रहने वाली पूँछ आधी झुकी थी।

# पाया

हमारा छोटा सा गाँव भारत-नेपाल की सीमा पर था। गाँव-वाले बॉर्डर को पाया कहते थे। शायद वह उन ऊँचें सफ़ेद ढाँचों का नाम था जो थोड़ी-थोड़ी दूरी पर सीमा पर बने थे और जिनकी एक तरफ़ भारत तो दूसरी तरफ़ नेपाल लिखा था। दो देशों को अलग करने का सिर्फ़ वही एक चिह्न था, जिसके आर-पार हम बच्चे भी आराम से आ-जा सकते थे। हमारा घर भारत की तरफ़ का अंतिम मकान था और उसके बाद दूर तक खेत फैले थे, जिनका कोई ओर-छोर दिखाई नहीं देता। हम डेढ़-दो घंटे खेतों की मेंढ़ों पर चलते और हँसते-खिलखिलाते अपने देश की सीमा पार कर दूसरे देश चले जाते। फिर जल्दी से अपनी ज़मीन पर वापस आकर थक कर किसी पेड़ के नीचे गिर जाते। कम-से-कम आधा घंटा सुस्ताने के बाद ही फिर वापस जाने की हिम्मत हो पाती।

मेरे पिता सरकारी नौकरी करते थे। माता-पिता और दो बहनों का हमारा परिवार शहर में रहता। हम सब तो केवल एक-दो साल के अंतराल पर लम्बी छुट्टियों में वहाँ जा पाते। कभी-कभी दादा जी अकेले आ कर मुझे ले जाते। बड़ी बहन का स्कूल जाना और माँ का उसके साथ रहना ज़्यादा ज़रूरी था। पिता को दफ़्तर से छुट्टी बहुत कम मिलती थी। पर जब मैं छोटी थी तो अक्सर मुझे कोई गाँव से लिवाने आता और मेरा उत्साह देख माँ मुझे जाने देती। वहाँ कोई रोक-टोक नहीं थी। शहरों की तरह ना सड़कों पर तेज़ वाहनों के नीचे आने का भय ना किसी बच्चा-चोर से अपहरण का डर। ना कोई पढ़ने को कहता ना रोज़ नहाने को। बस दिन भर खेतों में खेलते रहो पर शाम को डाकुओं के ख़तरे और कुछ ज़मींदारी के दिनों की आपसी दुश्मनों के चलते, घर एकदम बंद हो जाता। वहाँ बिजली भी नहीं थी। रातें और भी घनी काली लगतीं लेकिन लालटेन की मद्धम रोशनी में भूतों की कहानियाँ सुनने-सुनाने का अलग ही मज़ा था।

अब तो सालों से गाँव जाना नहीं हुआ। बड़े होते ही जैसे वहाँ जाने से वितृष्णा हो गयी। लोग अजीब तरह से घूरते। "कितनी सायनी हो गयी है। ये तो अपनी बड़ी

बहनों से भी बड़ी लगती है। कब होगी इसकी शादी?'' जब अंतिम बार एक चचेरी बहन की शादी में गयी तो ऐसी ना जाने कितनी अनाप-शनाप बातें सुनने को मिलीं। एक गाँव के रिश्ते से दादा या चाचा तो ऊपर से नीचे मुझे ऐसे देखते जैसे अंग-अंग को नाप-तौल रहे हों। जब दादा जी ने उनसे मेरा परिचय अपनी सबसे छोटी पोती कह कर कराया, तो बोले - ''अच्छा सबसे छोटी हो? तो फिर इतनी बड़ी क्यों हो गयी?'' इसका क्या उत्तर हो सकता है? क्या ये मेरी ग़लती थी कि सभी बहनों में मैं सबसे लम्बी थी? और मेरा शरीर भी भरा-भरा था? मेरी दुबली-पतली चचेरी बहनें झुक कर चलतीं और मैं मोटी-तंदुरुस्त सीधा तन कर। एक घर में काम करने वाली औरत ने भी बिना माँगे सलाह दे दी - ''बउआ तनी झुक के चले चाही'' मैंने उसे डाँट दिया और उस दिन के बाद तो और सीना तान कर चलती। चाहे कुछ हो जाए, झुकना तो मैंने सीखा ही नहीं था।

पर उस बार तो हद हो गयी। मेरी बहन शायद इन टिप्पणियों से ही बचने के लिए वहाँ नहीं जाती। वो उस बार भी मुज़फ़्फ़रपुर में थी। शहर से आने वाले तो यूँ भी वहाँ एक अजूबा थे, और उस शादी में दुल्हन के बजाये आकर्षण का केंद्र मैं थी। जैसे मैं वो बच्ची थी ही नहीं जो वहाँ के आँगन और खेत-खलिहानों में खेलती थी और एक अजीब सी महिला थी जो किसी आजायब-घर से आई थी । कभी-कभी मैं ग़ुस्से में खेतों की आरियों पर दौड़ती पाया की तरफ़ निकल पड़ती। वहाँ बहुत देर तक शांति में बैठी रहती फिर लौट आती। वहाँ प्रकृति की गोद में, शायद ही कोई मनुष्य नज़र आता, दोनों तरफ़ लहराते खेत थे, बीच-बीच में कुछ पेड़, सीमा के पास की ज़मीन पर खुला मैदान, जिसपर हरे-हरे मख़मली घासों की चादर, वहाँ कुछ पशु चरते रहते। धूल और हरियाली से लदी ख़ुशबूदार हवा में, कभी कोई चरवाहा दिखता, कभी बहुत दूर कोई किसान। ना तो कोई आर्मी पोस्ट था और ना कोई गश्त लगाती पुलिस फ़ोर्स। फिर भी कोई गड़बड़ी नहीं होती। अब तो सुना है, वहाँ कँटीले तारों का मेड़ है और कुछ जवान निगरानी भी रखते हैं। पर ये बातें अस्सी और नब्बे के शुरुआती दशकों की हैं, जब किसी ने ऐसे बदलाव की कल्पना भी नहीं की होगी।

फिर भी एक अजीब सी बात थी। हम भले ही दूसरी तरफ़ कई बार चले जाते लेकिन जब आराम करते तो अपनी ही तरफ़ बैठते। एक बार पहली जनवरी को पाया पर हमने पिकनिक मनाई थी। सब बच्चे बर्तन-भाड़े आटा-सब्ज़ी उठा कर उतनी दूर चले थे। हमारी टोली में कुछ बड़े बच्चे और एक-दो चाचा भी थे। गाँव में तो सब दादा-दादी, चाचा-चाची, और भाई-बहन ही होते हैं। चाचियाँ पर्दा करतीं। उनका पाया तक जाने का सवाल ही नहीं उठता। शायद एक बुआ थी, मेरे पिता कि कोई चचेरी बहन, जिन्होंने वहाँ खाना बनाया था। उस वक़्त भी हमने चूल्हा भारत की तरफ़ के ही किसी खेत में जलाया था। जैसे वहाँ कोई अदृश्य रेखा थी और हम सबको

ये मालूम था कि भले ही कोई डंडा करने वाला नहीं है, ये हमारी सीमा है, और हम इसमें ख़ुश और सुरक्षित हैं।

वहीं सीमा पर किसी पेड़ के नीचे जब मैं भन्नायी बैठी थी तो मैंने जैसे ये प्रण लिया कि अब गाँव कभी नहीं जाऊँगी। कम से कम तब तक नहीं जब तक मैं भी किसी बंधन में बंध नहीं जाती और मेरी भी सीमायें तय नहीं हो जातीं। लेकिन मैं तब भी छोटी ही थी। अगले कुछ सालों में मुझे ये पता लगा कि भले ही कुछ अदृश्य रेखाएँ मैं पार ना कर सकूँ, क्यूँकि मुझे समाज ने कुछ संस्कार विरासत में दिए हैं, पर किसी सीमा में बन्धना मेरा स्वभाव नहीं। मैं पाया के अग़ल-बग़ल की वो धरती हूँ, जहाँ खुला मैदान है, और मैं इधर-उधर कहीं भी जाने के लिए मुक्त हूँ।

मैं चालीस साल पार गयी पर मैंने शादी नहीं की। अगर आप एक स्त्री हैं, और उम्र की ये सीमा पार कर लें, तो शादी के बाज़ार में आपकी क़ीमत शून्य से बस थोड़ी अधिक है। शून्य इसलिए नहीं, क्योंकि शायद आपको कोई तलाकशुदा या विधुर पति अभी भी मिल सकता है। पुरुष हो या स्त्री, इस उम्र तक कितने लोग अविवाहित रहते हैं? और भले ही विवाह ना करना आपका समझ-बूझ के लिया निर्णय हो, लेकिन अगर आप अविवाहित पुरुष हैं, तो लोग कहेंगे कि आपने शादी नहीं की और अगर आप अविवाहित स्त्री हैं तो वही लोग कहेंगे कि आपकी शादी नहीं हुई। नहीं की और नहीं हुई में कितना अंतर हैं? ये एक स्त्री ही समझ सकती है।

मैं विवाह ना कर के, गाँव में ही नहीं, दिल्ली जैसे महानगर में भी कुछ अजूबा हो गयी। अब गाँव जाने का सवाल ही नहीं उठता था और शहर में भी विचित्र समस्याएँ थीं। हर जगह लोग बिना पूछे ही मेरे नाम के आगे श्रीमती लगा देते। बड़ी खीझ होती। पुरुषों के साथ ये भी समस्या नहीं, वो तो हमेशा श्री ही रहते हैं । ये मिस और मिसेज़ का जंजाल भी हमारे पल्ले पड़ता है। ऊपर से, इस उम्र की मिस जैसे सब पुरुषों की मिसेज़ का एक रूमानी इंटर्प्रेटेशन हो जाती है। कोई पुराना दोस्त, सहपाठी, यहाँ तक की सहकर्मी भी जब ये जान लेता कि मैं सिंगल हूँ तो फ़्लर्ट करने लगता। जैसे मैं किसी एक की ना हो पाई तो सब के लिए उपलब्ध हूँ।

मेरे दफ़्तर में ज़्यादातर पुरुष थे। जो एक-दो मेरे उम्र की विवाहित स्त्रियाँ थी वो हमेशा साथ रहतीं। दो-चार अविवाहित नवयुवतियों का अलग समूह था। मैं दोनों में अनफ़िट थी। मैं चुप-चाप अपना काम करती और सभी से सिर्फ़ काम की बातें करती। किसी से दोस्ती नहीं हो पाई। फिर एक दिन फ़ाइनैन्स के ब्रांच में एक नए आए लड़के ने मुझे बग़ल के कैफ़े में साथ चलने को कहा। मैं मार्केटिंग में थी पर उसे कई बार देखा था। मंझोला क़द, गोरा रंग, गुलाबी होंठ, और बहुत सुंदर चेहरा। मैं ही क्या, ऑफ़िस की हर लड़की उसे बड़े ग़ौर से देखती। दोपहर के कॉफ़ी ब्रेक का समय था। वो मेरे क्यूब में आया और बोला,

"दफ़्तर की कॉफ़ी पीते हुए मैं तो 2 महीने में बोर हो गया, चलिए कॉफ़ी हाउस चलते हैं।" उसने ऐसे कहा जैसे हम एक-दूसरे से बहुत अच्छी तरह परिचित थे। जबकि मैंने उससे कभी बात नहीं की थी। अग़ल-बग़ल से गुज़रते कुछ लोग हमें घूर रहे थे और मैं मना नहीं कर पाई। उसके बाद वो अक्सर आता और हम क़रीब रोज़ साथ लंच लेने लगे। देखते-देखते गहरी दोस्ती हो गयी। वह मुझसे बहुत छोटा था पर पता नहीं कब उसने मुझे आप के बजाय तुम कहना शुरू कर दिया और मैंने भी नहीं टोका। हम बिल्कुल हम उम्र दोस्तों की तरह बर्ताव करते और मुझे उसका साथ बहुत अच्छा लगता। इससे आगे मैंने अभी कुछ नहीं सोचा था।

उस दिन रुक-रुककर हल्की बारिश हो रही थी। हवा में मिट्टी की सौंधी-सौंधी ख़ुशबू थी। पेड़-पौधे, सड़क-फ़ुटपाथ ही नहीं, मानो हवा भी नहा-धो कर चमक रही थी। मैं ज़िन्दगी अपनी तरह से जी रही थी और ख़ुश भी थी फिर भी कभी ऐसा लगता कि तेज़ बारिश में जैसे कोई इंसान किसी छप्पर के नीचे अस्थायी शरण लेता है वैसे ही किसी तूफ़ान के झोंके से बचते-बचते मैं भी वहीं रुक गयी थी। मेरी मंज़िल तो कहीं और थी। जब तूफ़ान थमेगा, बारिश रुकेगी, बादल छँट जाएँगे, तो मेरा चाँद निकलेगा और मुझे किसी सपनों की दुनिया का रास्ता दिखाएगा। मैं यही सब सोचती अपने दोस्त अविनाश के साथ कैफ़े में बैठी गरम कॉफ़ी की चुस्कियाँ लेती एक धुँधली खिड़की से बाहर हो रही बारिश का आनंद ले रही थी। हम इधर-उधर की बातें कर रहे थे। अचानक उसने कहा,

"दिव्या, तुम मुझे कितनी अच्छी लगती हो ये तुम्हें भी पता है। मुझे कहने की ज़रूरत नहीं फिर भी कहना चाहता हूँ कि मुझे तुमसे प्रेम है।"

"प्रेम तो मुझे भी तुमसे है। पर हमारे प्यार की कोई मंज़िल नहीं। वो कहते हैं ना कि कुछ रिश्तों का नाम नहीं। तो हमारे बीच भी कुछ वैसा है," मैंनें दुखी सा उत्तर दिया।

"ऐसा क्यूँ बोल रही हो? प्रेम ख़ुद भी तो एक मंज़िल है। मुझे लगा शायद तुम रिश्तों को नाम देने में विश्वास नहीं रखती। इसलिए कुछ कहने से डरता था। लेकिन अगर तुम हमारे रिश्ते को नाम देना चाहो तो उसमें क्या दिक्कत है? तुम जो चाहो या जैसे चाहो मुझे हमेशा तैयार समझना।"

"क्या तुम कहना चाहते हो कि तुम मुझसे शादी भी कर सकते हो?"

"हाँ, क्यों नहीं? पर शादी तुम करो ना करो मैं हमेशा तुम्हें प्यार करता रहूँगा।"

"लेकिन ये कैसे हो सकता है? तुम सिर्फ़ अट्ठाईस साल के हो और मेरी उम्र पता है ना?"

"उससे क्या फ़र्क़ पड़ता है? क्या तुम भी ऐसा सोचती हो कि सिर्फ़ मर्दों ने

अपने से बीस-तीस साल छोटी लड़कियों से विवाह करने का ठेका ले रखा है? और मैं कोई बच्चा नहीं। वयस्क हूँ और अपना अच्छा-बुरा समझ सकता हूँ।''

''पर लोग तो यही कहेंगे ना कि मैंने तुम्हें फाँस लिया?''

''तुम लोगों के बारे में कब से सोचने लगी?''

''मैं अपने लोगों की भी बात कर रही हूँ। तुम्हारे माता-पिता ने भी अपनी होने वाली बहू के बारे में कुछ सोचा होगा। क्या वो मान जाएँगे?''

''पहले तुम मान जाओ और बाक़ी मुझ पर छोड़ दो।''

मगर मैं इतनी जल्दी कहाँ मानने वाली थी। मुझे तो जैसे हर बात सोच-सोच कर मथने की बीमारी थी। मुझे वो बहुत अच्छा लगता था पर हमारी उम्र का इतना अंतर? क्या मैं हमेशा उसे अच्छी लगूँगी? कुछ ही सालों में, मैं शायद बूढ़ी दिखने लगूँ और वो तब भी बिल्कुल जवान रहेगा। ख़ूबसूरत नवयुवतियाँ उससे वैसे ही आकर्षित होती रहेंगी जैसे अभी होती थीं। मैं एक शादीशुदा प्रौढ़ औरत में तब्दील हो जाऊँगी और फिर किसी पुरुष को मुझमें कोई दिलचस्पी नहीं रहेगी। मुझमें ऐसी कोई ख़ास बात यूँ भी नहीं थी। मेरा चेहरा-मोहरा साधारण था और मुझे कभी किसी ने सुंदर नहीं कहा था। शायद इस उम्र में भी अकेले और बिंदास रहना मेरी एकमात्र ख़ासियत थी। मैं दो कमरों के सुंदर फ़्लैट में अकेली रहती, अच्छी नौकरी करती, अपनी मोटी तनख़्वाह सिर्फ़ अपने ऊपर ख़र्च करती, महंगे कपड़े पहनती, मेक-अप लगाती, जहाँ मर्ज़ी वहाँ अकेली चल पड़ती। ऐसी स्त्री पुरुषों को स्वच्छंद लगती है और वह उसे पाना चाहते हैं। पर जब मैं ख़ास से आम हो जाऊँगी तब क्या उसे इतनी ही आकर्षक लगूँगी?

अगले दिन जब वो कॉफ़ी पीने जाने के लिए मुझे लेने आया तो मैंने मना कर दिया। कहा ऑफ़िस की कॉफ़ी पिए इतने दिन हो गये आज वही पी ली। फिर दूसरे दिन कहा कि बहुत दिनों से ऑफ़िस की कॉफ़ी नहीं पी तो अब इसका स्वाद भी ठीक लगने लगा है। वह रोज़ आता और मैं कुछ ना कुछ ऐसा ही बोल देती और नहीं जाती। वो फिर भी आता। एक दिन मैंने कहा,

''मैं क़रीब दो हफ़्ते से मना कर रही हूँ मगर तुम रोज़ साथ चलने के लिए पूछना नहीं छोड़ते। ऐसा क्यों?''

''मैं जानता हूँ तुम क्यों मना करती हो। तुम्हें अभी मुझ पर भरोसा नहीं है। लेकिन भरोसा होने के लिए समय चाहिए ना? जब तुम देखोगी कि सालों-साल गुज़र गये और मैं अपने कहे पर क़ायम हूँ तब शायद भरोसा हो जाए? मैं तुम्हें तंग नहीं करूँगा। अगर तुम मुझे डाँट कर भगा दो तो भले ही बुलाने नहीं आऊँ पर तुम्हें प्यार करना कैसे छोड़ दूँ? क्या ये कोई बिजली का स्विच है जिसे ऑफ़ कर दूँ? हाँ कोई स्विच ज़रूर था जो उसी दिन ऑन हो गया था जिस दिन मैंने तुम्हें पहली बार देखा था।''

वो कह कर चला गया और मैं भाव-विह्वल हो गयी। आँखें भर आईं। ऑफ़िस

के बाद घर जाने का मन नहीं हुआ और मैं दिल्ली हाट चली गयी। वहाँ अपने प्रिय राजस्थानी स्टॉल पर बाजरे की रोटी वाली थाली ली। गोलगप्पे भी खाए और कुछ बेकार की शॉपिंग भी की। बार बार अविनाश का चेहरा सामने आ जाता। उसने आज काली शर्ट पहनी थी। काले कपड़े उसके गोरे रंग पर बहुत फबते।

लौटते वक़्त जब मैं अपनी कार निकाल रही थी तो एक पार्किंग वाला, जिसे मैंने पहले नहीं देखा था, आया और कुछ जानी-पहचानी नज़रों से देखने लगा। पीछे की तरफ़ एक बड़ी सी गाड़ी खड़ी थी शायद वह उससे बचके कार निकालने का रास्ता दिखाने आया था और मुझे देख के कुछ पहचान कर रुक गया था। मुझे भी उसकी शक्ल कहीं देखी हुई सी लगी।

"अरे दिव्या? पहचानी नहीं हमको? हम हैं, रंजीत।"

"बड़े दिनों बाद देखा ना पर कैसे भूल सकती हूँ। कैसे हो रंजीत?" मैंने भी उसे पहचान लिया। वो मेरे गाँव का भाई था। विस्तार से कहें तो मेरे दादा जी के भाई के बेटे का बेटा!

"हम लोग बचपन में कितना खेलते थे? पुआल की टाल पर आइस-पाइस, खेतों में छुआ-छूत, और घर में नाटक भी खेलते थे। तुम हमेशा ज़िद कर के राजकुमारी बनती थी।" वह हँसने लगा और मैं भी।

"सच-मुच। कितना प्यारा समय था वो! मुझे तो एक-एक बात याद है।"

"वो जो पाया पर पिकनिक किए थे? वो याद है? राधिका फुआ ने खेत में ही कितना मज़ेदार खाना बनाया था।"

" हाँ हाँ वो तो और भी अच्छी तरह याद है। पाया पर कितना मज़ा आता था। मुझे तो गाँव की याद जब भी आती है तो सबसे पहले पाया याद आता है। तुम इधर गये हो वहाँ?"

"अरे कहाँ? तुम तो जानती हो हमारा गाँव में हुक्का-पानी बंद था। सालों हो गये उधर जाने की हिम्मत नहीं हुई। पर पिछले साल छठ पर गये थे। परिवार के साथ। लगता है अब सब ठीक हो जाएगा। इस साल फिर गये तो पाया पर ज़रूर जाएँगे और तुमको भी याद करेंगे।"

"ओह! तो अब सब लोग ठीक हो गये हैं?"

"ठीक ही समझो। जब हम अपना में अड़े रहे तो कोई क्या कर सकता है? धीरे-धीरे सब मान जाते है बस अपने को लगे कि हम ठीक हैं तो सब ठीक है।"

"वाह। ये तो अच्छी बात है।"

"अब और क्या-क्या बतायें कि कितना तकलीफ़ हुआ। पर हम उसका साथ नहीं छोड़े। फिर आओगी इधर? तो सब कहेंगे।"

"हाँ, ज़रूर आऊँगी। तुम इधर ही रहोगे ना?"

''यहीं मिलेंगे। इसी वक़्त आओगी तब तो पक्का।''

एक गाड़ी वाला बहुत ज़ोर से हॉर्न बजा रहा और रंजित जल्दी से उस तरफ़ हाथ हिलाता चला गया। मैंने भी अपनी कार निकाल ली। रात को बहुत देर तक उसके बारे में सोचती रही। उसने एक अजीब काम किया था। अपनी ही बुआ की लड़की से शादी कर ली थी। उन दिनों गाँव में हड़कंप मचा हुआ था। उधर से जो आता बस उसी की कहानी कहता। किसी रिश्तेदार से सुना था कि जब दोनों ने इस बारे में अपने घर पर बात की तो सबने उनको अलग-अलग कमरों में मार-पीट कर बंद कर दिया। फिर भी जाने कैसे रातों-रात लड़का-लड़की ग़ायब हो गये। कोई कहता पाया के रास्ते नेपाल भाग गये तो कोई कहता पंजाब या गुजरात। कितना ढूँढा गया पर वे नहीं मिले। फिर मैं ये सब भूल गयी। नाते-रिश्तेदार शायद ही मिलते सो कुछ सुना नहीं और वर्षों बाद मुझे वो यहीं दिल्ली में मिल गया।

रंजीत तो मेरी बच्चा-टोली में था इसलिए मैं उसे जानती थी पर जिस लड़की से उसने ब्याह किया उसे मैंने नहीं देखा था। उसका तो वह गाँव ननिहाल हुआ। कभी-कभी आती रही होगी पर हमारी भेंट कभी नहीं हुई। और ननिहाल अब उसकी ससुराल भी थी। कितनी विचित्र बात थी। इसको सही कहें या ग़लत? या फिर हम सही और ग़लत का फ़ैसला करने वाले कौन? जब वो दोनों इतने समय बाद भी ख़ुश थे और एक साथ थे तो नैतिकता का पाठ पढ़ाने वाले दूसरे लोगों की बीच में क्या जगह? गाँव के मर्यादा के ठेकेदारों ने उसका हुक्का-पानी बंद कर क्या बिगाड़ लिया? और अब जैसा कि उसने कहा सब ठीक भी हो गया। वो परिवार के साथ गाँव भी गया। जब आप ठीक तो जग ठीक। कितनी गहरी बात वो सरलता से कह गया।

अगली सुबह मैंने नया फ़ैब-इंडिया का गहरा गुलाबी सूट पहना। उसी से मिलती-जुलती लिप्स्टिक लगायी और गुलाब की ख़ुशबू का सेंट लगाया। बारिश तो कल ही बंद हो गयी थी पर मौसम बहुत सुहाना था। मैं कुमार सानू का गाया हुआ अपना पसंदीदा गीत ''सम्भाला है मैंने बहुत अपने दिल को..'' गुनगुनाती हुई ऑफ़िस पहुँची। उस दिन डबल स्पीड में काम किया और लंच का भी ध्यान नहीं रहा। एक बार जब थोड़ा आराम करने के लिए आँखें बंद कीं तो रंजित को पाया पर खड़े देखा। मानो वो कह रहा हो कि देखो, जैसा मैंने वादा किया था मैं यहाँ आया हूँ, और तुम्हें याद कर रहा हूँ। तुम भी अपनी ख़ुशी के लिए सभी सीमायें लाँघ जाना। लक्ष्मण रेखा तो सीता जी भी पार कर गयी थीं। फिर रावण भी मिला और राम भी। किसको अपनाना है और किसे त्यागना ये तुम पर निर्भर है।

शाम को अपने नियत समय पर अविनाश आया।

''आज और भी सुंदर लग रही हो, ये रंग बहुत जँच रहा है, तुम पर। तो क्या मेरे

साथ कॉफ़ी पीने चलोगी? या आज भी मना करना है?"

"चलूँगी। ऑफ़िस की कॉफ़ी बिल्कुल बेस्वाद है।"

मैंने मुस्कुराते हुए कहा और अपना बैग उठा कर उसके पीछे चल दी। प्रेम में सब जायज़ है। है ना?

# जड़ों की जड़ता

"तुम एक बार उससे बात भी नहीं कर सकती? मेरे कहने पर? क्या तुम्हें मुझ पर भी भरोसा नहीं?" जब सृष्टि ने फ़ोन पर, टीवी पर आने वाले बड़े ही नाटकीय हिंदी धारावाहिकों की अभिनेत्री जैसे अन्दाज़ में कहा, तो अदिति अनायास ही मुस्कुरा दी।

"अरे, पसंद ना आए तो सीधा उसके मुँह पर रिजेक्ट कर देना।"

अदिति को ये रिजेक्ट करने वाली बात ही तो पसंद नहीं थी। कैसे कोई एक दूसरे हाड़-माँस के इंसान से यह कह सकता है कि वो तुम्हारे लायक़ नहीं? जैसे अदिति को बुरा लगता वैसे ही लड़के को भी बुरा लग सकता है ना? उसे वह देखने-दिखाने की रीत से घृणा थी। उसके सब दोस्त बड़े आराम से एक दर्जन लड़के-लड़कियाँ देखते, लिस्ट बनाते, किसके साथ विवाह करना उचित होगा, कौन क्या करता है, कितना पढ़ा-लिखा है, अच्छे पैसे मिलते हैं या नहीं, परिवार कैसा है, लिस्ट से एक-दो परफ़ेक्ट मैच चुनते, और फिर एक बिज़नेस डील की तरह शादी की बातचीत शुरू हो जाती। कुछ ही महीनों में कोई एक फ़ाइनल हो जाता और वो दोनों विवाह के बंधन में ऐसे बंध जाते जैसे जन्मों-जन्मों का नाता हो।

"तुम चिंता मत करो। मैंने रितेश को तुम्हारे बारे में सब कुछ बता दिया है। वो मेरी बुआ का लड़का है। हम बचपन में एक-दूसरे के बहुत क़रीब थे। फिर उनका परिवार सैन फ़्रांसिसको में सेटल हो गया। वो एक बहुत बड़ी सॉफ़्टवेयर कंपनी में काम करता है। हमेशा विदेश में रहा है। उसकी सोच देसी लड़कों की तरह संकीर्ण नहीं है।" सृष्टि बोलती जा रही थी। चलो ये अच्छा हुआ कि उसने लड़के को अदिति के बारे में सब बता दिया था। अगर अदिति को दूसरी किसी बात से घृणा थी - तो वो था अतीत की परतें कुरेदना।

"तुमने अपने भाई को मेरे बारे में वो सब भी बता दिया है ना जिसे सुन कर कोई भी आम भारतीय लड़का भाग खड़ा हो?" अदिति ने कड़वे लहजे में कहा।

"तुम तो यही चाहती हो कि सब भाग खड़े हों। हाँ, मैंने सब बता दिया है। अब ख़ुश?" सृष्टि ग़ुस्से में बोली।

"नाराज़ क्यूँ होती हो, तुम जानती हो मेरे साथ क्या-क्या हुआ है।" इतना बोलते ही अदिति की आँखें नम हो गयीं।

"तभी तो मैं तुम्हारी मदद करना चाहती हूँ। मैं तुम्हें बहुत प्यार करती हूँ, अदिति। तुम्हारे साथ अच्छा नहीं बहुत ज़्यादा अच्छा होना चाहिए। नो वन डिज़र्व्ज़ इट मोर।" और सृष्टि का गला भी भर आया।

"अच्छा अच्छा। अब मेलोड्रमैटिक होना बंद करो। मैं बात कर लूँगी पर मैं किसी को रिजेक्ट नहीं कर सकती।" अदिति हँसते हुए बोली और सृष्टि भी हँस पड़ी। सृष्टि टीवी सोप्स में छोटे-मोटे रोल करती थी और बात-बात पर उन्हीं विचित्र किरदारों के किसी टोन में बोलने लगती। सभी दोस्त उसके अभिनय का मज़ाक़ बनाते। पर वो दिल की बहुत अच्छी थी और सब उसे प्यार करते। अदिति की तो वो स्कूल के ज़माने से पक्की सहेली थी।

"तुम एडवरटाइज़िंग में हो। रोज़ कितने लोगों से मिलती हो। उसे भी एक क्लायंट की तरह लो। बात बने तो ठीक, नहीं तो आज नहीं तो कल, कहीं और बात बन जाएगी।"

"बस बस। तुम फिर उसी दिशा में जा रही हो जहाँ का रास्ता देखते ही मेरा कहीं भाग जाने का मन करता है।"

"ठीक है, जो दिल में आये करो, मैं थक गयी।"

"अब फिर ग़ुस्सा मत होना, सृष्टि। तुम्हारे अलावा कौन है जो मुझे समझता है? मैं बातचीत में गड़बड़ करती हूँ। तुम रितेश को मेरा ईमेल दे दो, अगर वो कुछ लिखेगा तो मैं जवाब ज़रूर दूँगी।"

"यही ठीक रहेगा। अच्छा, अब फ़ोन काट रही हूँ। मेरा शॉट तैयार है।"

अगली सुबह जब अदिति ने ईमेल में लॉगिन किया तो रितेश का मेल देखा। कुछ ख़ास नहीं, उसने बस अपना वही सब परिचय दिया जो वह सृष्टि से सुन चुकी थी। हाँ, उसने ये लिखा था कि वो उसके अतीत के बारे में वह सब जान गया है जिसके बारे में अदिति बात करना पसंद नहीं करती और ऐसी बातों से उसे कोई परेशानी नहीं। दुनिया में कोई ऐसा भी है जिसका कोई "पास्ट" नहीं? वो ख़ुद भी कोई निष्कलंक पुरुष नहीं और उसका भी अपना कोई दुखद इतिहास था जिसके बारे में वो कभी और बात करेगा- अगर वो दोनों और नज़दीक आ गये तब। उसने सृष्टि से अदिति के बारे में इतनी अच्छी बातें सुनीं थी कि अभी वो सिर्फ़ सकारात्मक चीज़ों पर ध्यान केंद्रित करना चाहता था। और हाँ, मेल के अंत में उसने एक फ़रमाइश रखी। अगर बुरा ना लगे तो अदिति अपनी एक तस्वीर भेज दे।

अदिति तस्वीर के बारे में कुछ देर सोचती रही। लोग क्यों बात होते ही तस्वीर माँगने लगते उसकी समझ में नहीं आता। उसे रितेश की तस्वीर में कोई दिलचस्पी

नहीं थी। वो दिखता जैसा भी हो क्या फ़र्क़ पड़ता है? सिर्फ़ सृष्टि की ख़ुशी के लिए अदिति ने एक तस्वीर भेज दी और साथ ही ये भी लिख दिया कि बदले में रितेश को अपनी फ़ोटो भेजने की कोई ज़रूरत नहीं। उसकी अपनी तस्वीर इतनी साधारण थी कि उसने सोचा रितेश उसका औसत रंग-रूप वाला चेहरा देखने के बाद दूसरा मेल कभी नहीं लिखेगा और ये प्रकरण यहीं समाप्त हो जाएगा। हैरानी तब हुई जब रितेश ने फ़ौरन जवाब दिया और लिखा कि अदिति बड़ी "क्यूट" दिखती है। क्यूट का मतलब कुछ भी हो सकता है पर उसने लिखा कुछ इस ढंग से था जैसे वह अदिति की सादगी की प्रशंसा कर रहा हो। उसके बाद ईमेल का आदान-प्रदान निरंतर चालू रहा।

कुछ दिनों बाद जब रितेश ने फ़ोन नम्बर माँगा तो अदिति ने बिना आनकानी किए नम्बर दे दिया। ऐसा पहली बार तो हुआ नहीं था। वो पहले भी दो-चार लड़कों से ऐसे ही मिल चुकी थी। वो पहले मेल करते, फिर तस्वीर माँगते, फिर फ़ोन पर बात होती, फिर मिलना-जुलना, और फिर बिना किसी लम्बी भूमिका के जैसे उनकी बातें शुरू हुई थीं वैसे ख़त्म हो जाती। अदिति का हाल ही में ब्रेक-अप हुआ था। एक बहुत लम्बे रिश्ते का अंत। जिसने उसकी भावनाओं को जैसे निचोड़ के रख दिया। ब्रेक-अप होना आम है, सभी का कोई ना कोई ख़ास रिश्ता एक बार अवश्य टूटता है। पर अदिति का वो अनुभव इतना पीड़ादायक था कि जिसने भी उसकी कहानी सुनी वो अवाक् रह गया। फिर एक के बाद एक उसने ऐसी पारिवारिक त्रासदियाँ झेलीं जैसे पूरा दुखों का पहाड़ बस एक बार में टूटना था। वो एकदम अकेली रह गयी। उसके सभी दोस्त उसे किसी अच्छे लड़के से मिलाने की कोशिश करते। उन्हें लगता कि अगर उसे किसी का साथ ना मिला तो शायद वो फिर अकेलेपन से घबरा कर आत्महत्या की कोशिशें करने लगे। अदिति उन्हें समझाने की कोशिश करती कि वो उस दौर से निकल चुकी है। उसे एक अच्छी ऐड कंपनी में नौकरी मिल गयी है और उसने अपने काम से प्यार करना सीख लिया है। फिर उसकी सहेलियाँ उसका कितना ख़याल रखतीं? अगर उसने इतना सब खोया था तो वह इतनी भाग्यशाली भी तो है जो ऐसे दोस्त मिले जो परिवार से भी बढ़ कर निकले। अब फिर किसी लड़के के चक्कर में पड़कर वो अपनी ज़िन्दगी बर्बाद कर ले? जो सब संभाला है वो फिर नष्ट हो जाए? पर दोस्त कहते हर लड़का एक जैसा नहीं होता और सभी को एक लाइफ़ पार्ट्नर चाहिए। अब वो तीस की होने वाली थी और एक उम्र के बाद कोई ढंग का लड़का नहीं मिलता। वही घिसीपिटी आंटियों वाली बातें।

उसी रात रितेश का फ़ोन आया। आवाज़ सुन कर किसी के बारे में धारणा तो नहीं बना सकते पर मन में उसका एक धुँधला सा चित्र तो उभर ही आता है। अदिति भले ही रितेश की फ़ोटो नहीं देखना चाहती थी पर मन ही मन उसकी कोई आकृति अपने आप बन रही थी। रितेश की आवाज़ धीमी और भारी थी जिसे अंग्रेज़ी में बैरिटोन कहते और ऐसी आवाज़ अदिति को बहुत पसंद थी। रितेश ने कहा अदिति की आवाज़ किसी

सुरीले लेकिन वेदना से भरे गीत जैसी है। वो ऐसी ही तारीफ़ करता। जो तारीफ़ है या महज़ एक टिप्पणी, यह समझ नहीं आता। अदिति को उसका ये अन्दाज़ दूसरे लड़कों से अलग लगा जो बस हर लड़की की एक सी खोखली तारीफें करते और जिनकी बातों में कोई गहराई नहीं होती। उसने यह निर्णय किया कि वो इस रिश्ते में कोई जल्दी नहीं करेगी और इन छोटी-छोटी बातों का मीठा स्वाद लेगी, जैसे एक बढ़िया रेड वाइन को धीरे-धीरे चबाते हुए पीया जाता है।

उनकी बातचीत होते हुए कुछ महीने गुज़र गये। अदिति को पहले झिझक होती कि हमेशा रितेश ही कॉल करता। पर जब उसने भरोसा दिलाया कि उधर से फ़ोन करना सस्ता है तो वह खुल के लम्बी बातें करने लगी। रोज़ क्या खाया क्या पिया, कहाँ गये, किससे मिले, ऑफ़िस में कौन सा नया काम चल रहा जैसी सामान्य बातें भी नवीन लगतीं। अदिति सृष्टि को उनके रिश्ते में हो रही हर प्रगति से अपडेट करना नहीं भूलती। प्रगति? क्या सचमुच कोई प्रगति हो रही थी? वह जब नापने की कोशिश करती तो समझ नहीं आता कि वे दोनों किस तरफ़ बढ़ रहे हैं। वह एक अच्छा और खरा इंसान लगता और इतना काफ़ी था। जब एक दिन उसने कहा कि वह भारत आ रहा है- बैंगलोर में एक मीटिंग में शामिल होने, और वह वहाँ मुंबई होता हुआ जाएगा ताकि अदिति से मिल सके, तो वो घबरा गयी। सब कुछ कितनी जल्दी हो रहा था। उसने तो सोचा था वो धीरे-धीरे अपनी भावनाओं का आनंद लेगी। उसके पास एक सप्ताह का समय था। अगर वो नहीं मिलना चाहती तो मना कर दे, रितेश सीधा बैंगलोर चला जाएगा। पर उसने मना नहीं किया और एक हफ़्ता पलक झपकते ही बीत गया।

"हलो, अदिति," जब उसने मोबाइल पर रितेश की उत्साह से भरी आवाज़ सुनी तो ऐसा लगा मानो वो बहुत पास खड़ा था।

"पहुँच गये?" अदिति ने नींद से भारी आवाज़ में कहा।

"हाँ, ताज में ठहरा हूँ, तुम बस उठो और फ़ौरन आ जाओ।"

"मुझे विश्वास नहीं हो रहा तुम यहाँ आ गये, तुम्हारी तो आवाज़ भी पास से आती हुई लगती है।"

"हाँ, पास ही तो हूँ, तुम्हारे शहर में। आओ हम साथ में नाश्ता करते हैं।"

"नाश्ता? मैंने तो सोचा था जब हम पहली बार मिलेंगे तो रोमांटिक कैंडल-लाइट डिनर करेंगे।"

"वो भी कर लेंगे, तुम आओ तो सही।"

"पर अभी तो मैं सो रही थी। और यहाँ का ट्रैफ़िक! मुझे दो-तीन घंटे लगेंगे।"

"देखो, जब मैं यहाँ हूँ तो एक मिनट भी व्यर्थ नहीं करना चाहता जो तुम्हारे साथ गुज़ार सकता हूँ। तुम जल्दी आ जाओ। नाश्ता नहीं तो साथ कॉफ़ी पी लेंगे, फिर लंच करेंगे।"

"मैं कॉफ़ी नहीं बीयर पीती हूँ।"

"ओफ़्फ़ो। हम कहाँ बीयर पिएँगे इसका निर्णय कॉफ़ी पीते हुए करेंगे। चलो, बेचारे अनरोमांटिक नाश्ते को रहने दो। हम पहले रोमांटिक लंच करेंगे फिर रोमांटिक कैंडल-लाइट डिनर।"

"ठीक है, मैं ताज के बाहर मिलूँगी। समुन्दर के पास बनी दीवारों पर बैठ कर तुम्हारा रास्ता देखूँगी।"

"अगर तुम नहीं आयी तो मैं सारा दिन उन दीवारों पर बैठे-बैठे निकाल दूँगा।"

दोनों ने हँस कर फ़ोन काट दिया। अदिति उठ कर तैयार होने लगी। जून की गरमी थी और पूरे देश को मॉन्सून की प्रतीक्षा थी। दिन भारी और रुका सा था, ऐसा दिन जो किसी बड़े तूफ़ान के साथ ख़त्म होता। भारी दिन में हल्का मेक-अप ही ठीक रहेगा, ऐसा सोच कर अदिति ने हल्के रंग के कपड़े पहने। क्रीम कलर का टॉप और नीली जींस। हल्के गुलाबी ब्लश का ब्रश गालों पर फेरते हुए उसने सोचा कि उसे आज के दिन को भी एक हल्का टच देना चाहिए। क्यों वह भारी-भारी बातें सोचती है? हमेशा भविष्य से डर कर अपना वर्तमान उलझा लेती है। आगे जो होना है वो हो कर रहेगा। कम से कम एक दिन तो ख़ुशी से भरपूर रहे! वह कितने दिनों के बाद किसी पुरुष के साथ डेट पर जा रही थी! उसने अपनी सभी अभिलाषायें मार ली थीं पर कभी-कभी एक पुरुष के सानिध्य का अभाव खलता। क्या वो आज ऐसा नहीं सोच सकती जैसे एक दिन की महारानी हो? अगर सब कुछ परफ़ेक्ट नहीं रहा तो दुःख भी नहीं होगा। क्यों ना वो ऐसा मन बना ले जैसे ये उसके जीवन का आख़िरी दिन है और ख़ूब मज़े करे? क्या पता फिर रितेश से भेंट ना हो और दोनों के लिए यह दिन यादगार बन जाए।

ट्रैफ़िक ज़्यादा नहीं मिला और अदिति तय समय से काफ़ी पहले ही पहुँच गयी। एक बार सोचा रितेश को फ़ोन कर दे फिर जैसा कि उसने सुबह कहा था समुन्दर के पास बनी दीवारों पर बैठ गयी। कभी पीछे शोर करते सागर को देखती तो कभी सामने कोलाहल से भरी सड़क की ओर, जिसकी दूसरी तरफ़ ताज होटल की ऐतिहासिक मंज़िलें शान से खड़ी थीं, और अपनी महिमा से जैसे आस-पास के नीरस दृश्य को भी एक श्रद्धामय गहराई प्रदान कर रही थीं। थोड़ी दूर पर एक नवयुवक अदिति की तरह अकेला बैठा अग़ल-बग़ल ताक रहा था। अचानक वह अपरिचित उसकी तरफ़ मुड़ कर बहुत शालीनता से बोला,

"इक्स्क्यूज़ मी, अगर आपको आपत्ति ना हो, तो मैं एक सिगरेट जला लूँ?"

"हाँ, ज़रूर। मैं तो ख़ुद भी सिगरेट पीने की सोच रही थी," अदिति ने मुस्कुरा कर जवाब दिया।

"गो अहेड," उसने उतनी ही शालीन आवाज़ में कहा और अपनी सिगरेट जला ली।

अदिति अपने हैंडबैग में सिगरेट ढूँढने लगी। सिगरेट का पैकेट तो मिल गया पर लाइटर शायद वह घर में भूल आई थी। किसी से बात शुरू करने का ये पुराना बहाना है पर क्या फ़र्क़ पड़ता है? वह तो आज की रानी है और अजनबी दिखने में भी बहुत हैंडसम था। उसके स्वर में एक विदेशी पुट भी था। वह ज़रूर कहीं बाहर से आया था। वातावरण में काफ़ी शोर था। अदिति उसकी ओर देख के ज़ोर से बोली,

"क्या आप मुझे अपना लाइटर दे सकते हैं?" उसने एक स्टाइलिश जिप्पो अदिति की ओर बढ़ा दिया। जिप्पो की सतह इतनी रूखी थी कि उसपर अपनी ऊँगली घुमाते अदिति की चमड़ी छिल गयी पर लाइटर नहीं जला। अजनबी ने उसके हाथ से लाइटर ले कर सिगरेट सुलगा दी। अदिति शर्मिंदा सी देखती रही फिर बोली," क्या आप इसी होटल में रुके हैं?"

"हाँ, आज रात वापस जा रहा हूँ। इंडिया पहली बार आया था।"

"ओह, किसी काम के सिलसिले में?"

"काम तो नहीं। असल में, मेरे परदादा अंग्रेज़ों द्वारा किसी जहाज़ में भर कर वेस्ट-इंडीज़ भेज दिए गये थे। गिरमिटिया जानती हैं ना? मैंने अपने परिवार और आस-पड़ोस में बड़े-बूढ़ों से भारत की बहुत कहानियाँ सुनी थीं। हमेशा से अपने पुरख़ों की ज़मीन देखना चाहता था। फिर कुछ महीनों की रीसर्च कर के अपने पैतृक गाँव का पता-ठिकाना ढूँढ निकाला। पूर्वी उत्तर-प्रदेश के बहुत ही पिछड़े इलाक़े में है पर बिल्कुल वैसा ही सुंदर जैसा अपने दादा से सुना था!"

"बहुत दिलचस्प है ये कहानी। आप फिर आयेंगे ना?"

"इस बार मेरी पत्नी नहीं आ पाई। उसने रीसर्च में मेरी बहुत मदद की पर अंतिम समय में कुछ ऐसा हो गया कि उसे रुकना पड़ा। अगली बार उसे लेकर आऊँगा और गाँव दिखाऊँगा। वो अमेरिकन है, समझती है कि इंसान अपनी जड़ों के तलाश में कैसे भटकता है। उसके पूर्वज भी आयरलैंड के भयानक आकाल, पोटैटो फ़ैमीन से बचने के लिए अमेरिका गये थे।"

"आपकी बातों से याद आया, मेरे दादा कहते थे कि हम हिमाचल के किसी गाँव के थे। कुछ पीढ़ी पहले इतनी बारिश और उसके बाद भूस्खलन हुआ कि सब कुछ नष्ट हो गया। एक रात सपने में उनकी कुल-देवी आईं और कहा कि सब लोग नर्मदा की तरफ़ चले जाओ। क़रीब पूरा गाँव मध्यप्रदेश में बस गया। एक-दो लोग वहीं रह गये थे जिनसे हमारे गाँव के कुछ लोग जाकर मिले भी थे और एक फ़ैमिली ट्री बनी थी। मेरा कई बार मन हुआ कि वहाँ पहाड़ों पर भटक कर अपनी जड़ों की तलाश करूँ पर भारत

में होते हुए भी जा नहीं पाई और आप इतनी दूर से आए हैं!''

''शायद इतनी दूर था तभी आया। आप भाग्यशाली हैं और अपने देश में हैं। अपनी मिट्टी की ख़ुशबू वैसे मिस नहीं करती होंगी जैसे हम आभागे करते हैं और उसकी खोज में खिंचे चले आते हैं।''

अदिति का मोबाइल बीप-बीप करने लगा। सृष्टि का मैसेज था।

''क्या हो रहा है।। रितेश मिला?''

''अभी वेट कर रही हूँ और एक बहुत दिलचस्प आदमी से बात हो रही है।'' अदिति ने जवाब दिया।

''दिखने में कैसा है?'' सृष्टि का फ़ौरन जवाब आया।

''बहुत अच्छा पर शादीशुदा।''

''ओय, सुधर जा!'' सृष्टि का ये मैसेज पढ़ कर अदिति को हँसी आने लगी और किसी तरह अपने को रोक कर सामने देखने लगी। वो तो उस अजनबी की बातों में खो गयी थी। भूल ही गयी कि रितेश अभी तक नहीं आया। फिर एक मज़ेदार ख़याल आया। किसी शादीशुदा पुरुष के साथ प्रेम कैसा लगेगा? जैसे वो किसी से चुराया हुआ हो। कुछ वैसे आम या अमरूद की तरह जो हम बचपन में पड़ोसी के बग़ीचे से चुराते। चुरा के खाने में जो मज़ा आता वो ख़रीद कर खाने में कहाँ? कभी ऐसा अनुभव भी लेना चाहिए? कहीं पढ़ा था महिलाओं को शादीशुदा पुरुष ज़्यादा पसंद आते हैं। उन्हें लगता है कि जो पुरुष किसी के हो चुके हैं उनमें कुछ ख़ास बात होगी। जो अकेले हैं वो शायद लेने लायक़ माल नहीं। सृष्टि ये सब सुन कर क्या कहेगी? उसके लिए तो ये किसी नैतिक विनाश की बात होगी। इतनी माडर्न दिखने के बाद भी सृष्टि में संस्कार कूट-कूट कर भरे थे। तभी वो टीवी के उल-जलूल सीरीयल में इतने रूढ़िवादी किरदार भी विश्वसनीयता से निभा लेती और अभिनय के अलावा अपने दोस्तों को अपनी टाँगे खिंचवाने का एक और मसाला दे देती।

तभी रितेश आ गया और अदिति अजनबी से विदा ले कर उसकी तरफ़ बढ़ गयी।

''तुमने तो मेरी तस्वीर देखी नहीं थी, कैसे पहचान गयी?'' रितेश ने अपनी जानी-पहचानी ख़ूबसूरत आवाज़ में हलो कहने के बाद पूछा।

''बस, पहचान गयी। तुम वैसे ही दिखते हो जैसा मैंने सोचा था।''

''कैसा सोचा था?''

''जैसे तुम हो।''

''ये कैसी बात हुई?''

''अरे, कहना मुश्किल है। बस तुम्हें देखते ही मुझे लगा तुम रितेश हो।''

सचमुच, विस्तार से बताना असंभव था। रितेश लम्बा था, क़द-काठी भी

अच्छी थी, उसने एक हल्के नीले रंग की टी-शर्ट पहन रखी थी। घुंघराले बाल और बड़ी आँखें भूरी थीं। पर अदिति ने उसके चेहरे के बारे ये सब नहीं सोचा नहीं था। बस देख कर उसे लगा यही रितेश है। वो ऐसे मिली जैसे उनकी हमेशा से पहचान है, और पहचान थी भी तो पुरानी! वो इतने दिनों से हर तरह की बातें कर रहे थे।

दोनों ने ताज में हल्का सा ब्रंच लिया। सारा दिन सैर-सपाटे में बातचीत करते और हँसते खिलखिलाते बीत गया। उन्होंने विक्टोरिया में राइड भी लिया और फ़ेरी में क्रूज भी। फिर जब शाम होते-होते रितेश ने पूछा ड्रिंक के लिए कहाँ चलना है तो वो बोली,

''कहीं भी।''

''नहीं, तुम बताओ, कहाँ? आज के दिन की तुम रानी हो! मैं बस तुम्हारा ऑर्डर लूँगा।''

ये सुन कर अदिति चौंक गयी। रितेश को कैसे पता लगा कि अदिति ने ऐसा ही कुछ सोचा था।

थोड़ी देर बाद वो दोनों गेटवे ऑफ़ इंडिया के पास बने एक ख़ूबसूरत रेस्टोरेंट में आमने-सामने बैठे थे। सामने टेबल पर स्नैक्स की पलटें और बीयर की बोतलें बिखरी पड़ी थीं। बाहर अँधेरा हो गया था और अंदर का माहौल स्वप्निल नीली रोशनी में डूबा था। सुगंधित हवा में कोई तेज़ संगीत बज रहा था। कई जवान और प्रौढ़ स्त्री-पुरुष- कुछ जोड़ों में तो कुछ छोटे समूहों में बैठे बातचीत में व्यस्त थे। अदिति की आँखें एक-दो बीयर के बाद कुछ धुँधली सी हो रहीं थी। कुछ इधर उधर की गपशप के बाद रितेश ने कहा,

''इस रिश्ते से तुम्हारी क्या उम्मीदें हैं?''

ये सुनकर जैसे अदिति की पुरानी कड़वी यादें ताज़ा हो गयीं। लगा वह कल्पना की दुनिया से अलग हो कर फिर वास्तविक दुनिया में पटक दी गयी है। वह अपने ही पूर्वाग्रहों से ग्रस्त थी। ज़िन्दगी नए सिरे से शुरू की जा सकती है। अभी इतनी भी देर नहीं हुई। वह अब भी जवान थी। पुरानी बातें भूल रही थी। पर ऐसा लगता वो कुछ नया सिर्फ़ पुराने के विरुद्ध कर रही है। नया करने के लिए नहीं।

''कुछ नहीं।'' उसने लम्बी साँस लेते हुए कहा।

''कुछ नहीं?'' रितेश ने हैरानी से पूछा। ''देखो रितेश, मैं उम्मीद नहीं करती। थोड़ी उम्मीद करो तो मन कुछ ज़्यादा पाने को मचलता है। फिर उम्मीदें बढ़ जाती है और बढ़ती रहती हैं। हासिल कुछ नहीं होता।''

''बोलती रहो, मैं सुन रहा हूँ,'' रितेश ने कुछ कर्कश आवाज़ में कहा।

''जब तुमने कहा कि मैं आज के दिन की रानी हूँ तो मैं चौंक गयी क्योंकि मैं

कुछ ऐसा ही सोच कर आई थी कि आज मज़े करूँगी। आगे के बारे में ज़्यादा नहीं सोचूँगी और हर दिन को उसी दिन की तरह ट्रीट करूँगी। मैं तुमसे कोई कमिट्मेंट नहीं माँगना चाहती। मैं वादे टूटने का दर्द फिर नहीं झेल पाऊँगी। क्या तुम कभी लम्बे रिलेशन में रहे हो?''

''कॉलेज के दिनों में कुछ फ्लिंग। वो तो कुछ ख़ास नहीं थे पर उसके बाद मैं एक अमेरीकन लड़की के साथ कुछ समय लिव-इन में था। हम शादी करने वाले थे पर उसकी एक हादसे में अचानक मौत हो गयी। रोड ऐक्सिडेंट। हर किसी के साथ कुछ दुखद घटना हो सकती है ना? बट आई हैड टू ''मूव ऑन'' और तुम्हें भी वही करना चाहिए।'' रितेश ने कुछ शोक से भरी मुस्कान के साथ कहा।

हैंगओवर इतना था कि अदिति ने अगले दिन भी छुट्टी ले ली और सारा दिन सोती रही। आँखें शाम को खुलीं और खुलते ही रितेश का चेहरा सामने आ गया। अदिति सोचती थी अकेली रह कर वो फिर कोई चोट खाने से बच सकती है पर उस दिन अकेले उठना सबसे चोटिल करने वाला अनुभव लगा। क्या वो रोज़ ऐसे अकेले उठेगी, ख़ुद के लिए खाना पकायेगी, और बस रोज़ तैयार हो कर ऑफ़िस जाएगी और अकेले अपार्टमेंट में वापस आएगी? किसी तरह अपने को अकेले बिस्तर पर सात-आठ घंटे सुलायेगी और फिर सुबह उठ कर वही सब दुहराती रहेगी? नहीं! सब कुछ बदल सकता है अगर कोई प्यार करने वाला हो और वो खुल कर उसे अपना सके।

''मूव ऑन अदिति।'' उसने हँस कर अपने आप से कहा और मोबाइल उठा कर रितेश का नम्बर लगाया। वह बैंगलोर सुबह पहुँच गया था। इसकी जानकारी देता उसका एक मैसेज इनबॉक्स में था। अब तक तो उसकी मीटिंग ख़त्म हो गयी होगी। रिंगटोन बहुत देर तक बजता रहा। जब उसने फ़ोन नहीं उठाया तो अदिति ने दुबारा कॉल लगाया। फिर बहुत देर तक रिंग होने के बाद दूसरी तरफ़ से किसी लड़की आवाज़ आई।

''हलो, क्या आप रितेश से बात करना चाहती हैं? वो वॉश-रूम गया है। फ़ोन यहीं रह गया। बहुत रिंग हो रहा था तो मैंने उठा लिया। आता ही होगा।''

पीछे बहुत तेज़ म्यूज़िक का शोर था।

''कोई बात नहीं, मैं बाद में कॉल कर लूँगी।'' बोल कर अदिति ने फ़ोन रख दिया और सृष्टि को फ़ोन मिलाया।

''मैंने रितेश को फ़ोन किया तो किसी लड़की ने फ़ोन उठाया। म्यूज़िक की भी आवाज़ें आ रही थी। ये वही टाइम है जब कल हम मिले थे और बीयर पी थी। लगता है आज वो किसी और के साथ वही सब कर रहा है।''

अदिति बिना हाय-हेलो किए एक साँस में बोल गयी। ऐसा लगा जैसे चारों

तरफ़ अँधेरा छा गया। बाहर डूबता सूरज खिड़की से गरमी के साथ लाल अँधेरा भेज रहा था। उस जलते अंधकार में आँखों के सामने एक नम परत जम गयी। जिसकी ओट से कमरे में कुछ ठीक-ठीक दिखाई नहीं दे रहा था। फिर कुछ धुँधली आकृतियाँ उभर आईं। बस दो शरीर थे। एक लड़का। एक लड़की। दोनों क़रीब आ रहे थे। उत्तेजक बातें करते हुए। लड़का अपनी रूखड़ी और कामुक उँगलियाँ लड़की के नग्न बदन पर फेर रहा था और जब दोनों के दहकते होंठ आपस में मिले तो अदिति बिस्तर पर लुढ़क गयी। फ़ोन की लाइन कट गयी।

कुछ देर बाद जब मोबाइल बजा तो सृष्टि की आवाज़ आयी।

''मैंने रितेश से बात की। कहता है उसकी माँ ने बैंगलोर में किसी लड़की से मिलने को कहा था। तुम तो जानती हो इन प्रवासी भारतीयों को अपनी जड़ों से कोई ना कोई कनेक्शन चाहिए। रहते जहाँ भी हों, शादी करने भारत आ जाते हैं। इसीलिए मैंने तुम्हें उसे मिलने को कहा। मैं नहीं जानती थी कि वो और दो-चार लड़कियाँ देखने आ रहा था। मुझे माफ़ कर दो, अदिति। पर वो तुम्हें ज़रूर कॉल करेगा। मैं जानती हूँ वो तुम्हें ही पसंद करेगा। तुम्हें कोई रिजेक्ट नहीं कर सकता।'' सृष्टि ने रुँधे गले से कहा।

''जाने दो, सृष्टि। मैंने सोचा था एक दिन ख़ुश रहूँगी और कल का दिन अच्छा गुज़रा। यही बहुत है।'' अब अदिति कुछ संभल गयी थी।

''वो जो शादीशुदा अजनबी मिला था। वो कैसा था?'' सृष्टि ने बात बदलते हुए पूछा।

''बहुत अच्छा!''

''सभी अच्छे लड़के शादीशुदा क्यों होते हैं?''

''ओह। सही में, सब अच्छे पुरुष शादीशुदा हैं तभी हमें बचे हुए कचरे मिलते हैं।'' और दोनों ने हँसते हुए फ़ोन काट दिया।

एक घंटे बाद रितेश का फ़ोन आया। वही महीनों पुराना बैरिटोन जिसे सुन कर अदिति खिल उठती। अदिति नहा-धो कर कॉफ़ी पी रही थी। कुछ खाने का सामान भी ऑर्डर किया था।

''अदिति, कैसी हो? दो-चार दिनों बाद मुझे लौटना है। दुबारा मिलना चाहोगी? कुछ बातें करनी थीं। मुंबई होता हुआ लौट सकता हूँ।''

''नहीं रितेश। तुम वहीं से लौट जाओ। मैं कल हिमाचल जा रही हूँ। अपनी जड़ों की खोज में। वो जहाँ भी हों, मैं अपने देश में ही फल-फूल सकती हूँ। मैं नहीं चाहती कि मेरे आगे की पीढ़ी अपनी जड़ों की तलाश में इधर-उधर भटके। तुम भी कहीं अपनी जड़ें जमा लो। मैं तुम्हें अपनी शुभकामनाएँ देती हूँ।''

# उसकी सर्वश्रेष्ठ कलाकृति

उस चेहरे में खूबसूरती से ज़्यादा कुछ अशांत करने वाला था। बग़ीचे में गुलाब, चम्पा, मोतिया, कनेर, जवा-कुसुम, गेंदे, सदाबहार, हर तरह के फूलों की ना जाने कितनी क़िस्में खिली हुई थीं। एक तरफ किलो लें मारता तालाब पवित्र यमुना की याद दिला रहा था। वहाँ बुलबुल रोज़ नये फूलों के खिलने के जश्न में गाती और फिर उनके मुरझाने की वेदना में संताप करती। तितलियाँ अपने प्रिय गुलों का रस पीने झुंडों में आतीं। कबूतर पेड़ की शाख़ों पर घोंसला बनाते। बत्तख़ घास में बिखरे पत्तों और पंखुड़ियों पर चलते और पानी में कूद जाते। मयूर सावन में झूम-झूम कर नाचते। उन अलग-अलग रंगों के बीच उनसे भी अधिक रंगीन रेशम और दिलकश मलमल के वस्त्र पहने और असंख्य जड़ाऊँ ज़ेवरों से सजी मुग़ल राजकुमारी ज़ेबुनिस्सा बोगनवेलिया की लताओं के झूले पर बैठी थी। हृदय की स्वच्छंदता और उसमें घुला अवसाद; दोनों के रंग बनाने वाले ने बड़ी ख़ूबी से उसके भावुक चेहरे पर भरे थे।

छोटा सा अपार्टमेंट शहर की भीड़-भाड़ वाली सड़क पर बनी बिल्डिंग के पाँचवे माले पर था। एक ही बेडरूम था जिसकी पीली दीवार पर पेंटिंग टँगी थी। कमरे की बड़ी सी खिड़की के बाहर शहर की कर्कश आवाज़ें- तेज़ दौड़ते वाहनों के हॉर्न, चीख़ते लोगों का कोलाहल, निरंतर कोई शोर, और उनका मिलाजुला बेसुरा राग देर रात तक चलता रहता। खुले हुए शीशों के पल्लों से आती नवम्बर की रात के कुछ सर्द और ताज़ी हवा का झोंकें ने कमरे की ठंड बढ़ा दी। ज़ेबुनिस्सा अपनी पेंटिंग से निकल कर खिड़की के पास खड़ी हो गयी। वो अक्सर उस झरोखे से दिल्ली की ख़ुशनुमा हवा का आनंद लेती। ऐसा लगता जैसे किसी ने इत्र की पूरी बोतल ऊढ़ेल दी हो। धुएँ और धूल का प्रदूषण भी उस मदहोश करने वाली हवा में रची-बसी मध्यकालीन कस्तूरी सी ख़ुशबू को दबा नहीं पाता। ज़ेबुनिस्सा ने कई लम्बी साँसें लीं जैसे प्यास बुझा रही हो। साथ-साथ सड़क किनारे लगे लैम्प और सामने की बिल्डिंग से आती लाइट की आपस में उलझी रोशनियों को विस्मित सी देखती रही। ज़ेबुनिस्सा को अंधेरे में जलती बुझती रोशनियाँ देखना बहुत अच्छा लगता। उसने कई बसों की हेड्लायटें भी देखीं, आसमान

में टिमटिमाते कुछ सितारे भी, और चमकता आधा चाँद भी। बाहर से आती हुई रोशनी चाँदी के फुहारों में फ़र्श, बिस्तर, और खिड़की के पास लगे एक टेबल पर बरस रही थीं। टेबल पर कई तरह के रंग, ब्रश, और पन्ने बिखरे हुए थे। ज़ेबुनिस्सा के अवचेतन में कुछ हलचल हो रही थी। ऐसा जो पहले कभी नहीं हुआ थी।

एक लम्बे दिन के बाद, अपार्टमेंट का दरवाज़ा खोलते, और अंदर आते कलाकार को हवा में कुछ विचलित करने वाला लगा। वह अकेला रहता था और थोड़ा घबरा गया। वातावरण की बेचैनी में जैसे कोई जंगली जानवर था जो कुलाँचे मारता उसके बदन को झककोरता हुआ गुज़रा। उसे वहाँ किसी और की मौजूदगी का पूरा एहसास हुआ। एक बर्फ़ीली हवा का झोंका उसके चेहरे के बिल्कुल पास था। ख़ूबसूरती कई बार उसके रास्ते से हो कर गयी थी। कभी-कभी रुकी भी थी पर हृदय में घर नहीं बना सकी थी। वो ख़ूबसूरती का तिरस्कार करने के बारे में सोच भी नहीं सकता था। वह ख़ूबसूरती के हर अन्दाज़ का अपने चित्रों में महिमामंडन करता। आख़िर वो एक चित्रकार था और सुंदरता से घिरा रहता पर ख़ूबसूरती ने अनुराग का रूप ले कर उसकी भावनाएँ प्रचंडता से उद्वेलित नहीं की थीं।

कलाकार बाहर के कमरे में ठिठक कर खड़ा हो गया। उसने अभी बिजली का स्विच ऑन नहीं किया था। बेडरूम दायीं तरफ़ था और वह उधर ही आँखें गड़ाये अंधेरे में देखने की कोशिश कर रहा था। ज़ेबुनिस्सा जल्दी से खिड़की से हट गयी। दरवाज़े के पास से गुजरते समय एक बार कलाकर जिस कमरे में था उस तरफ़ मुड़ी। उसकी लम्बी कज़रारी आँखों में ऐसी तरलता थी मानो झील में जगमग करते सितारे। उसके लम्बे बाल ज़मीन को छूते और मोटी घुँघराली लटें उसके हाथीदाँत जैसे सफ़ेद और चिकने माथे पर अठखेलियाँ करतीं। उसके सर्पिले साँचे में ढले लचीले शरीर से लिपटी एक लम्बी सी ज़रीदार पोशाक थी जिसके कोनों में महीन लेस का काम था। उसने अपनी पोशाक का एक छोटा सा टुकड़ा फाड़ कर खिड़की के पास की मेज़ पर रख दिया और वापस पेंटिंग में चली गयी। जब कलाकार कमरे में दाख़िल हुआ तो ज़ेबुनिस्सा उसके सामने खड़ी थी। दीवार पर टँगी हुई। एक सुनहरे अतीत की परछाईं की तरह। चेहरे पर अनुपम लावण्य लिए। जिसमें राजसी तेवर भी थे और एक साधारण स्त्री की सरलता भी। वो ऐसे खड़ी थी जैसे किसी बात से कुछ शरमाई सी हो। पर आँखों में शहज़ादियों वाला अहंकार भी था।

वह पेंटिंग के सामने अचंभित सा खड़ा हो गया। कलाकार को तस्वीर पुरानी दिल्ली की तंग गलियों में एक अंधेरी सी दुकान में अचानक मिल गयी थी। दुकान बाहर से किसी कबाड़ी की दुकान जैसी लगती पर अंदर ख़ज़ाना भरा था। वो ख़ज़ाना आम लोगों के लिए नहीं था। उन आम सी दिखने वाली विलक्षण गलियों की तरह ही दुकान में भी एक से बढ़कर एक विस्मृत करने वाली वस्तुएँ भरी पड़ी थीं

जिनका मोल कलाकार जैसी पारखी नज़रें ही समझ सकती थीं। वह घंटों टूटे-फूटे टेबल-कुर्सियाँ, रंग-बिरंगे शीशे के गुलदान, ब्रास की मूर्तियाँ, ताँबे की तश्तरियाँ, चाँदी के ऐश-ट्रे, पीतल काँसे और लकड़ी के बर्तन, कलाकृतियाँ, और नक़्क़ाशी वाले डब्बों का निरक्षण करता रहा और जब दुकान के अंत में पहुँचा तो चकित हो गया। सबसे बेशक़ीमती चीज़ तो वहाँ कोने में उपेक्षित और धूल से सनी थी। पहली बार भी जब उसने ज़ेबुनिस्सा को देखा तो ठगा सा रह गया था। पिछले कई महीनों से पेंटिंग उसके बेडरूम में थी और उसने अनेकों बार ज़ेबुनिस्सा को देखा था परन्तु हर बार वह उसके सौंदर्य से उतना ही अचंभित होता।

चित्र एक टूटे फ्रेम में कुछ मूर्तियों के पीछे रखा था। पहली नज़र में कलाकार ने सिर्फ़ एक स्त्री का असाधारण चेहरा देखा जिसकी बोलती आँखें कलाकार पर टिकी थीं। वह थोड़ी देर उसका रूप निहारता रहा फिर जब तस्वीर उठाई तो धूल झाड़ कर कोनों में तस्वीर का कोई विवरण ढूँढने लगा। नीचे की तरफ़ उर्दू-फ़ारसी जैसी लिपी में कुछ धुँधले अक्षर थे। वह नश्तालिक़ नहीं पढ़ सकता था। दुकानदार ने मोटा चश्मा लगाकर बताया कि वहाँ ज़ेबुनिस्सा लिखा है। शायद तस्वीर में मुग़ल बादशाह की बेटी थी। अमूमन उस जगह पर चित्र बनाने वाले के हस्ताक्षर होते। क्या पता वह किस गुमनाम चित्रकार की कला थी। चित्रकार का नाम भी तो ज़ेबुनिस्सा हो सकता था। शायद राजकुमारी ने ही कभी अपनी तस्वीर बनाई हो। तस्वीर पर मध्यकालीन कला की छाप नहीं थी। कुछ ऐसा था जिसे समयबद्ध करना मुश्किल था। फिर भी कुछ चिरकालीन तासीर थी। किसी ने पुराने अन्दाज़ में वह तस्वीर बनाई हो, ऐसा भी हो सकता था। वह कलाकृति जिसकी भी थी और जिसने भी बनाई थी कलाकार को यक़ीन था वह उस चित्रकार की सबसे उत्कृष्ट रचना थी और कलाकार उस रचना को अपना बनाना चाहता था।

वह तस्वीर को एक नए फ्रेम में जड़वा कर घर ले आया। जबसे ज़ेबुनिस्सा घर आई कलाकार के चेहरे पर मधुर मुस्कान थी। ज़ेबुनिस्सा अब केवल उसकी थी। उसकी सम्मोहक प्रेरणा। आकर्षक न्यूज़। कलाकार ने बहुत बार ज़ेबुनिस्सा की प्रतिलिपि बनाई। कई पन्ने उस प्रयत्न में भर दिए। उन विफल कोशिशों का अंबार खिड़की के पास की मेज़ पर पड़ा था। फिर हार कर उसने ज़ेबुनिस्सा के त्रुटिहीन सौंदर्य की रूपरेखा बनाने का यत्न छोड़ दिया। उस बेजोड़ कला की अनुकृति असंभव थी। हल्की सी रोशनी में वह बिल्कुल वास्तविक लगती। जैसे उसने हरे, गुलाबी, नीले, लाल, सुनहरे धूमिल रंग अवांछनीय निगाहों के संपर्क से बचने के लिए एक सुरक्षा कवच की तरह ओढ़ लिए हों।

कलाकार फिर एक बार ज़ेबुनिस्सा के चेहरे के भावों का अर्थ समझने की कोशिश करने लगा। उसकी वेश-भूषा किसी मुग़ल राजकुमारी सी ही थी, वो निस्सन्देह

कुँवारी भी थीं, ख़ुशी और दुःख के मिलेजुले रंग पलकों के नीचे झलक रहे थी, और वह बाग़ में किसी की प्रतीक्षा कर रही थी। ऐसे कोमल और कौतूहल युक्त भाव किसी प्रेम में प्रतीक्षारत युवती के चेहरे पर ही हो सकते थे। वह बेशक हरम के बग़ीचे में बैठी अपने प्रेमी का इंतज़ार कर रही थी। कलाकार को विश्वास था कि जबसे वहाँ बैठी थी तभी से, ज़ेबुनिस्सा को सिर्फ़ उसकी प्रतीक्षा थी। ख़ूबसूरती अनियंत्रित सी मानो कैनवास से उतर कर अपनी रहस्यमयी ख़ुशबुओं और रंगीनी के साथ कलाकार के दिल में समा गयी। वह आहें भरता हुआ वहाँ से मुड़ा तो नज़र मेज़ पर पड़ी। वह फिर चौंका। उसने वहाँ रखा कुछ धूलमय सा, और अलौकिक रंगों वाला बेशक़ीमती कपड़ा उठाया। हैरान हुआ। फिर समझ गया।

अगर वह कारण नहीं समझ सका तो इतना ज़रूर समझ गया कि वो रेशमी कपड़ा ज़ेबुनिस्सा के कुछ देर पहले वहाँ होने की निशानी थी। कलाकार कपड़े को अपनी उँगलियों से सहलाता, कभी गालों पर फेरता, फिर सूंघ कर ख़ुशबू पहचानने की कोशिश करता। वह उस कोमल टुकड़े को पकड़ कर ज़ेबुनिस्सा को अनुनय भरी आँखों से देखने लगा। कलाकार का साँवला लंबोतरा चेहरा कुछ-कुछ ज़ेबुनिस्सा के अंडाकार चेहरे की आकृति जैसा था। उसकी काली आँखें भी बड़ी और भावपूर्ण थीं। ज़ेबुनिस्सा की दोनों पारदर्शी आँखें एक दूसरे से कुछ ज़्यादा दूर-दूर सी थीं। कलाकार हर आँख को अलग-अलग देखता और उनमें रोज़ कोई नया रंग पाता। आज ऐसा लगा मानो उसकी आत्मा पूरी तरह उन आँखों में डूब गयी।

आँखों से उतर कर, ज़ेबुनिस्सा के गोलाइयों भरे जिस्म से फिसलते हुए, कलाकार की निगाहें ज़ेबुनिस्सा की सुडौल टाँगों पर ठहर गयीं। उसने कभी लड़कियों की टाँगों के बारे में, कैनवास को पकड़ कर रखने वाली लकड़ी के फ्रेम की टाँगों से ज़्यादा नहीं सोचा था। हाँ, कुछ मॉडल की टाँगें कुछ ख़ास होतीं पर कोई भी टाँग उन टाँगों से ज़्यादा अद्भुत नहीं थीं जिनको ढक कर रखने वाले झीने कपड़े का एक बहुमूल्य टुकड़ा उसके हाथों में था। जीवन में अप्रत्याशित कभी भी घट सकता है। जिसका कोई कारण ना हो। कुछ सपने जैसा। फिर चाहे आप अपने मन को कल्पना की उड़ान लेने से कितना भी रोकें वह नहीं रुकता। समय की अपनी चाल है, अपना संवेग, अपना आवेग, कोई निर्भीक मदमस्त सी हवा कहीं से बहती है, कुछ वैसे ही जिसने ज़ेबुनिस्सा के अनादि-कालीन वस्त्रों को भी हिला दिया, और ज़िन्दगी बहुरंगी कपड़ों की तरह उड़कर पलट जाती है, और दूसरी तरफ़ नये रंगों से भर जाती है।

यह सिलसिला कई दिनों तक चला। हर शाम कलाकार धड़कते हुए दिल के साथ अपने अपार्टमेंट का दरवाज़ा खोलता और मेज़ पर ज़ेबुनिस्सा के वस्त्र का एक टुकड़ा पाता। वह उसे उठा कर ज़ेबुनिस्सा को लालसा भरी निगाहों से देखता फिर कपड़े

को संजो कर अलमारी में रख देता और मुस्कुराता हुआ ज़ेबुनिस्सा के सपने देखता सो जाता। धीरे-धीरे ज़ेबुनिस्सा के बदन पर बस इतना कपड़ा बचा जो उसकी प्राचीन शालीनता को बचाने भर के लिए काफ़ी था। फिर जैसे वह सिलसिला शुरू हुआ था वैसे ही रुक गया।

कलाकार जब उस रात फ़्लैट में आया तो उसका दिल और तेज़ी से धड़क रहा था। अब बस कपड़े का दो टुकड़ा था। एक टुकड़ा गर्दन के नीचे और एक टुकड़ा कमर के नीचे। वह दोनों कपड़ों को पकड़े कुछ ऐसी भंगिमा में खड़ी थी जैसे अपनी शीलता बचाए या आवेश में बह जाए अभी निर्णय कर रही हो और चेहरे पर वही कुछ मिलाजुला भाव था जिसमें अब कुछ अल्हड़ता भी थी। कलाकार सोच रहा था ज़ेबुनिस्सा आज कौन से वस्त्र का अस्त्र चलाएगी? ऊपर का कपड़ा मेज़ पर मिलेगा या नीचे का? पर वो ज्यों की त्यों थी बस होठों पर कुछ उपहास की रेखाएँ उभर आईं थीं।

कलाकार समझ नहीं पाया ऐसा क्यों हुआ। वो जानता था स्त्रियों को समझना मुश्किल है। उनके विचित्र मूड से वह अपनी मॉडल्स की वजह से परिचित था। वो महीनों शांति से बैठती और अपने रूप को कलाकार के ब्रश से निकले रंगों के नीचे उभरते हुए देखतीं। उसकी प्रतिभा की तारीफ़ें भी करतीं और अचानक कोई ना कोई शिकायत कर कहीं ग़ायब हो जातीं। फिर मिलने का कोई वादा भी नहीं करतीं। वह उनके चंचल और मनमौजी स्वभाव से चिढ़ जाता। लेकिन वही ना समझ में आने वाला ज़ेबुनिस्सा का व्यवहार उसे उत्तेजित कर रहा था। वह उसी जोश से रोज़ एक कपड़े के हटने की प्रतीक्षा करता। लेकिन जब कई दिन गुज़र गये तो उसका सब्र टूटने लगा,

"मेरी जान, तुम कोई निशानी क्यूँ नहीं देती? मैं प्रतिदिन उस प्यारे संकेत की प्रतीक्षा करता हूँ। क्या तुम मुझसे नाराज़ हो?" वो दर्द भरी आवाज़ में बाल नोंचते चिल्लाया।

ज़ेबुनिस्सा वैसे ही आराम से अपनी पेंटिंग में बदन पर दोनों कपड़े चिपकाये खड़ी रही। हर स्त्री किसी पुरुष पर होते अपने प्रभाव से अवगत होती है। उसे अपनी शक्ति का पूरा भान होता है। वो जानती है कि अपनी किसी एक अदा या भाव-भंगिमा से वह पुरुष को विचलित कर सकती है। और कभी-कभी उसे इस खेल में आनंद भी आता है। कलाकार उसकी ख़ूबसूरती के वश में था और ज़ेबुनिस्सा को इससे कोई हैरानी नहीं थी। जब पुरुष उसके ग़ुरूर की वेदी पर नतमस्तक था तो सुंदर स्त्री क्यों ना उसे तड़पाये और गिड़गिड़ाता देखे?

हम जब तड़प रहे हों तो किसी साथी की आवश्यकता ज़्यादा होती है। अगर साथी भी कोई दुखी प्राणी हो तो दोनों का दुःख बाँटने से कम लगता है। दुखी मनुष्य

अप्रसन्न लोगों की तरफ ही आकर्षित होते हैं। यह एक स्वाभाविक मानवीय प्रतिक्रिया है। ऐसी अवस्था में किसी की ख़ुशी पर नज़र पड़ना दुखदायी हो सकता है। दो मनहूस व्यक्ति किसी वृक्ष के दो कमज़ोर शाख़ों की तरह होते हैं जो एक दूसरे का सहारा बन जाते हैं।

कलाकार ने भी अपने ग़म के साथी रंगनाथ के घर का रूख किया। वह पास ही के एक वैसे ही अपार्टमेंट में अकेला रहता था। दोनों एक साथ कला की अकलात्मक दुनिया में संघर्ष कर रहे थे। वे दोनों प्रतिभाशाली थे। उनकी सराहना करने वाले कुछ प्रशंसक तो थे पर वो एक मास्टरपीस – जो कुटिल आलोचकों की कठिन कसौटी पर खरा उतर कर कला जगत में उनकी जगह सुनिश्चित कर पाता, वह अब भी उनकी पहुँच से बाहर था। रंगनाथ गाँजे के नशे में ऐसे ही कोई मास्टरपीस की कल्पना करता किसी स्वप्निल दुनिया में खोया रहता जहाँ रहस्यमयी मुस्कानों और बेपनाह खूबसूरती की मल्लिकाओं में उसकी प्रेरणा बंनने की होड़ लगी होती। ड्रग के उन्माद में वह उन सब के बीच अपना ब्रश उठाए एक अदृश्य चित्र पटल पर रेखाएँ खींचता रहता और उसके हाथों की उँगलियाँ हवा में मचलती रहतीं जैसे कोई संगीतज्ञ साज़ बजा रहा हो।

उस शाम रंगनाथ गाँजे और चरस के नशे से उठ कर एक दूसरे नशे की दुनिया में उलझा था। उलझन व्हिस्की थी। वह एक टेबल पर रखे बड़े से बोतल के पास नीला ग्लास पकड़े बैठा था। उसका चेहरा बिल्कुल लाल था। सर की नसें प्लास्टर और पेंट के अंदर छुपाए बिजली के तारों की तरह उभरी थीं। शायद व्हिस्की बहुत स्ट्रोंग थी। जब उसने कलाकार को देखा तो उसे लगा उसकी आँखें जल रही हों। रंगनाथ ने बड़े प्यार से बोतल को सहलाया, जैसे वह एक सुंदर महिला की कमर हो, और ग्लास उठा कर कलाकार को टोस्ट करता बोला,

"आओ दोस्त, मुझे समझ नहीं आता लोग व्हिस्की को अनरोमैंटिक ड्रिंक क्यूँ कहते हैं। मैं इस व्हिस्की के नशे में एक दिन ज़रूर अपनी सबसे उत्तम कलाकृति बनाऊँगा। शायद आज की रात उसका वो असर ना हो पर मैं उसके बेहद क़रीब हूँ और यह बोतल देखो! है ना ख़ूबसूरत? इसके कर्व बिल्कुल एक सुडौल महिला के आवर-ग्लास फ़िगर जैसे हैं।"

कलाकार व्हिस्की के नशे का कोई पैमाना तय करने की स्थिति में नहीं था पर उसे एक स्ट्रोंग ड्रिंक की ज़रूरत थी। उसने सिर्फ़ इतनी पी जितनी की ज़रूरत सदियों पहले दफ़नाई औरत के लिए उसके हृदय में दबे प्यार को निकालने के लिए काफ़ी था। उसने अपने प्रेम और दर्द की दास्तान किसी को नहीं सुनाई नहीं थी। ऐसी कहानी का कौन यक़ीन करता? जब हिम्मत हुई तो ग्लास एक तरफ़ रख कर उसने रंगनाथ को पूरी कहानी शुरू से अंत तक सुना दी। रंगनाथ एक शैतानी हँसी हँसने लगा,

"तुम क्या कह रहे हो? एक ममी अपने कफ़न की पट्टियाँ खोल रही है?"

"ये कैसी उपमा हुई?" कलाकार बिगड़ कर बोला।

"माफ़ करना, दोस्त। पर मुझे यही मेटाफ़र सूझा। तुम रात-दिन उस सुंदर पेंटिंग को देख कर शायद पगला गये हो। बुरा ना मानो तो कहता हूँ कि तुम्हें एक मरी नहीं जीती-जागती लड़की की ज़रूरत है। यू नीड सेक्स! गेट लेड बाई ए लिविंग गर्ल, हा हा।" रंगनाथ और ज़ोर से हँसने लगा।

"मुझे मालूम था कि तुम मेरी बात का विश्वास नहीं करोगे। इसीलिए मैंने पहले कभी कुछ नहीं बताया। चलो, मेरे घर चलो। मैं तुम्हें वो पेंटिंग दिखता हूँ।"

उसकी दोनों आँखें आग बरसा रही थीं, सुर्ख़ होंठ क्रोध से फूले थे, और उसकी हिक़ारत भरी नज़र टेढ़ी थी। फिर भी उसके चेहरे पर कोई पारलौकिक आभा थी जैसे उसपर किसी दूसरी दुनिया की दैविक शक्ति आ गयी हो। अपने वैभवशाली सांसारिक आवरण से निकल कर उसमें आध्यात्मिक तेज़ आ गया था। पुरुषों को स्त्रियों की कोमल भावनाओं और सिरफिरी सनक की क्या समझ? उनके रूखे स्वभाव में स्त्री की असीम संवेदनाओ की गहराई कहाँ? तभी स्त्री का स्वभाव पुरुष को सदा एक पहेली लगता है। ज़ेबुनिस्सा तो बस अपने प्रेमी को चिढ़ा रही थी। एक आम स्त्री की तरह उसके प्रेम का इम्तिहान ले रही थी। उसी रात उसने कलाकार को उसके धैर्य का इनाम देने का निर्णय लिया था। ज़ेबुनिस्सा ने उसे ख़ुश करने के लिए अपनी गर्दन के नीचे का कपड़ा नोंच फेंका था। जब दोनों पुरुष उस कमरे में पहुँचे तो ज़ेबुनिस्सा के शाही वक्ष-स्थल को प्रशंसा भरी नज़रों से अचंभित हो कर देखते रह गये। रंगनाथ ने वैसा ख़ूबसूरत जिस्म नहीं देखा था इसलिए हैरान था और कलाकार? वो तो किसी और वजह से हैरान भी था और परेशान भी। दोनों में से आख़िर रंगनाथ ने चुप्पी तोड़ी।

"यह तो विस्मित करने वाली अपूर्व कलाकारी है। मैं चकित हूँ। पर यह अर्ध-नग्न स्त्री ज़ेबुनिस्सा कैसे हो सकती है?"

"चाहो तो मुझे गोली मार दो, रंगा! पर मेरा यक़ीन करो कि जब मैं इसे लेकर आया था तब वो ऊपर से नीचे तक ढकी थी। वह नाराज़ है क्यूँकि मैं तुम्हें यहाँ लेकर आया हूँ। क्या तुमने उसके चेहरे के रंग बदलते नहीं देखे?"

रंगनाथ क्या कहता? उसे कमरे में घुसते वक़्त सचमुच ऐसा कुछ लगा था। जैसे पेंटिंग का चेहरा कुछ बदल गया हो। पर सब कुछ जल्दी में हुआ और फिर उसने तस्वीर पहली बार देखी थी। उसने सोचा वह उसका भ्रम हो सकता है लेकिन जब कलाकार ने दयनीय स्वर में वह सवाल किया तो ना हाँ कहते बना ना नहीं।

कलाकार अब केवल अपनी गोपनीय दुनिया में उस दिव्य प्रेयसी का क़ैदी बन कर रहना चाहता था। वह पहले से ज़्यादा समझदार हो गया था। उसने फिर कभी

ज़ेबुनिस्सा की तस्वीर किसी को नहीं दिखाई। वह अनोखा फूल जो एकांत में उसे चमत्कृत करता, जिसकी सुंदरता के अमृत का पान वह हृदय से अंधेरे में भी करता, जो उससे प्रेम भी करता और उसका तिरस्कार भी, किसी और इंसान की ज़बरन ताक-झाँक करने वाली उत्सुक नज़रें उसकी कोमल पंखुड़ियाँ जला नहीं देती? उसने अपने प्रेम के ख़ज़ाने का प्रदर्शन करने की भूल कभी नहीं दुहराई।

दिन किसी तरह बीतने लगे। खिड़की से आती चाँदनी में ज़ेबुनिस्सा के ज़ेवरों में जड़े पत्थर चमकते, कभी रात में उसके बदन से आती रजनीगंधा की ख़ुशबू कमरे में अगरबत्ती की तरह फैल जाती, कभी उसके पाज़ेब के घुँघरू बजने लगते, ज़ेबुनिस्सा हमेशा किसी ना किसी तरह मौजूद रहती पर पहले जैसी कोई निशानी नहीं देती। कोई इशारा नहीं करती। वह अपनी पेंटिंग में स्थिर रहती। उसके निर्वस्त्र स्तन मानो कलाकार का माखौल उड़ाते। एक अनंत अंधकार कलाकार को घेरने लगा, विषाद से भरे दिन में भी जैसे रात की स्याही घुल गयी, जो हर जगह उसका पीछा करती। कलाकार निराश होने लगा। पूरा घर पाताल लोक में बदलने लगा। फिर भी दीवार पर एक सम्मानजनक स्थान अभी भी था जहाँ उसकी उम्मीदें अभी भी जीवित थीं और प्रेम उज्जवल था। उसकी बेचैनी बढ़ती गयी पर वह उधर ही नज़रें टिकाए रखता। कभी तो शायद ज़ेबुनिस्सा को उस पर तरस आ जाए और वह कलाकार पर फिर मेहरबान हो जाए।

फिर एक दिन कलाकार ने अत्यंत ध्यानपूर्वक तस्वीर दीवार से उतारी। नम्रतापूर्वक कैनवास को ईज़ल पर लगाया। वह पेंटिंग में बने मनोहर फूलों की वशिभूत करने वाली सुगंध सूँघ सकता था, पक्षियों का मधुर संगीत सुन सकता था, और ज़ेबुनिस्सा की रहस्यमयी मुस्कान की रेखाएँ भी पढ़ सकता था। ज़ेबुनिस्सा ने कभी प्रेम नहीं किया था! वो बादशाह के जनाने में क़ैद थी। इतनी तरह की ख़ूबसूरती से हमेशा घिरी रहती पर कोई ऐसा नहीं था जो उसके कुँवारे हृदय को जीत सके। बिल्कुल कलाकार की तरह। वह तो शहज़ादी थी। उसके पास सब कुछ था पर जीवन भर उसकी आत्मा एक ऐसे पुरुष का प्रेम पाने के लिए लालायित रही। वह सदियों पुराना यौवन लेकर कलाकार को रिझाने आई थी और कलाकर ने उसके विश्वास पर गंदे धब्बे लगा दिए। क्या ज़ेबुनिस्सा उसे माफ़ कर सकती थी?

कलाकार को नए कैनवास की ज़रूरत नहीं थी। उसके जलते हुए शरीर में उससे भी ज्वलनशील उन्माद था जो दहकते ज़हर की तरह ख़ून के साथ नसों में दौड़ रहा था। शायद भावशून्य दुनियादार लोगों के लिए वह केवल मौसमी बुखार था, एक मूर्खतापूर्ण आवेश, पागलपन। जो भी था, उसके नशे में कलाकार ने उस रात अपनी सबसे उत्कृष्ट कलाकृति बनाई। जैसी बोगनवेलिया की लताओं पर ज़ेबुनिस्सा वह सिलसिला शुरू होने से पहले बैठी थी, उसके समीप एक बिल्कुल वैसा ही झूला,

और उसपर बैठी अपनी जीती–जागती तस्वीर! एक मास्टरपीस के अंदर दूसरी मास्टरपीस। कलाकार ने अपना अक्स कैनवास पर उतार दिया। वही व्याकुल आँखें, बेतरतीब बाल, और लम्बी दाढ़ी। उनके रंग भी ऐसे मानो अपने आधुनिक कपड़ों में भी वो तस्वीर का मूल हिस्सा था। दो पृथक युग में रहने वाले जैसे एक–दूसरे से हमेशा परिचित थे। उस दृश्य में ग़ज़ब की उन्मुक्त भावनाएँ थीं, दोनों प्रेमियों के चेहरे पर विरह की वेदना, और आँखों में युगों के बाद मिलने का उन्माद। उनका मिलन देखने के लिए बेचैन पेड़, फूल, और पक्षी भी जैसे वासना के रंगों में डूबे थे। उस झकझोरने वाली पेंटिंग में एक मंद सा स्वर ऐसा भी था जो किसी भयावह अनिष्टकारी शक्ति की ओर इशारा कर रहा था।

रात ख़त्म होने वाली थी। कलाकार ने तस्वीर पर ब्रश को आख़िरी बार फेरा। वह थक कर चूर हो गया था और बिस्तर पर टूटे पेड़ की तरह गिर गया। सारी रात वह अजीब सपनों में मृत कलाकारों द्वारा बनाई सुंदर तस्वीरों को देखता रहा। उनमें वो रहस्यमयी स्त्रियाँ भी थीं जो बरसों पहले कलाकारों की प्रेरणा और कवियों की कल्पना थीं। उन दृश्यों में विचित्र रंगों के छींटे थे। रेशमी कपड़ों की सरसराहट का असामान्य संगीत और भयानक आवाज़ों का शोर था। जैसे किसी गहराई में भटकती अशांत आत्माएँ शिद्दत से पुकार रही हों। अंधेरे में बेसुध पड़े कलाकार को कई अदृश्य आकृतियों की परछाइयों ने घेर लिया और वह बिस्तर से फिर कभी नहीं उठा।

दीवार पर टँगी ज़ेबुनिस्सा अपने घने बाल लहराती, मुस्कुराती, अठखेलियाँ करती कलाकार के झूले की तरफ बढ़ी । कमर से नीचे का बचा एकमात्र कपड़े का टुकड़ा स्वत: गिर गया और पेंटिग में कलाकृ ति ने कलाकार को सदा के लिए आलिंगन में बाँध लिया।

# अतीत का एक मोड़

यह कहानी केवल मेरी नहीं है। शायद इसका एक हिस्सा मेरी पड़ोसी का भी है। कहना मुश्किल है, क्षमा कीजिएगा, चालीस-पचास साल पहले की बातें बस कल की लगती हैं, और कल की घटना सदियों पुरानी। आईना देखते हुए डर लगता है। जाने कब ये चेहरा युवा ख़ुशियों का इंतज़ार करते-करते झुर्रियों के जाल में फँस गया और पुरानी यादों से उलझता हुआ एक अलग दिशा में निकाल पड़ा। वह नवयुवती जो मेरे पड़ोस में नई-नई आई थी, मेरी ही प्रतिबिम्ब थी। उसके चंचल रंग-रूप और छरहरी क़द-काठी में, मैं अपनी आशाएँ और आकांक्षाएं देखती, क्यूँकि समय चाहे कितना भी आगे निकल जाए, एक तुच्छ इंसान अपनी इच्छाओं से मुक्त नहीं हो सकता। अभी पिछले ही महीने मेरा छिहत्तरवाँ जन्मदिन था लेकिन उम्र के उस पड़ाव में भी मेरे जीवन के कुछ लम्हे अप्रत्याशित उत्साह से भरे-पूरे थे। मरने के बाद भी कोई पूरी तरह जीवित कैसे रह सकता है ये समझने के लिए आप मुझसे मिल सकते थे। मैं बाहर की दुनिया में उसके माध्यम से तब भी ज़िंदा थी ।

मैं पाँच कमरों के एक-मंज़िले मकान में अकेली रहती थी। सारा दिन अँधेरा छाया रहता। कुछ अंतराल पर मैं कभी अपनी नक़्क़ाशीदार आराम-कुर्सी पर, तो कभी अपने मुलायम डबल-बेड पर, छोटी-छोटी नींदें लेती और सपनों में ऐसा लगता जैसे अँधेरा और गहरा हो गया हो। मैं अंधकार की सैकड़ों सतहें चीर कर नीचे गिरती जाती। जब भी मैं अंधेरे के सबसे निचले स्तर पर पहुँचती, तो नीचे की ज़मीन फिर खिसक जाती, और मैं उस अंधेरे कुएँ में तेज़ी से गिरने लगती। पूरी रात छत पर बैठ कर चाँद-तारों की तरफ़ ताकती - जो अभी भी वैसे ही थे जैसे बचपन में लगते थे और मेरे आस-पड़ोस की हल्की रोशनी में टूट कर बिखरते रहते- जहाँ मैं पली-बढ़ी थी। जब हवा चलती तो उन वृक्षों के शिथिल काले पत्ते, जो बहुत पहले मेरे माता-पिता और बहन ने लगाये थे, लहराने लगते, और उनकी यादें तीव्र हो उठतीं। मैं अपने को बहुत भाग्यशाली समझती थी क्योंकि मैं घर में सबसे छोटी थी। उस समय कहाँ पता था कि सबसे लाड़-प्यार पाने का ये वरदान अभिशाप भी है।

सब बड़े एक-एक कर जाने कौन सी सनातन यात्रा पर चले जाते हैं और हमेशा बच्चे की तरह उनपर निर्भर रहने वाले आप – बुढ़ापे की बची हुई ज़िन्दगी से लड़ने अकेले रह जाते हैं।

मेरे अंधेरे घर में रोशनी की पहली किरण सूर्यास्त के ठीक पहले पड़ती। जब वो स्कूल से वापस आती। वह एक हाई स्कूल में भूगोल की शिक्षिका थी और कुछ ही महीनों पहले गाँव में माता-पिता और भाई-बहन को छोड़ कर हमारे छोटे से शहर अपने बड़े-बड़े सपने पूरे करने आई थी। ऐसा उसने कहा था। मेरे घर के सामने नए बने तीन-मंज़िले मकान में कई छोटे-बड़े फ़्लैट्स थे, जिनमें से एक कमरा उसने किराए पर लिया था। मुझे याद नहीं कि कैसे और कब हम एक-दूसरे के इतने क़रीब आ गये और एक अजीब सी घनिष्ठता हो गयी। मैं उसकी चाँदी के बालों वाली दोस्त बन गयी और वह मेरी सुनहरे गालों वाली गुड़िया। हर शाम अपने एकाकी कमरे में जाने से पहले वो मुझसे मिलने ज़रूर आती। उसके आते ही पूरे घर में उजाला हो जाता, बदरंग दीवारों पर डूबते सूरज की रक्तिम आभा आयताकार प्रतिरूपों में नाचने लगतीं, जैसे कोई उसके हृदय में उठती इंद्रधनुषी हिलकोरों का चित्र बना रहा हो। उन दिनों तो मानो उसके बदन में सूर्य समा गया था, उसका अंग-अंग ख़ुशी से दहक रहा था, क्यूँकि उसे वो मिल गया था जिसकी उसे तलाश थी। उसका प्यार। एक ऐसा पुरुष जिसके स्वभाव में संत की पवित्रता भी थी और भोगी की विलासिता भी। जो कभी साधारण मानव लगता तो कभी मनमौजी मस्तमलँग, जैसे उसमें सम्मोहित करने वाले देवता और वश में करने वाले दैत्य दोनों की शक्तियाँ थीं, अगर उसका दिमाग़ किसी विद्वान पंडित जैसा था तो दिल एक समुद्री लुटेरे जैसा। ये उसके शब्द हैं या मेरे मैं पक्क बता नहीं सकती क्योंकि एक ऐसे ही पुरुष को कभी मैं भी जानती थी। पर उसके बारे में थोड़ी देर बाद बताऊँगी।

हमारी छोटी सी दुनिया में सब कुछ ठीक चल रहा था- मेरी और रेखा की दुनिया, हाँ, उसका नाम रेखा था। और फिर मेरी बचपन की सहेली शिखा वापस आ गयी। पिछले दो-चार दिनों से रेखा कुछ अजीब सा बर्ताव कर रही थी। पहले उसने मुझे अपने साथ एक फ़िल्म देखने को कहा मगर मैंने तो कहीं आना-जाना बहुत पहले छोड़ दिया था।

"अरे, तू अपने अमर को साथ चलने को क्यूँ नहीं कहती?" मैंने हँस कर कहा। अमर उस लड़के नाम था। वो हाल-फ़िलहाल किसी और शहर से बदली हो कर आया था और उसी बैंक में कार्यरत था जिसमें रेखा की तनख़्वाह जाती थी।

"अमर ने तो मना कर दिया। कहता है दफ़्तर में ओवरटाइम कर रहा है। भला बैंक में भी कोई ओवरटाइम करता है? अच्छा, आप नहीं चलती तो मैं रश्मि से कहूँगी। मेरा बहुत मन है ये फ़िल्म देखने का।" उसने निराश हो कर कहा। रश्मि उसकी हम-उम्र सहेली थी और उसी हाई स्कूल में रसायन-शास्त्र पढ़ाती थी। अगली शाम वो

फिर मुँह लटका कर आई।''

''मैंने तो सोचा तू आज नहीं आएगी। रश्मि के साथ फ़िल्म देखने जाना था ना?'' मैंने पूछा।

''नहीं। रश्मि ने भी मना कर दिया। कोई मेरे साथ फ़िल्म देखना नहीं चाहता। कल मैं अकेली ही जाऊँगी।'' रेखा ने गाल फुला कर कहा। उसका गोरा मुखड़ा कुछ गुलाबी हो गया था। उसने उसी रंग की हल्की गुलाबी साड़ी पहनी थी। जब वह मुँह फुलाती तो उसकी छोटी सी नाक पर कुछ प्यारी सी सिलवटें पड़ जातीं और वो बिल्कुल छोटी बच्ची जैसी लगती।

''वैसे अकेले फ़िल्में देखना इतना बुरा भी नहीं होता। मैंने भी बहुत पहले दो-चार बार देखी थी।'' मैंने उसे मनाते हुए कहा पर वो रूठा हुआ चेहरा लिए चली गयी और अगली शाम को नहीं आई। मैं जानती थी कि वो फ़िल्म देखने गयी है पर मुझे उसके रोज़ आने की आदत थी। पूरी शाम मन बहुत विचलित रहा और अँधेरा तभी छटा जब वो उसकी अगली शाम फिर आई। मगर वो तो जैसे कोई और रेखा थी। उसके अंदर का प्रकाश बुझ सा गया था, बस एक चिंगारी शेष थी। वह अपनी भींची हुयी मुट्ठियाँ कभी बंद करती कभी खोलती और जब कुछ बोलती तो उसके शब्द लड़खड़ाने लगते।

''ये शहर, ये भी कोई रहने की जगह है? यहाँ कोई क्यूँ रहे? जहाँ देखो वहाँ गंदगी। सभी लोग लालची। पैसों की होड़ है। यहाँ मुझ जैसे गँवार की कोई जगह नहीं। सभी चमक-दमक के पीछे लगे हैं। मैं, मैं, मैं यहाँ क्यों आई?''

''साफ़-साफ़ बता क्या हुआ?'' मुझसे उसकी ये दशा देखी नहीं जा रही थी। दिल जैसे तार-तार हो रहा था।

''कल शाम...'' वो बोलते-बोलते रुक गयी और बाहर मुरझाये हरसिंगार के फूलों को ग़ौर से देखने लगी। हम खुले बरामदे में बेंत की कुर्सियों पर बैठे थे। उसका सुन्दर चेहरा भी बासी फूलों जैसा मुरझाया हुआ था। बड़ी बड़ी काली आँखों में लाल रेखाएँ थी जैसे वो रो कर आई हो। उसने एक सोने की पतली चेन और बड़ी-बड़ी बालियाँ पहनी थीं जो वह कभी-कभी पहनती। छोटी सी नाक और नीली ताँत की साड़ी में असंख्य सिलवटें थीं।

''कल शाम तो तुम फ़िल्म देखने गयी थी, है ना?'' वो चौंक गयी जैसे मैंने उसका ध्यान भंग कर दिया हो।

''हाँ, वहाँ रश्मि और अमर भी थे।'' उसने रुँधे गले से कहा।

''मैं समझी नहीं। उन्होंने तो जाने से मना किया था ना?''

''वो दोनों मेरे साथ नहीं, अलग से, एक साथ आए थे।''

''तो क्या उन्होंने तुम्हें नहीं देखा?''

"देखा। मुझे देख के सकपका भी गये पर डटे रहे।" फिर वो ज़ोर से हँस पड़ी।

"ये प्यार-व्यार या यूँ कहें प्यार-व्यापार बस क़िस्से-कहानियों की चीज़ें हैं। फ़िल्मों ने तो ये सब अविष्कार बस हमारी ज़िन्दगी को बर्बाद करने के लिए किया है। अगर हम हर किसी को प्यार नहीं कर सकते तो केवल एक इंसान को क्यूँ करते हैं ? मुझे पूरी दुनिया से प्यार है। मुझे रश्मि से भी प्यार है। प्यार की कई परिभाषाएँ हैं, हैं ना?" और वो हँसते-हँसते रोने लगी।

"चलो, अंदर चलो। ठंड बढ़ रही है," मैं उसे ज़बरदस्ती अंदर ले गयी और ऊनी शॉल ओढ़ा दिया। वो बहुत देर रोती रही। मुझे मालूम था कि आजकल का प्रेम विश्वासघात का दूसरा नाम है। शायद प्रेम और घृणा एक ही सिक्के के दो पहलूँ भी हैं, वर्ना क्यूँ हम प्रेम असफल होने पर उसी इंसान, जिसको अथाह प्रेम करते थे, से घृणा करने लगते हैं? अगर वो मेरी उम्र की होती तो मैं उससे यही कहती कि वो इस नश्वर शरीर से जुड़े क्षणभंगुर प्रपंच और मोह के मायाजाल से मुक्त हो जाये। पर अभी उसने कितनी दुनिया देखी थी? ज़िन्दगी की जद्दोजहद से लड़ने का भी नशा हो सकता है जैसे मुझे अकेलेपन का नशा था। हर कोई अपना नशा स्वयं ढूँढ लेता है और उसे भी प्रेम के नशे के बाद कोई दूसरा नशा हो जाएगा या फिर कौन जाने किसी और से प्रेम का नशा? तब तक मैं उसे क्या सांत्वना देती? मैं सोचती थी नई पीढ़ी स्वच्छंद होगी और किसी एक डोर से बँधे रहने की प्रेम परिभाषाएँ बदल रही होगी मगर पीढ़ी दर पीढ़ी वही समस्यायें? मुझे थोड़ी निराशा भी हुई। मैं बस उसकी पीठ थपथापती रही। वो थोड़ी देर के बाद चली गयी और जैसे एक भूली हुई कहानी फिर शुरू कर गयी।

मैं अपने ख़यालों में खोई थी और अकस्मात् फ़ोन की घंटी बजने लगी। मैं तो बहुत देर तक दूसरी तरफ़ से आती कुछ भर्राई सी शिखा की आवाज़ पहचान ही नहीं पाई।

"हैलो, इतने दिनों बाद? कैसी हो?" जब उसने परिचय दिया तो मैंने औपचारिकतावश पूछ लिया।

"मैं ठीक हूँ बाक़ी तुम ख़ुद देख लेना। आ रही हूँ, तुमसे मिलने। सोचा आने से पहले फ़ोन कर दूँ।"

मैं उससे मिलना चाहती नहीं थी, पर मना भी नहीं कर सकती थी। इसलिए हाँ कह कर उसका इंतज़ार करने लगी।

उसका घर पास की ही दूसरी गली में था। सालों पहले वो शादी के बाद अपने पति के साथ ऑस्ट्रेलिया चली गयी थी। वो अपने माता-पिता की इकलौती संतान थी और कभी-कभी उनसे मिलने आती। क़रीब तीस वर्षों से उसका मकान बंद था क्यूँकि उसके माता-पिता बहुत पहले गुज़र चुके थे। मैंने ये भी सुना था कि उसी दौरान

उसके पति की एक सड़क हादसे में मृत्यु हो गयी थी। फिर क्या हुआ पता नहीं। वो वापस नहीं आई। किसी ने बताया था कि उसने किसी गोरे से दूसरी शादी कर ली और उनका एक बेटा है जो कभी आएगा और मकान बेच जाएगा। शायद वो इसी सिलसिले में आई हो। मैंने सोचा था हम कभी नहीं मिलेंगे। हमारी दोस्ती उसकी शादी से पहले ही एक दुखद मोड़ पर ख़त्म हो गयी थी, और लकड़ी जब जल कर बुझ जाए, तो ठंडी पड़ी राख पर फूँक मारने से ना कुछ जलता है ना कुछ बुझता है।

शिखा का इंतज़ार करते मैं कभी रेखा के बारे में सोचती तो कभी शिखा के बारे में। मुझे ये समझ नहीं आ रहा था कि मुझे उससे मिलने की इच्छा क्यों नहीं थी। क्या मुझे इस बात का डर था कि वो मेरी तरह जर्जर बुड्ढी हो गयी होगी? वो बुढ़ापा जिसे मैंने रेखा की तरुण दोस्ती में भुला दिया था? या फिर इसका डर कि वो अभी भी उतनी ही ख़ूबसूरत होगी जैसी पहले थी? या उस पुराने दर्द का डर? जिसके प्रवाह में हमारी पक्की दोस्ती कच्चे रंगों की तरह बह गयी। हम एक साथ इसी मोहल्ले में बड़े हुए थे। वो बस मुझसे साल-भर बड़ी थी। मैं हिरणी की तरह कुलाँचे मारती चंचल और बिजली की तरह कौंधती चपल थी तो वो चाँदनी सी शांत सुंदर और रेशम सी कोमल। हम दोनों हमेशा साथ रहते और एक साथ जहाँ भी जाते लोग बस हमें ही देखते। हमारी जोड़ी आस-पास के गली मोहल्लों तक मशहूर थी। और फिर हमें एक ही पुरुष से प्रेम हो गया।

नील से हमें साथ ही एक आपसी दोस्त ने मिलवाया था। वो एक सीलन से भरे धुन्धले थीयेटर में शेक्सपीयर के ट्रैजिक किरदार निभाता और उसका व्यक्तित्व भी कुछ वैसा ही धुँधली हवा में धूप और छाँव जैसा था। उसका लम्बा क़द, साँवला शरीर, तीखी नाक, मादक आँखें, और भारी आवाज़ की ऊर्जा ने सभी लड़कियों को दीवाना बना रखा था। जब वह मंच पर अपने संवाद कहता तो ऐसा प्रतीत होता मानो शेक्सपीयर ने अपने हीरो की कल्पना उसी को ध्यान में रख कर की हो और लड़कियाँ ख़ुद को उसकी मिरांडा और रोसालिंड के रूप में देखतीं। उन अल्हड़ जवानी के दिनों में उसका सम्मोहन किसी रूपहले परदे के फ़िल्मी सितारे जैसा था। यह सब एक मज़ाक़ की तरह शुरू हुआ क्योंकि हमारी कई सहेलियाँ उसके क़रीब होने का दावा करतीं पर वो सबसे अलग-थलग जैसे बादलों में छिपे चाँद सा रहता और किसी के हाथ नहीं आता। मैंने उसको अपनी शोख़ और बहिर्मुखी स्वभाव से जल्दी ही अपनी ओर आकर्षित कर लिया या फिर वो मेरे ज़रिए मेरी सुंदर सहेली को पाना चाहता था? कौन जाने। मैं उससे छुप कर मिलने लगी। वो मेरी सहेलियों के साथ शाम को होने वाली हल्की गप-शप का महत्वपूर्ण हिस्सा था पर हमारे सम्बन्ध के विषय में मैंने किसी से कुछ नहीं कहा।

एक दिन अचानक शिखा ने बताया कि नील ने उसे शादी का प्रस्ताव दिया है।

मैंने देखा कि उसके गाल नये खिले गुलमोहर के फूलों की तरह लाल दहक रहे थे और उसकी मुस्कान में एक अलौकिक चमक थी। उसका रूप और निखर आया था और मैं उसकी तपिश से धूँ-धूँ कर जल पड़ी। मैं और नील जब भी मिलते हल्की-फुल्की फ़्लर्टिंग करते और 1-2 बार हमने नाटकीय अन्दाज़ में प्रेम का इज़हार भी किया था। मैं उसका ज़िक्र हमेशा कुछ ऐसे अन्दाज़ से करती जैसे मुझे उसकी परवाह नहीं थी परन्तु हर रात सोने से पहले ही मैं उसके सपने देखने लगती और गहरी नींद में भी अपने को उसकी मज़बूत बाँहों में पाती। उसके खोने का डर सोते-जागते हर वक़्त सताता। भले ही हमारा रिश्ता अभी ठीक से बना नहीं था पर उसने मुझे प्रेम की राह के सपने तो दिखाये थे। मुझे इस धोके ने झकझोर दिया। मैंने शिखा से बहुत बढ़ा-चढ़ा कर नील के साथ अपनी रूमानी शामों का वर्णन किया। वो चाहे किसी से विवाह कर ले पर मेरा और उसका रिश्ता कभी टूट नहीं सकता। मैं और ना जाने क्या-क्या कहती रही और वो चुप-चाप सुनती रही। बस उसकी आँखों से बड़े-बड़े मोती टपकते रहे। मैं कंधे झटक कर निकल गयी और फिर कभी उससे सीधे मुँह बात नहीं की।

उस दिन के बाद हमने नील के बारे कभी बात नहीं की। कुछ समय बाद, उसने परिवार द्वारा चुने, ख़ूब अच्छा कमाने वाले, प्रवासी भारतीय इंजीनियर से शादी कर ली, और देश छोड़ कर चली गयी। हम कुछ वर्षों तक पुरानी यादों के बवंडर में हिचकोले खाते रहे, कई बार उसने तेज़ लहरों से जूझ कर, मेरी तरफ़ पुनः दोस्ती का हाथ बढ़ाया, पर हर बार मैंने अपना हाथ खींच लिया, और उसने भी कई बार थपेड़े खा कर हार मान ली। मैंने उस ग़ुस्से का बदला अपने-आप से भी लिया। प्यार-दोस्ती, रिश्ते-नाते, यारी-वफ़ादारी, जैसे सब से मेरा भरोसा उठ गया। धीरे-धीरे मैं सबसे दूर हो गयी और अन्तःकरण में भरे विद्वेष के अंधेरे में खो गयी। दूसरी सहेलियों की संकीर्ण बातों से चिढ़ होती और नील के प्रति मन बिल्कुल उदासीन हो गया। मैंने उसकी आगे ज़िन्दगी के बारे में भी कुछ जानने की कोशिश नहीं की। दस वर्ष हो गये, शायद किसी अख़बार में पढ़ा था कि कुछ रहस्यमय हालत में नील की मौत किसी बड़े शहर के थियेटर में हुई।

काफ़ी रात गये शिखा आई और आते ही मेरे गले से लिपट गयी। उसका आलिंगन जितना गर्म था उसका शरीर उतना ही ठंडा। उसके खुरदरे चमड़े और रेशमी कपड़ों से मोगरे की भीनी-भीनी ख़ुशबू आ रही थी। उसके चेहरे पर अजीब सी वेदना थी। उसका लम्बा शरीर भी मेरे मंझोले बदन की तरह थककर झुक गया था और वो मेरी स्थूल और निढ़ाल वृद्ध काया का दुर्बल और झुर्रिदार संस्करण थी। हमने पुराने गिले-शिकवे भुला कर ऐसे बातें की, जैसे कभी अलग नहीं हुए थे। हमने सभी को याद किया- उसके माता-पिता, मेरे माता-पिता, मेरी बहन, उसकी कज़िन, और हमारी सहेलियाँ, जो बचपन में हमारे साथ खेलती थीं। हम सभी पारिवारिक मित्र और पड़ोसी थे और एक-दूसरे के घर निरंतर आना-जाना था। वो कभी अनवरत बोलती तो

कभी धीरे-धीरे कुछ बड़बड़ाती और चुप हो जाती। कभी ऐसा लगता जैसे उसकी आवाज़ बहुत दूर से आ रही हो और चेहरे पर ऐसा खोया हुआ भाव आ जाता, जैसे उसका शरीर तो मेरे पास बैठा था पर मन कहीं और ही, किसी बियावान जंगल में भटक रहा हो। नील को तो हम भूल ही गये। हमारी यादों के विस्तृत दायरे में मानो वह छोटी सी ग़लतफ़हमी नगण्य हो गयी। इतने समय बाद, किसी भावुकतापूर्ण क्षमायाचना की क्या ज़रूरत थी?

सुबह होते ही वो चली गयी पर सालों से दबा हुआ विचारों का बाँध खुल गया। भावनाएँ उफान पर थीं। अब हमारे बीच आख़िर क्या अंतर था? ना वो पहले की तरह सुंदर थी और ना मैं चंचल। एक लम्बी उम्र ने जो हमसे सब-कुछ छीन लिया उसके बदले क्या दिया था? कुछ रिश्ते शताब्दियों के बाद अपने-आप परिपक्व हो जाते हैं और जटिल परिस्थितियों से तप कर उनमें एक सूक्ष्म ज्योति प्रज्वलित हो जाती है। ऐसा लगा, जैसे हम उस दीप्ति के बहुत पास आ गये थे।

इस बीच रेखा अड़ोस-पड़ोस में रहने वाली ऐसी महिला में तब्दील हो गयी, जिनका एकमात्र काम दूसरों की ज़िन्दगी में ताक-झाँक करना, और बेकार की बातें करना होता है। मुझे ऐसी औरतों से हमेशा चिढ़ थी। जो कोई रचनात्मक कार्य नहीं करती और बस दूसरी औरतों की बुराई में लगी रहती हैं। वो धाराप्रवाह अनर्गल बातें करती। मैं अपनी मिट्टी की गुड़िया को चुप रहने के अलावा और क्या सिखा सकती थी? मैं सोचती कि समय के साथ उसे भी वही शांति मिल जायेगी जो मुझे शिखा के सान्निध्य में मिल रही थी। हमारी ख़ामोश आँखें बस एक-दूसरे से मिलते सब-कुछ जान जातीं, कहने-सुनने की ज़रूरत ही नहीं रही। ऐसा तो बचपन में भी नहीं होता था।

फिर तो एक सिलसिला चल पड़ा। रोज़ रेखा के जाने के एक घंटे बाद शिखा आ जाती और सुबह तक रहती। हम कभी ढेरों बातें करते तो कभी चुप बैठे रहते। अक्सर वो साथ कहीं चलने को कहती और हम रात-बिरात हँसते हुए किसी पुरानी गली को ढूँढने निकल पड़ते जहाँ कभी रोज़ का आना-जाना था। मैं उसी शहर में रहती और वो सालों बाद आई थी पर अपने-आप को घर में क़ैद कर, मैं भी उन गलियों का रास्ता भूल गयी थी। हम हर उस जगह गये जहाँ से बचपन और जवानी की कोई याद जुड़ी थी। यहाँ तक कि नील का थियेटर भी नहीं छोड़ा और दो-चार बार तो उस शमशान घाट से भी गुज़रे, जो हम दोनों के स्वागत में जैसे बाँहें फैलाए पुकार रहा था कि तुम तो बस यूँ ही भटकते रहे जबकि तुम्हारी हर खोज की मंज़िल बस यहीं तक थी।

हमारे बैठने की प्रिय जगह एक पार्क था, जो शिखा के घर वाली गली के बीचोंबीच था। वहाँ बच्चों के खेलने की थोड़ी जगह में झूले और इधर-उधर बैठने

के लिए कुछ बेंच लगे थे। वह रात कुछ ख़ास थी। चाँद एक चमकदार तश्तरी की तरह नीले-काले आसमान में स्थिर था पर पूरे वातावरण में एक पारलौकिक हलचल थी जैसे कुछ बदलने की कगार पर हो। हम दोनों अपनी परिचित बेंच पर बैठे अपनी सोच में खोये थे। शायद थोड़ी देर के लिए मुझे नींद आ गयी और एक ज़ोर की आवाज़ से आँखें खुल गयीं। ऐसा लगा जैसे पार्क की ज़मीन ऊपर उठ रही हो, सभी बिजली के खंभों पर लगी लाइटें आपस में जुड़ गयी, और सब-कुछ दूधिया रोशनी से नहा उठा। रात सर्द थी और धुँध भी बहुत थी पर उस अद्वितीय प्रकाश में हवा भी जगमगाने लगी। फिर पूरा पार्क मेरी-गो-राउंड की तरह गोल-गोल घूमने लगा और हमारे ठीक सामने वाली बेंच पर नील बैठा दिखा। उसकी देह बूढ़े रीछ की तरह स्लेटी बालों से भारी थीं, मोटी-मोटी भौंहें सफ़ेद गुच्छों में उसकी ऊनींदी आँखों पर लटक रही थीं। उसके गाल अंदर की तरफ़ धँसे हुये थे और चेहरे पर पीली मुर्दनी छाई थी। धीरे-धीरे वह भयानक रूप बदलने लगा, जैसे कोई कैनवास पर अदृश्य ब्रश फेर रहा हो, और उसके चित्र को पुरानी शक्ल दे रहा हो। जल्दी ही वो फिर वैसा दिखने लगा, जैसा मेरी यादों में दिखता। शिखा और मैं एक दूसरे की काँपती ऊँगलियों थामे वह विचित्र दृश्य सुबह होने तक देखते रहे और बस उसके ख़त्म होने की प्रतीक्षा करते रहे। एक पल तो ऐसा लगा जैसे मैं दो भूत देख रही थी। एक ने मेरा हाथ जकड़ रखा था तो दूसरा वहीं पास बैठा चालाकी भरे खेल दिखा रहा था।

राख जैसे मटमैले आकाश में जब सूरज धधकते कोयले की तरह उगा तो उसकी रोशनी ख़ून सी लाल थी। कुछ बोलने का मन नहीं हुआ। मैंने और रेखा ने आँखों-आँखों में विदाई ली। मैं किसी तरह गिरते-पड़ते घर पहुँची। आँखें नींद से बोझिल और शरीर थकान से भारी था पर मन में एक अद्भुत शांति थी। जैसे एक पुराने मुर्दे की शव-यात्रा बहुत समय से रुकी हुई थी। अब तो अंत्येष्टि की क्रिया सम्पन्न हो गयी थी ताकि मेरे व्यर्थ हुए जीवन का शोक-काल आरम्भ हो सके। मैं रोज़ाना के दुःख-सुख, मूर्खों के उत्सवों और दुर्घटनाओं, और निम्नस्तरीय भौतिक संवेदनाओं से मुक्त होने के लिए तैयार थी। फिर ऐसी गहरी नींद आयी जैसे बरसों से नहीं आई थी।

जब आँखें खुली तो कोई ज़ोर-ज़ोर से दरवाज़ा पीट रहा था। खिड़की के बाहर सूरज अपने ही सिंदूरी रंगों में डूब रहा था। तो क्या मैं दिन भर सोती रही? सोचने का भी समय नहीं था। दरवाज़ा पीटने की आवाज़ें और तेज़ हो गयीं। जब मैं उठी तो पाँव सुन्न हो गये। मैंने घिसटते हुए अपने चूर-चूर होते शरीर को दरवाज़े तक पहुँचाया और कुण्डी खोली। बाहर एक छोटा सूट्केस उठाये मेरी बहन का बेटा मुदित खड़ा था। मैं रात भर भावनाओं में इतनी तीव्रता से बही थी कि उसे देख कर मुझे कुछ भी महसूस नहीं हुआ। वो अंदर आकर बैठक में सोफ़े पर पसर गया और मैं भी अपनी आरामकुर्सी

पर बैठ गयी। वो मुझे अजीब सी नज़रों से देख रहा था और शायद मैं बिना कुछ कहे मंद-मंद मुस्कुरा रही थी। दरवाज़े से फिर खटखाने की आवाज़ आने लगी। मुदित ने उठ कर दरवाज़ा खोला तो रेखा अंदर आयी। वो बैठी ही थी कि फिर कोई आया। इस बार रेखा ने कुण्डी खोली और दो-चार पड़ोसी आए। फिर सब बाहर चले गये और बरामदे में खुसर-फुसर करने लगे। मैं इतनी थकी हुयी थी कि हैरान होना भी भूल गयी। फिर मुदित अकेला वापस आया।

"क्या बात है? ये हो क्या रहा है?" मैंने बिना किसी, उत्सुकता के पूछा।

"मोहल्ले वाले कह रहे हैं कि शायद आपकी तबीयत ठीक नहीं। आप रात भर पूरे शहर में बदहवास घूमती रहती हैं, और मौसी, कल तो सारी रात इतनी ठंड और कोहरे में, आप अकेली पार्क की बेंच पर बैठी रहीं? सभी चिंतित हैं कि आपको किसी क्लिनिक में रख देना चाहिए जहाँ कोई आप पर चौबीसों घण्टे नज़र रखे। मोहल्ले वालों ने मशवरा कर रेखा से फ़ोन करवाया तो मैं दौड़ा-दौड़ा आया।"

"सब पागल हैं। मैं अकेली कहाँ थी? शिखा मेरे साथ थी। वो इतने दिनों बाद आयी है कि दिन-रात का ध्यान नहीं रहा और जिस पार्क में हम खेलते थे वहीं जा कर बैठ गये। फिर उठने का मन नहीं हुआ।"

"कौन शिखा?" उसने हैरानी से पूछा।

"अरे, तू शिखा मौसी को भूल गया? बचपन में कई बार देखा होगा।"

"पर ये कैसे हो सकता हो सकता है, मौसी?"

वो भी चुप हो गया और मैं भी। हाँ, ये कैसे हुआ? इसका मैं क्या उत्तर देती? हम दोनों जानते थे कि एक दूर देश के वृद्धाश्रम में शिखा की मौत सात-आठ वर्ष पहले ही हो गयी थी।

# पूर्णिमा का चाँद

''पानी'' अरुण ने किसी तरह आँखें खोलीं, होंठ सिकोड़े, इधर-उधर कुछ देर अनिश्चित भाव से देखता रहा, फिर जब काव्या से नज़रें मिलीं तो मुस्कुरा दिया। मुस्कान में दर्द था पर आँखों में कोमल शान्ति, जिसने काव्या के दिल और शरीर पर लगे अनगिनत ज़ख़्मों पर जैसे ठंडा मरहम लगा दिया। बहुत सी चोटें थीं जो क़िस्मत ने लगाईं थीं। उनसे काव्या तो अभी भी लड़ रही थी लेकिन अरुण?

काव्या धीरे से उठ कर पानी ले आई। जब अरुण ने पानी पी लिया तो वह खिड़की खोलकर बाहर देखने लगी। बड़ी सर्द रात थी और चारों तरफ़ घना कोहरा था। दूधिया चाँदनी ने धुँध से मिलकर एक निराला समा बाँध रखा था। पेड़, सड़क, और आसमान, सब एक दूसरे से मिलकर किसी रहस्यमयी दुनिया में बदल गये थे। कहाँ क्या था कुछ ठीक से समझ नहीं आ रहा था। फिर हल्की सी हवा चलती और धुँध उड़ने लगती, ऐसा लगता मानो पेड़-पौधे और सड़क भी चमकीली हवा में बह रही हो। चाँद ऊपर किसी अदृश्य बादल में छुपा था फिर भी नीली सी चाँदनी जादूगर की तरह हर ओर से बरसा रहा था। आस-पास दूर तक दूसरी कोई इमारत नहीं थी और चाँदनी धुँध के साथ बहते हुए एक झिलमिलाते समुद्र-ताल सी लगने लगी और वह असाधारण चमक वहाँ तक पहुँच गयी जहाँ काव्या अरुण से अन्तिम बार मिली थी।

ऐसी ही धुँध वाली सर्दी की रात थी। काव्या पूर्णिमा के चाँद के नीचे अपने महल जैसे घर के पास खड़ी अरुण की प्रतीक्षा कर रही थी। सब कहते काव्या चाँद की तरह सुंदर थी और पूर्णिमा की चाँदनी में उसका रूप और निखर जाता। चाँद अपनी ही चाँदनी में काव्या के सामने फीका पड़ जाता। अरुण अपने को अलादिन कहता और काव्या को अपनी राजकुमारी बदरूलबदूर, सभी पूर्णिमा के चाँदों की भी पूर्णिमा की चाँद! अगर वह दृश्य चन्द्रमा की ज्योत्सना में अभिनीत नहीं होता तो क्या वह उतना मनमोहक हो सकता था? कितनी मधुर थी वो रात; किसी सुंदर तस्वीर जैसी, या फिर किसी फ़िल्म के ड्रीम-सीकवेन्स जैसी, जिसमें कृत्रिम मशीनों

से धुँध बनाई जाती, और हीरो-हीरोईन उसमें उड़ते हुए से प्रेम की चाँदनी में ओत-प्रोत कोई गीत गाते।

अगर काव्या पूर्णिमा की रात थी तो अरुण क्या किसी हीरो से कम सुंदर था? बड़ी-बड़ी आँखों में किसी बीहड़ जंगल सी बेफ़िक्री, चेहरे पर उसी में भटकते किसी शिकारी की साहसिकता, धीर-गंभीर मुस्कान, और गाल में पड़ते दो ख़ाली गड्ढे, जिनमें बस कूद जाने को मन होता। उसके गले के नीचे जैसे अकेलेपन की गाँठे थीं। जिन्हें वह खोलना चाहती। काव्या जहाँ खड़ी थी वहाँ से धुँधली रात में भी सभी गाँठें साफ़ नज़र आ रही थीं। काव्या को भी तो प्यार की भूख थी और केवल अरुण का प्यार उसकी लापरवाही भरी इच्छाओं पर गाँठें लगा सकता।

प्यार के साथ एक जोखिम लेने वाली सनक जिसने उस क़दम का रोमांच बढ़ा दिया था। वो क़दम जो उस चाँदनी रात में लेना सबसे आसान था। पूर्णिमा के चाँद ने जैसे उसकी सभी भावनायें तीक्ष्ण कर दी थी। जब काव्या ने अरुण को कमनीय चंद्रिका में धुँध से लिपटे देखा तो बस उसका हाथ पकड़ लिया और वो दोनों हवा में किसी स्वप्नलोक की ओर उड़ने लगे। वह उनका अंतिम मिलना था। इसलिए कि, तब से वो साथ थे। जब सुबह हुई तो रात की चाँदनी में उमड़ी प्रेम की उग्रता कुछ कम हो गयी। अब उन्होंने उड़ने के बजाय दौड़ना आरम्भ कर दिया था। आख़िर कब तक दौड़ते? दौड़ते-दौड़ते एक दिन तो थकना था।

काव्या अरुण के पास बैठकर उसके चेहरे में उस रात के अरुण को ढूँढने लगी। कहाँ खो गया था वो? उसके होंठों पर अभी भी काव्या के होंठों के निशान थे, निर्भीक आँखें बंद थीं, गालों में पड़ने वाले वो मोहक गड्ढे ग़ायब थे, पूरा चेहरा ही खोखला लगता, और फिर वो गाँठें? बाँधी तो थी उन्होंने भागते-भागते किसी मंदिर में और अब शायद परमात्मा ही गाँठें खोल रहा था। जिसके साथ ठोकरें खाने के लिए अपनी फूलों की सेज जैसी ज़िन्दगी छोड़ी वही साथ छोड़ रहा था। काव्या बिफर कर रो पड़ी।

उस रात और उस रात के पहले कितना ख़ूबसूरत था वो! बिल्कुल उनकी उम्मीदों की तरह जो विशाल थीं और बारिश में भींगते फूलों की तरह पवित्र। क्या-क्या सपने देखे थे जिनका एक-एक क़तरा पिछले तेरह महीनों की दौड़, तनाव, डर, भूख, और थकान में वास्तविकता से भी भयावह हो गया। वह रोते-रोते हँसने लगी। फिर ग़ौर से उसकी उठती-गिरती छाती को देखने लगी। वो धीरे-धीरे समय की रेत में धँस रहा था। अच्छा हो अगर वो वहाँ से अकेली भाग जाए। उसके धँसने से पहले। अरुण एक मीठी सी मुस्कान मुसकाने लगा। इतनी तकलीफ़ में भी वो मुस्कुरा रहा था और वो भागने की बात सोच रही थी? क्या वो अभी भी उसे बचा नहीं सकती? या फिर वो मुस्कान इसलिए थी कि वो मौत के क़रीब था। एक मौत

जो उन दोनों को मुक्त कर देती।

वो अभी भी ज़िन्दगी से चिपका हुआ था क्योंकि उसके सोचने समझने की शक्ति ख़त्म हो चुकी थी और शायद हमारी इंद्रियाँ स्वभावतः जीवन की डोर थामे रहती हैं। वरना क्यों कोई ऐसा जीवन जीना चाहेगा जिसमें सुख के दिन ना आते थे ना बहुत दिनों तक किसी ऐसे दिन के आने की संभावना थी। फिर भी उसे इतने दिनों तक ज़िंदा रख कर काव्या को क्या मिलने वाला था? अगर वो नहीं मरा तो क्या फिर वही दौड़ शुरू हो जाएगी? उसके ज़िंदा रहने से क्या उनकी मुसीबतें कम हो जाएँगी? पर ये सोचने से क्या फ़ायदा? वो ज़िंदा नहीं बचेगा। आज की रात भारी थी और उसके जीने की उम्मीद उस चाँद जैसी थी जो कभी दिखता कभी छुपता। वो मरे या जिये काव्या को तो जीना था। एक शान्त अतीत को याद कर के जिसमें उसने कोई जोखिम भरा क़दम नहीं उठाया था और एक ऐसे भविष्य की कल्पना में जो सुनहरा होने की उम्मीद में आराम देता। वर्तमान को तो भूल जाना बेहतर था जैसे वो अदृश्य हो या फिर बाहर के जैसी धुँध से भरा- जिसने सब कुछ ढाँक लिया था। सुख, दुःख, परेशानी, मौत, सब। पर क्या मौत को सचमुच ढाँप सकते हैं?

खुली हुई खिड़की से धुँध और चाँदनी अंदर आने लगी और कमरे को भी धुएँ से भर दिया। काव्या उनके बनते बिगड़ते रूप देखने लगी। कभी लगता जालीदार ओढ़नियाँ उड़ रही हैं और फिर कुछ देर में लगता कि मकड़ी के जाले। देखते देखते कई महीन चमकीली पट्टियाँ कमरे में फैल गयीं और सर्दी से काव्या के दाँत किटकिटाने लगे। अचानक उसे बाहर से किसी के चलने की आहट सुनाई देने लगी। खट खट खट। जैसे कोई कील लगे बूट पहन कर जान बूझ कर डराने के लिए चल रहा हो। क़दमों की आवाज़ सीढ़ियों तक आ गयीं। कौन हो सकता था? काव्या ने तो सभी को बाहर भेज दिया था। धर्मशाले में बहुत से लोग थे जो जगह हॉस्पिटल के पास होने की वजह से वहाँ रुके थे। सब की सहानुभूति उससे देखी नहीं जा रही थी। वह पूरी रात अरुण के साथ अकेली रहना चाहती थी। जब मौत आए, तब तो खासकर।

क़दमों की आहटें उसके सर में घंटी की तरह बजने लगीं। सर में बेतहाशा दर्द होने लगा। उसने दोनों हाथों से कान बंद करने की कोशिश की तो लगा जैसे आवाज़ उनके कमरे के ठीक बाहर आ कर रुक गयी है। क्या मौत आख़िरकार आ गयी थी? क्या अरुण अब दौड़ने से मुक्त हो जाएगा? डर से, दौड़ से, बीमारी से, और काव्या से भी? जब जीवन का मतलब यही सब था तो मुक्ति की कामना गुनाह क्यों है? क्यूँ सरकार हमें शालीनता से इच्छा मृत्यु का अधिक़ार नहीं देती? क्यों ज़बरदस्ती ज़िन्दगी के फंदे से लटकाये रखती है? क्यों हमें छुप कर फाँसी का फंदा लगाने को मजबूर करती है? अगर काव्या ने दरवाज़ा खोला और बाहर मौत खड़ी हो तो क्या

काव्या उसे पहचान लेगी? क्या मौत और काव्या आमने-सामने खड़े हो कर अरुण की बोली लगाएँगे? काव्या किस तरफ़ से बोली लगाएगी? ज़िन्दगी की तरफ़ से या मौत की तरफ़ से? मौत दुश्मन थी या दोस्त? ज़िन्दगी तो निस्सन्देह दुश्मन थी।

एक अजीब सी लड़ाई शुरू हो गयी। ज़िन्दगी और मौत के बीच। काव्या दौड़ कर अरुण से लिपट गयी। वो वैसे ही सोया था। बीमारी और दवाइयों के नशे में बेसुध। काव्या ने उसके सीने पर कान लगाया। उसका दिल इतनी ज़ोर से धड़क रहा था जैसे वो बाहर से आती क़दमों की आवाज़ सुन रहा हो और उसकी प्रतिक्रिया में ज़िन्दगी की धड़कन मौत से मुठभेड़ कर रही हो। काव्या की आँखें अपने आप छलकने लगीं। अगर अरुण नहीं रहा तो जीने का क्या फ़ायदा? वो दरवाज़ा कभी नहीं खोलेगी। जब मौत आ ही गयी है तो सिर्फ़ एक क्यों? दोनों को ले जाए। उसका शरीर भी अरुण के साथ सड़-गल जाए। वो अरुण के खोखले गाल सहलाने लगी जहाँ कभी बस छोटे-छोटे गड्ढे पड़ते और अब एक ऐसी खाई थी जिसमें गिरने के बाद निकलना असंभव था। चाँदनी अचानक तेज़ हो गयी और अरुण के चेहरे पर चमकने लगी। कुछ देर के लिए अरुण का चेहरा बिल्कुल उस रात जैसा हो गया जिस रात राजकुमारी बदरूलबदूर अपने अलादिन के साथ चाँदनी की क़ालीन में उड़ गयी थी।

उस रात घर छोड़ने से पहले काव्या ने अपने साथ सिर्फ़ एक चीज़ ली थी। एक पिस्तौल! जो उसने दो रोज़ पहले ही अपने भाई के कमरे से चुराई थी। वही पिस्तौल जिससे वह अपने भाइयों के साथ उनके महल के पीछे बने शूटिंग-रेंज में उन्हीं के साथ शूटिंग की प्रैक्टिस करती। भाइयों के लिए बहन का शूटिंग करना महज़ एक खेल था और तब काव्या के लिए भी वो एक खेल ही था। वो कहीं निशाना लगाती और गोली कहीं और जा कर लगती। सब हँसने लगते। उन्हें ऐसे ही ख़तरनाक खेल पसंद थे। फिर आज जब वे मौत बन कर काव्या के दरवाज़े पर खड़े थे तो काव्या भी उन्हीं के हथियार से वही खेल खेलने के लिए तैयार थी।

काव्या ने अरुण के पलंग के नीचे रखे उनके एकमात्र सामान, एक बैग, के बिल्कुल नीचे रखे कपड़ों की तह से पिस्तौल निकाली और अपनी कोमल उँगलियों से ट्रिगर पकड़ कर खड़ी हो गयी। काव्या ने पहले भी पिस्तौल निकाली थी। हर पूर्णिमा की रात को वही जुनून सर पर सवार हो जाता और उसे डर लगता कि वो आएँगे और अरुण को छीन लेंगे। उस दिन की लड़ाई से तैयारी के लिए पिस्तौल चलाने की प्रैक्टिस करते रहना ज़रूरी था। वो हमेशा ख़तरे के घिरे रहते। वो जानती थी कि इतने दिनों से जिस ख़तरे की कल्पना भर की थी आज वो सामने आ गया था। उसने एक बार अरुण की तरफ़ क़ातर नज़रों से देखा और लगा जैसे उसके होते भी वो दुनिया में बिल्कुल अकेली है। उसने जब नम आँखें उठाईं तो चाँदनी ने एक

हरी–नीली सी किरण उछाल दी और उस रोशनी में काव्या ने एक मटमैला लाल चेहरा उभरते हुए देखा। वो बिल्कुल अरुण के सिरहाने में खड़ा था।

काव्या कमरे में मौत के साथ अकेली खड़ी थी। अरुण के शरीर से पीड़ा और बुखार की सुर्ख़ ताप निकल रही थी। लाल सा धुआँ अरुण की देह से उठ कर उस अपरिचित विभत्स चेहरे पर लिपट गया। कमरे में जैसे ख़ून की गंध फैल गयी। काव्या ने बिना नज़र हटाए उसकी क्रूर आँखों पर निशाना लगाया। उस शैतानी आँखों से आग निकल रही थी पर उसके पास कोई हथियार नहीं था। काव्या जीत के लिए उससे ज़्यादा आश्वस्त थी। बस पिस्तौल वहीं टिकाए रखनी थी। अरुण ज़ोर–ज़ोर से साँसे ले रहा था। बस किसी तरह वो ज़िन्दगी की डोर थामे रहे। जब तक काव्या लड़ रही है तब तक अरुण की डोर ना टूटे फिर सब कुछ ठीक हो जाएगा। वो भले ही फिर दौड़ने के लिये मजबूर हो जाएँ पर वह अरुण को यूँ जाने नहीं देगी।

ना जाने कब तक वो वैसी ही खड़ी हो कर उस दैत्य को देखती रही। शायद कोहरा कुछ छँट सा रहा था क्योंकि खिड़की के बाहर चाँद साफ़ दिखाई देने लगा और उसमें फूलता जा रहा था वो भयावह चेहरा! वो इस दुनिया का नहीं था। किसी पाताल–लोक से आया था। ऐसी भयंकर शक्ल पृथ्वी लोक पर नहीं बन सकती। कमरे में अचानक अँधेरा हो गया। इतनी चाँदनी की बारिश कर के चाँद कहीं फिर छुप गया और काव्या को ऐसा महसूस हुआ जैसे कोई ठीक उसके मुँह के पास साँस ले रहा हो। मौत अरुण को छोड़ कर काव्या की तरफ़ बढ़ रही थी। अरुण अभी भी वैसे ही साँसे ले रहा था। फिर हल्की सी रोशनी आई और लाल आँखें धुँधले कमरे में फिर चमकी। इस बार काव्या उसे अपने आँखों के सम्पर्क से निकलने नहीं देगी। वह ज़ोर से नज़रें गड़ाये उसे घूरने लगी।

धुँध कमरे से ग़ायब हो रही थी। लाल, सफ़ेद, चमकदार, हर तरह की उड़ती हुई पट्टियाँ हवा में घुलने लगी और केवल चाँद की रोशनी फैलने लगी। काव्या ने देखा कि अभी बस एक सेकेंड पहले जो चेहरा उसके बिल्कुल पास था वो भी ग़ायब हो गया था। बाहर सीढ़ियों पर वापस जाते क़दमों की आहट थी। अरुण अब बिल्कुल आराम से किसी सुरीले साज़ की तरह साँसे ले रहा था। वो फिर दौड़ी और उससे लिपट गयी।

''मेरी बद–रूल–बदूर,'' अरुण बुदबुदाया। काव्या ने उसका चेहरा अपने गरम चुंबनों से भर दिया। वो वही प्यारी सी मुस्कान लिए आराम से सो गया। ऐसे जैसे काव्या ने बहुत दिनों से नहीं देखा था। वो चैन की साँस लेती हुई खिड़की के पास वापस आकर बाहर चाँदनी को देखने लगी। धुँध तो ऐसे ग़ायब हो गयी थी जैसे कभी नहीं थी। नीचे खुले में चाँद और चाँदनी रासलीला कर रहे थे। आसमान की तरफ़ देख कर तो ऐसा लग रहा था कि जैसे बस पौ फटने वाली हो पर रात अभी भी गहरी और विषादयुक्त थी। शमशान की काली रात की तरह अशुभ।

जहाँ तक काव्या की नज़र जाती वहाँ बस नीली चाँदनी थी। उसे लगा जैसे वह समुन्दर के अंदर हो और खारा पानी शांत लहरों में बह रहा हो। उसने अपने तनाव भरे शरीर को ढीला छोड़ दिया। वह कुछ सुस्ताने लगी, बदन शिथिल सा पड़ने लगा, पर आँखें चाँदनी में वैसे ही घूमती रहीं, और फिर उसी शैतानी चेहरे के ऊपर रुक गयीं। वो घिनौनी हँसी हँस रहा था जैसे आँखो आँखों में काव्या की खिल्ली उड़ा रहा हो। वो एक-दो क़दम बढ़ाता फिर एक-दो पीछे लेता। क्या वो आगे कौन सा क़दम उठाए या पीछे लौट जाए के बारे में निश्चय कर रहा था? या काव्या को चिढ़ा रहा था? कि वह उसकी दया पर थी? वो अभी भी वापस लौट सकता था और शायद काव्या में अब इतनी हिम्मत नहीं बची थी कि वो फिर से उसका सामना कर सके। फिर से बंदूक़ उठा कर उसे पराजित कर सके। वो तो सोच रही थी वह हार कर चला गया पर ये भी उसका एक खेल था। इतनी जल्दी वो मुक्ति नहीं देगा। अभी और तड़पाएगा। पता नहीं कब तक ख़तरनाक खेल खेलेगा।

अगर काव्या भी अरुण की तरह बीमार और बिस्तर पर पस्त होती तो शायद बस यूँ ही खड़ी उस शैतानी शक्ति को देखती रहती। अगर उसकी भावनाएँ भी उस पुरुष की तरह ठंडी पड़ी होती जिसे उसने इतनी गर्मी से प्रेम किया था तो वो कुछ नहीं करती और वो ख़तरा भी टल जाता। सब अच्छा तो नहीं होता पर यह अनुभव बिना कुछ और छीने चुप-चाप गुज़र जाता।

पर वो अब बहुत थक चुकी थी। बाहर ज़ोर से हवा चलने लगी। एक तेज़ बिजली की कड़क सुनाई दी! शायद इसीलिए धुँध हट रही थी। हवा की तेज़ी में मौसम फिर बदल रहा था। चाँद अभी बादलों से बाहर ही था और वो दानव भी। उसका भारी-भरकम शरीर हवा और चाँदनी में चमकता हुआ हिचकोले खाने लगा। मानो थोड़ी देर पहले जिस भूचाल को आने से काव्या ने रोक दिया था वो उसके आफ़्टरशॉक से हिल रहा हो। हवा में थरथराती उसकी विचित्र आकृति ने काव्या का ख़ून जमा दिया। थोड़ी देर पहले आती और जाती क़दमों की थर्राने वाली आहटें उसके दिमाग़ में क़ैद हो गयी थीं। आवाज़ें काव्या के दिलो-दिमाग़ में फिर ख़तरे की घंटी की तरह बजने लगीं।

काव्या को लगा कि आवाज़ें उसे पागल कर देंगी। शांत चाँदनी में होता शोर मरकरी की तरह उसके नसों में दौड़ने लगा। जलता हुआ विष उसके होशो-हवास पर छाने लगा। सचेत रहना अब उसके नियंत्रण में नहीं रहा। उसकी पूरी देह को मानो धीरे-धीरे लकवा मार रहा था। काश कि वो इस संघर्ष से छूट जाए और उसी शैतान की आकृति से मिल जाए जैसे चाँदनी ओस की बूँदों से मिल जाती। उसने शैतान की तरफ़ बोझिल आँखों से देखा। वो ओस की बूँदों से भीग कर और चमक रहा था। उसकी हँसी और ख़ौफ़नाक हो गयी थी। इससे पहले कि काव्या थक कर गिर

जाए उसे समर्पण कर देना चाहिए।

काव्या ने अरुण के बग़ल में उसके हाथ से छूटी बंदूक़ फिर से उठाई। उसे लगा वो भी चाँदनी की तरह पिघल रही है। उसका बदन भी तरल हो रहा था और वो भी कुछ देर में धुँध बन कर कहीं फिर से उड़ जाएगी। उसी चाँदनी रात की तरह एक बार फिर दूधिया कारपेट पर किसी स्वप्नलोक की तलाश में। काव्या ने पिस्तौल अपने माथे पर लगा लिया।

वो जैसे किसी मरी हुई आत्मा के तंत्र-मंत्र के वश में थी। वो टूट चुकी थी। अपने आप से ही हार गयी थी। उसकी जीवंत आँखें और स्वस्थ हाथों और पैरों की जीवनी-शक्ति सब ऊपरी दिखावा थीं। उसके हृदय को विषाद ने मार दिया था। उसकी आत्मा मुर्दे की तरह अकड़ गयी थी। नीचे चाँदनी में खड़ा भूत उसे बुला रहा था। इस बार उसने हाथ से इशारा किया और कुटिलता से मुस्कुराया।

काव्या के दिमाग़ में लगी धुँध जैसे एक झटके में छँट गयी। क्या कर रही थी वो? वो उस परछाई से हार रही थी? जिसे बस थोड़ी देर पहले उसने क़ाबू में किया था। पूरा शरीर जैसे दर्द से बिखर रहा था। उसे लगा वो बस मरने ही वाली है। अब प्राण नहीं बचेंगे पर उसने फिर एक आख़िरी ज़ोर लगाया। उसे किसी भी तरह इस सम्मोहन से निकल कर अपनी चेतना को जागृत करना था। बस एक बार पूरी ताक़त लगानी थी। बस एक बार। उसने हाथ उठा कर निशाना लगाया।

बहुत ज़ोर की बिजली कड़की। तेज़ आवाज़ से पूरा माहौल गूँज गया। काव्या ने देखा कि वो अपनी दुस्साहसी यात्रा के आख़िरी पड़ाव पर थी। दौड़ आख़िर ख़त्म हो गयी थी। बाहर सो रहे लोग जाग गये थे और बहुत देर दरवाज़ा पीटने पर भी जब ना कोई आवाज़ आई और ना दरवाज़ा खुला तो उन्होंने किवाड़ तोड़कर अंदर प्रवेश किया। अंदर एक औरत खिड़की की ओर पीठ किए पिस्तौल पकड़े खड़ी थी। सामने बिस्तर पर पड़ा बीमार आदमी मुस्कुरा रहा था। वो बिल्कुल स्वस्थ दिख रहा था। पर उसे गोली लगी थी।

# मध्यांतर

''जया!'' एक जानी-पहचानी आवाज़ की पुकार सुन कर जया अपनी कुर्सी से पीछे देखने लगी और अभिजीत को देख कर चौंक गयी। पहले तो दिल में आया कि नज़रअंदाज़ कर फिर सामने मुड़ जाए पर वो हमेशा ही अपने अच्छे स्वभाव की वजह से ज़िन्दगी से मात खाती। अगर अभिजीत को पहले देख लिया होता तो वह आवाज़ जया आसानी से अनसुनी कर सकती थी पर जब पीछे मुड़कर उसे देख लिया तो क्या किया जाये? मुस्कुराना तो नहीं हो सका और अभिजीत की तरह चिल्लाकर हलो भी नहीं बोला गया सो बस सर हिला कर सामने मुड़ गयी।

विश्वविद्यालय के प्रांगण के एक छोटे से लॉन में गोष्ठी हो रही थी। विषय काफ़ी घिसा-पिटा था - ''अतीत''। जया के प्रिय लेखक दिव्यांश, जिन्हें इस विषय पर महारत हासिल थी, और जो अपनी किताबों में सिर्फ़ अतीत को याद करते - कुछ ऐसे, जैसे अतीत कभी वर्तमान रहा ही ना हो, बोलते-बोलते अतीत के किसी पन्ने पर चिपक गये थे। सब बोर हो रहे थे लेकिन दिव्यांश अपनी प्रियतमा की तारीफ़ें करते गद्य से पद्य पर आ गये। मामला इतना असहनीय हो गया कि जया भी उबासियाँ लेने लगी।

अभिजीत सोच रहा था वो जया से उसके पास बैठने की इजाज़त आँखों-आँखों में माँग लेगा। जानता था कि सरल स्वभाव वाली जया ना चाहते हुए भी मना नहीं कर पाएगी। कितनी बार उसने इसी का जाने-अनजाने फ़ायदा उठाया था। जब वो उसका दिल दुखाने के बाद भी कोई ना कोई बहाना या भोलेपन की ऐक्टिंग कर उसे मना लेता। वह जान-बूझकर ग़लतियाँ नहीं करता। कभी ये सोच कर ऐसे क़दम नहीं उठाता कि उसे जया को परेशान करना है। असल में, उसे बस अपनी परवाह थी, वो केवल अपने बारे में सोचता, और बाद में याद आता कि जया के साथ ज़्यादती हो गयी। लेकिन उससे क्या फ़र्क़ पड़ता है? हमेशा की तरह जया मान जायेगी और सब ठीक हो जाएगा।

जया का यूँ जल्दी से आगे की तरफ़ मुड़ना कुछ नया सा था। अभिजीत जानता

था दिव्यांश उसके पसंदीदा लेखक हैं। शायद इसीलिए बोर होने के बावजूद जया उन्हें ही देखना चाहती हो। थोड़ी देर बाद फिर मुड़ेगी और नहीं मुड़ी तो वो फिर आवाज़ दे देगा। पर दुबारा आवाज़ लगाने की हिम्मत नहीं हो रही थी। पहली बार में ही कई लोग घूर कर उसकी तरफ़ देख रहे थे। जैसे दिव्यांश कोई बहुत मज़ेदार वाक़या या कोई बड़ी गहरी बात बता रहे हों और सब बड़े ध्यान से सुन रहे हों। पता नहीं क्यूँ और कैसे लोग ऐसी इंटेलेक्चुअल बनने वाली ऐक्टिंग कर लेते!

ज़्यादातर लोग अभी भी दिव्यांश के वक्तव्य को ग़ौर से सुनने का स्वांग कर रहे थे बस जया आराम से मुँह फाड़ कर उबासी ले रही थी। अभिजीत को जया के इसी स्वाभाविक निष्कपट व्यवहार से प्यार हो गया था। दिखने में वो साधारण थी पर साँवले चेहरे पर उसके अत्यंत मीठे स्वभाव की झलक साफ़ दिखाई देती। फिर उसका ख़ूबसूरत फ़िगर और पाँच फ़ीट सात इंच की लम्बाई ऐसी थी कि जहाँ जाती लोग उसे एक बार प्रशंसा भरी नज़रों से ज़रूर देखते। अभिजीत भी साँवला और छः फ़ीट लम्बा था। दोनों एक साथ हर पार्टी में आकर्षण का एक छोटा केंद्र बनाने में कामयाब होते। आज एक शिफ़ोन की हल्के गुलाबी रंग की साड़ी में जया और भी आकर्षक लग रही थी। अभिजीत उसकी पसंदीदा हल्की नीली क़मीज़ और गहरी नीली पैंट पहन कर आया था। क़रीने से बाल भी बनाये थे और नया कोलोन भी लगाया था। जया को पसीने की महक से चिढ़ थी।

उनके सभी दोस्त कहते कि जया और अभिजीत 'मेड फ़ॉर ईच अदर' हैं। ये सैंकड़ों बार सुना-सुनाया मुहावरा सुन कर अभिजीत सोचने लगा था कि जया उसकी स्वीकृत की हुई कोई वस्तु है। अनायास ही उसके कहीं और रिश्ते बन जाते। रोमांटिक नॉवल में 'टॉल डार्क एंड हैंडसम' हीरो का विवरण पढ़ कर बड़ी हुई लड़कियों का वो जैसे कोई साकार हुआ सपना था। दो-चार बार कहीं और रिश्ता बना पर हर बार कुछ ही महीनों में अभिजीत आश्वस्त हो जाता कि जया और वो 'मेड फ़ॉर ईच अदर' हैं और जया के पास वापस लौट जाता। ऐसा पहली बार हुआ था कि जया ने एक तरह से उसे अनदेखा किया और उसे लगा कि जया कोई नायाब वस्तु है। हाँ, वस्तु वो अभी भी थी पर अभिजीत की पहुँच से कुछ बाहर और अभिजीत को पहली बार उसे खोने का डर लगा। इस बार उसने लौटने में देरी भी काफ़ी की थी। हर बार वो कुछ महीनों में ही लौट आया था और इस बार दो साल लग गये!

जया कोने में बैठी थी और धीरे से अपनी कुर्सी से उठी। ज़रा सी भी आवाज़ नहीं हुई। चुपके से बाहर सड़क की तरफ़ निकल कर जान में जान आई। अभी चैन की साँस भी नहीं ले पाई थी कि दूसरी आवाज़ आई। वो आवाज़ भी जानी-पहचानी थी पर कम-से-कम अभिजीत की नहीं थी। जया रुक कर दूसरी आवाज़ वाले पुरुष

से बातें करने लगी। अभिजीत की नज़रें जया की पीठ पर टिकी थीं। उसने जया को जाते देखा था और पीछे-पीछे निकल आया था। जया कितनी भी चुपके से निकले, उसकी ऊँचाई कुछ ऐसी थी कि बिना किसी को दिखे वो कहीं से निकल जाए, ये असंभव था। अभिजीत आवाज़ लगाने ही वाला था कि दूसरे व्यक्ति की आवाज़ सुन कर रुक गया। जया को हँस-हँस कर उससे बातें कर देख पहली बार जलन भी हुई। आज सब कुछ पहली बार था। जया का अभिजीत को इग्नोर करना, फिर जल्दी से दिव्यांश की स्पीच आधी छोड़कर निकल जाना, और अब किसी और पुरुष से उसे बातें करते देख अभिजीत का जलना! आख़िर जब जया की बातचीत ख़त्म हुई और वो आगे बढ़ी तो अभिजीत ने फिर आवाज़ लगाई,

''जया!'' इस बार वो उपेक्षा कर आगे बढ़ने लगी पर दूसरे ही पल अभिजीत उसकी बग़ल में चल रहा था।

''बस थोड़ी देर साथ चल सकता हूँ?'' जया फिर मना ना कर सकी और सर हिला दिया लेकिन उसकी ओर बिना देखे आगे चलती रही।

''मैं जानता था कि तुम यहाँ आओगी। इसीलिए मैं आया।'' अभिजीत के स्वर में दर्द था। जया ने पहले कभी अभिजीत की दर्द भरी आवाज़ नहीं सुनी थी। वो कुछ हकलाने लगा और इतना ही बोल कर चुप हो गया। जया हैरान तो हुई पर उसने कोई हैरानगी ज़ाहिर नहीं की।

''मुझे पता नहीं था कि तुम यहाँ आओगे। मैं तो तुम्हारे बारे में सोच भी नहीं रही थी।'' जया ने बिल्कुल सपाट आवाज़ में कहा। अभिजीत ने उसे इतने ज़ख़्म दिए थे कि अब दर्द होना बंद हो गया था। फिर भी कुछ जगहें ऐसी थी जहाँ एक हल्का सा स्पर्श भी पीड़ादायक लगता।

जया के हाव-भाव में कोई तड़प नहीं थी फिर भी अभिजीत को विश्वास था कि उनके बीच एक पारदर्शी दीवार है और जया उसके पीछे जितना भी छुपने की कोशिश करे वो एक दूसरे को साफ़ देख सकते थे। बस एक धक्क मार कर दीवार टूट सकती थी।

''मैंने तो सोचा था कि इस बार तुम्हारे पास कहने को बहुत कुछ होगा। हर बार तुम हल्के में ही माफ़ कर देती पर इस बार तुम बहुत सी बातें बोलोगी।'' अभिजीत ने उसी पुराने याचना भरे स्वर में कहा। जया ने सचमुच ऐसा सोचा था कि इस बार जब अभिजीत वापस आएगा तो ख़ूब खरी-खोटी सुनायेगी। उसने अकेले बैठ कर कितनी लम्बी-लम्बी डाँट की प्रैक्टिस भी की थी। पर जब एक-डेढ़ साल गुज़र गये और वो वापस नहीं आया तो जया अपने रटे हुए वाक्य भूलने लगी। अब दो साल बाद वो वापस आया था तो याचना भरे स्वर में अजीब कायरता थी। पहले उस क्षमा माँगने वाले अन्दाज़ में भी एक दंभ होता। जैसे वो लौट कर जया पर ही कोई

अहसान कर रहा हो। गहरी भूरी आँखों में व्यंग्य का काला रंग होता मानो कह रहा हो कि तुम मेरी प्रतीक्षा ही कर रही थी ना? लो आ गया और तुम्हारा मान रखने के लिए मैंने माफ़ी माँगने की औपचारिकता पूरी कर दी। इस बार उसके चेहरे पर ऐसी क़ातरता थी कि उसके व्यक्तित्व का आकर्षण ही समाप्त हो गया था।

जया को कोई पुरुष जल्दी आकर्षित नहीं करता। पुरुष इतने बेढंगे से होते और उनकी किसी बात पर यक़ीन करना इतना मुश्किल था कि वो समझ नहीं पाती कि उनसे आकर्षित है भी या नहीं। वो सब महिलाओं की तारीफ़ करते, हर महिला को लगता कि वे ईमानदार हैं और सिर्फ़ उन्हीं की तारीफ़े करते हैं, हर महिला यही समझती कि जिस पुरुष से वो प्यार करती है वही सबसे ख़ास है और वो कभी नहीं बदलेगा लेकिन वो ऐसे बदल जाते जैसे कभी पहले वाले पुरुष थे ही नहीं।

जया ने बिल्कुल एक से ऐसे क़िस्से अपनी इतनी सहेलियों से सुने थे कि वो किसी पुरुष को गम्भीरता से नहीं लेती। वो थी ही ख़ुशमिज़ाज और हर किसी से प्यार से मिलती। पुरुषों की घमंड भरी चाल-ढाल, बेढ़ब तौर-तरीक़े, हमेशा ख़ुद को श्रेष्ठ समझने का भाव, रोब-दाब दिखाने की प्रवृति, बचकाना बड़बोलापन, और पास आते ही तेज़ पसीने की गंध! उसे पहली बार में कुछ अच्छा नहीं लगता। पता नहीं कैसे उसकी सहेलियों को पहली नज़र वाला प्यार होता। उसे तो दूसरी नज़र में भी शायद ही कोई जंचता पर अगर तीसरी या चौथी नज़र तक कोई पुरुष उसे अच्छा लगने में कामयाब हो जाता तो फिर धीरे-धीरे जया अपने आप ही उन बेढंगी चीज़ों को नोटिस करना बंद कर देती या फिर जब उन्हें देखती तो उनका बेढंगापन इंट्रेस्टिंग लगने लगता।

कुछ दिनों की पहचान के बाद, उनके आवरण भी हटने लगते, जो उन्होंने कई परतों में सिर्फ़ महिला को आकर्षित करने के लिए चढ़ाये होते। ऊपरी परतों वाला पुरुष अत्यधिक कृत्रिम होता पर अंदर की परतों में अधिकांश पुरुषों की कोई एक परत इतनी भयानक होती जिससे जया डर जाती और कभी-कभी कोई परत ऐसी भी होती जो उसे आकर्षित कर पाती। ऐसी ही कुछ परतें जया को अभिजीत में मिली थी और उनमें प्रमुख था अभिजीत का बिना ईगो सामने रखे अपने किए के लिए माफ़ी माँगना। अभिजीत को भी अपने पुरुष होने का अहंकार था, अपने पौरुषत्व को लेकर सभी पुरुषों जैसी ग़लतफ़हमी थी, इस बात का भी एहसास था कि जया भवनात्मक रूप से उसपर निर्भर थी, फिर भी अभिजीत कभी जया के समक्ष झुकने में अपने पौरुष का अपमान नहीं समझता। वह आज भी माफ़ी माँग रहा था पर पहले की माफ़ी में कुछ पौरुष भी था। अभी वाला अभिजीत सब कुछ हार कर गिड़गिड़ाता हुआ निरीह सा एक मनुष्य भर था। जया निराश थी कि उसकी भावनाओं में कोई हलचल नहीं हो रही थी और वो अभिजीत को लेकर बिल्कुल ठंडी पड़ गयी थीं।

"अगर तुम यह सोच रहे हो कि तुम अतीत का हवाला दे कर फिर मेरे क़रीब

आ जाओगे और सब पहले जैसा हो जायेगा तो यह तुम्हारी ग़लती है और उल्टे पैर लौट जाओ।" जया जल्दी जल्दी ऐसे बोली कि अभिजीत को हर शब्द कोड़े की मार जैसे लगे। वह अतीत की गहराइयों से कोई ऐसी ही अंतरंग याद सोच कर जया से पुनः अपने रिश्ते के बारे फ़ैसला करने की अपील करने ही वाला था। वो दोनों एक-दूसरे को इतने अच्छे से जान गये थे कि अब कुछ नया कर जया को अचंभित करने को बचा नहीं था।

"तुम ऐसा क्यों बोल रही हो? मुझे माफ़ी माँगनी है पर मेरा विश्वास करो कि मैंनें तुम्हें रोज़ याद किया। एक पल के लिए भी नहीं भूला"। अभिजीत फिर हकलाने लगा और जया की तरफ़ वेदना भारी दृष्टि से देखने लगा। जया मुँह फेर कर चलती गयी पर अभिजीत ने उसके घने घुंघराले बालों की ओट से भी उसकी नम पलकें देख लीं।

"विश्वास? क्या मैंने कभी तुमसे इसकी उम्मीद भी की थी? कि तुम मुझे किसी बात का विश्वास दिलाओगे?"

जया ने कभी भी अभिजीत से कोई वादा नहीं माँगा था। लोग कहते कि रिश्ता सिर्फ़ बराबरी के लोगों में हो सकता है और लोग ये भी कहते कि विपरीत स्वाभाव के दो व्यक्ति ही एक दूसरे से आकर्षित होते हैं पर जया को दोनों बातें ग़लत लगतीं। दो प्यार करने वालों के बीच कहाँ समानता होती? हमेशा कोई एक अपने को ज़्यादा महत्वपूर्ण समझता और दूसरा भी पहले को ज़्यादा महत्व देता। हमेशा एक ज़्यादा प्यार करता, ख़याल रखता, त्याग करता, और दूसरा अधिक से अधिक हर जगह पहले के प्यार और त्याग की तारीफ़ें करता फिरता। लोग भी यही कहते कि देखो उनमें कितना प्यार है और एक ने दूसरे के लिए कितने त्याग किए हैं।

उन दोनों के बीच अभिजीत ही ऊपर था और जया भी बस उसके ऊपरी दिखावे वाली माफ़ियों से ख़ुश हो जाती। दोनों जानते थे कि अभिजीत की इच्छाएँ ही सर्वोपरि हैं और जया उन्ही के अनुसार चलेगी। अलग व्यक्तित्व के होते हुए भी दोनों का मूल स्वभाव एक जैसा था। दोनों ढुलमुल से थे, रीढ़ विहीन, स्पाइनलेस, अन्यथा किस मुँह से अभिजीत बार-बार जया के पास लौट जाता और क्यों जया उसे फिर अपना लेती?

"तुम मुझे ग़लत समझ रही हो। मैं वापस आ ही जाता। तुम तो जानती हो कि मैं हमेशा वापस आ जाता हूँ। तुम कहोगी कि फिर जाने के लिए आया हूँ। कोई कब तक ऐसा कर सकता है? हाँ, मुझे देर हुई क्योंकि मैंने तुम्हारे कुछ रिश्तों के बारे में सुना था।" अभिजीत ने बात हकलाते हुए शुरू की थी पर जब वो जया के रिश्तों के बारे में बात करने लगा तो हकलाना बंद हो गया। दोनों एक ही व्यवसाय में थे। अलग-अलग कॉलेजों में अलग-अलग विषय पढ़ाते थे पर एक ही जैसी जगहों पर उठना-बैठना था। भले ही एक दूसरे से काफ़ी समय से नहीं मिले थे और अभिजीत ने अपना तबादला पास के ही दूसरे शहर में करा लिया था फिर भी उन्हें आपस की ख़बरें किसी ना किसी से लगातार मिलती रहतीं। अभिजीत ने इन दो वर्षों से पहले जया

के किसी और पुरुष से रिश्ते के बारे में कभी नहीं सुना था। तीन महीने पहले, पहली बार उसने एक मित्र से सुना कि जया किसी तलाकशुदा प्राध्यापक से विवाह करने वाली है। अभिजीत इसलिए भी एक बार लौटने का सोच कर भी आ नहीं पाया। फिर सुना कि उस प्राध्यापक का विवाह कहीं और हो गया है। उसे पहली बार अपनी बेवक़ूफ़ियों का एहसास हुआ। डर लगा कि जया अपनी ज़िन्दगी किसी और के नाम ना कर दे। इस बार वो मन बना कर आया था कि दोनों विवाह कर लेंगे। वह भी अपने ढुलमुल रवैये से तंग आ गया था।

"तुम कितनी बकवास कर रहे हो? मेरे रिश्ते? तुम किसी और से रिश्ते बना कर भागते रहो और उसके बाद तुम मुझसे ऐसे सवाल करने की हिम्मत भी कैसे कर सकते हो?" जया अब खुल कर रोने लगी। इतने कठोर अन्दाज़ की शुरुआत के बाद अभिजीत सोच भी नहीं सकता था कि जया यूँ रोने लगेगी। उसकी एक-एक बात सच थी और अभिजीत को लगा कि वो सच में हिंदी फ़िल्मों के खलनायक से भी गया-गुज़रा है। एक स्त्री, जिसने उसे इतना प्यार किया, और उसने कभी इसका मोल ना समझा। उसने एक नया रिश्ता बना कर शहर भी छोड़ दिया ताकि उसका जया से आमना-सामना ना हो। फिर हमेशा की तरह पछताया भी। अब बचा हुआ सारा जीवन उसके चरणों में समर्पित कर के ही चैन मिलेगा। इस बार वह सच्चे दिल से माफ़ी माँगेगा और जया को कभी शिकायत का मौक़ा नहीं देगा।

वो देख रहा था कि जया अब बदल गयी है। उम्र के साथ परिपक्वता आ गयी है। तीस और चालीस के बीच की उम्र कुछ जीवन के मध्यांतर जैसी होती जो बहुत कुछ सिखा देती। मानो उसके पहले आप प्रयोग करते परंतु इस अंतराल के पश्चात् स्वतः ही संभल कर चलने लगते। जया पहले की तरह सतही बातें सुन अभिजीत को क्षमा नहीं करेगी पर वो उसे यक़ीन दिला कर रहेगा कि इस बार वो पूरी तरह आश्वस्त हो कर आया है कि जया और अभिजीत मेड फ़ोर ईच अदर हैं और वह फिर जाने के लिए नहीं बल्कि हमेशा के लिए साथ रहने आया है।

"किसी के ना होने का दर्द कभी-कभी उसके होने के सुख से कहीं ज़्यादा होता है। मैंने हमेशा सोचा कि तुम मेरी हो और मैंने तुम्हें ग्रांटेड की तरह ट्रीट किया। जब तुम्हारी किसी और से रिश्ते की बात सुनी तब अहसास हुआ कि तुम मेरे लिए कितनी महत्वपूर्ण हो और तुम्हें खो कर मैं जी नहीं पाऊँगा। ज़िन्दगी ऐसे सबक़ देर-सवेर मुझ जैसों को भी सिखा देती है।"

जया रूक गयी और अवाक् हो कर अभिजीत को देखने लगी। तो क्या वो सिर्फ़ इसलिए आया था कि जया किसी और की हो जाती? क्या उसे इसका डर था कि फिर वापस आने के लिए दरवाज़ा खुला नहीं मिलेगा? उसके कोमल चेहरे पर ग़ुस्से और दर्द की अजीब कठोरता थी। उसने अपने सभी आवरण गिरा दिए। अभी तक जो

अवहेलना का भाव था सब ग़ायब हो गया। अभिजीत साफ देख सकता था कि जया को इस बार भी उसका इंतज़ार था। वो उसके बिना आगे बढ़ी तो थी, पर इस उम्मीद में कि फिर क़दम लौट सकें, और इसीलिए उसने ऐसा कोई फ़ैसला नहीं लिया था कि अभिजीत वापस ना लौट सके। उसके सामने अब जो पुरुष खड़ा था उसने भी अपने व्यक्तित्व पर लगाई सभी सतहें खोल दी थीं और दोनों एक दूसरे के समक्ष अनावृत थे।

"जब आप प्रेम करते हैं तो एक तरह से आप अपने-आप को उस दूसरे व्यक्ति को सौंप देते हैं। उसी को जीवन में सबसे ज़्यादा महत्व देते हैं। पहले के रिश्ते जैसे उसके सामने नगण्य हो जाते हैं। वही व्यक्ति आपके लिए सब कुछ बन जाता है और जब वही आपको महत्व ना दे और बार-बार कुछ ऐसा करे जिससे आपको लगने लगे कि आप उसके लिए महत्वहीन हैं, तो स्वयं अपनी नज़रों में आपकी कोई क़ीमत नहीं रहती। आपको लगने लगता है कि आप किसी काम के नहीं और शायद अब किसी के प्रेम क़ाबिल भी नहीं। मैं भी कुछ ऐसा सोच कर भटकने लगी और मुझे पता लगा कि मैं ग़लत थी।"

अभिजीत ने दूर निकलते हुए चाँद को देखा। सड़क के बग़ल की लाइटें ऑन हो चुकी थीं। दोनों चलते-चलते पार्किंग स्थल के क़रीब आ रहे थे। अभिजीत को अपनी गाड़ी में बैठ कर दूसरे शहर लौट जाना था और जया को अपनी गाड़ी में बैठ कर घर। वो सोच रहा था उसने चाँद को इतनी बार देखा था पर कभी ध्यान नहीं देता कि वो आज निकला है या नहीं। वो जब कभी ऊपर आसमान में देखता तो कभी चाँद दिखता तो कभी नहीं। क्या उसने कभी ऐसा सोचा कि ऐसा भी हो सकता है कि चाँद कभी नहीं निकलेगा? चाँद तो रोज़ पृथ्वी को देखता होगा और बोर हो चुका होगा। फिर भी रोज़ निकलना उसकी नियति थी। क्या अभिजीत और जया का रिश्ता कुछ ऐसा था कि वो साथ ना भी रहें तो कोई कड़ी उन्हें जोड़े रखती? जब वो मिल जाते और रोज़ एक-दूसरे को देखने लगते तो बोर हो जाते?

"मुझे सिर्फ़ एक बार अपनी बात ठीक से समझाने का मौक़ा दो।" अभिजीत ने एक लम्बी साँस हवा में छोड़ते हुए कहा।

जया समझ गयी थी कि उन दोनों के बीच अब समझने-समझाने को कुछ नहीं था। दोनों कुछ ज़्यादा ही समझ गये थे और उनका अतीत इतना भारी-भरकम था कि वर्तमान पर हावी था। भविष्य में कुछ भी नया होने की कोई संभावना नहीं थी। वो एक दूसरे से मुक्त हो कर ही एक दूसरे से जुड़े रह सकते थे। कुछ लोगों का प्यार शायद ऐसा ही होता है जो अधूरा रह कर ही पूरा लगता है। शायद वह भी कभी दिव्यांश कि तरह ज़िन्दगी का यह दिव्य अंश गद्य या पद्य बना कर लिखे और सुनाए। दर्द भरे अतीत को भी बीते हुए सुख की तरह श्रोताओं के समक्ष दुहराये और सुनने वालों को लगे कि यह कहानी उन्ही की है। साथ रह कर कुछ और पाने और खोने के लिए अब ना बचा

था ना उसकी कोई चाह थी।

''तुम्हें कुछ समझाने की ज़रूरत नहीं। मैं सब समझती हूँ।''

जया की आवाज़ में इस नई सोच की खनक थी। वो भी कहीं दूर देखती सालों पहले के वो दिन याद कर रही थी जब उसे अभिजीत से प्यार हुआ था। उसने सोचा था कि उसने पुराने सभी बोझ उतार दिए और एक स्थायी रिश्ते का सुख अनुभव करेगी। रिश्ता ना स्थायी साबित हुआ ना सुख देने वाला लेकिन कुछ ऐसे पल दे गया जो हमेशा यादगार रहेंगे। वो दोनों एक ऐसी कहानी के नायक नायिका थे जो हमेशा प्यार में रहेंगे पर कभी स्थायी रूप से किसी के नहीं हो पाएँगे बस किसी और स्त्री या पुरुष में अपने अतीत की कोई परछाईं तलाशते रहेंगे।

''कभी कभी ज़िन्दगी में कुछ ऐसा हो जाता है जो उतना ही विस्मित करने वाला होता है जितना किसी के प्यार में पड़ जाना। उसका कोई कारण नहीं होता। वो बस अनायास ही हो जाता है। आप प्यार तो करते हैं पर साथ रहना शायद सहन नहीं कर पाते। भले ही कोई एक अपनी पूरी कोशिश कर दूसरे के हिसाब से झुकता रहे। या फिर कोई नया इंसान आपके जीवन में आ जाता है और आपके लिए प्यार के कुछ और मायने हो जाते हैं। पहले सिर्फ़ भावुकता थी और अब उसमें व्यावहारिकता आ जाती है। व्यावहारिक प्यार भावुक प्यार की तरह इंटेन्स ना भी हो तो भी ज़्यादा टिकाऊ हो सकता है। क्या पता? मैं भी उसे आज़माना चाहती हूँ। अगले हफ़्ते एक ऐसे ही इंसान से शादी कर रही हूँ। दरअसल, तुम्हारे अलावा वो एकमात्र पुरुष था जो पसंद आया और जब उसने शादी का प्रस्ताव दिया तो मैं मना नहीं कर सकी। तुम तो मेरा स्वभाव जानते हो। हाँ, अगर मुझे भी विवाह के बाद लगा कि कुछ ग़लत हो गया और हम दोनों ही मेड फ़ॉर ईच अदर हैं तो शायद मैं वापस आ जाऊँ। आशा है तुम भी मेरी प्रतीक्षा करोगे।''

जया ने कंधे झटकाये, मुड़ी, और चलती गयी। पीछे से कोई जानी-पहचानी आवाज़ नहीं आई।

# राजाराम

राजाराम से मेरी पहचान बचपन में कब हुई, याद नहीं। मैं बहुत छोटी थी और मुझे सिर्फ़ इतना याद है कि मेरे बाल बहुत लम्बे थे क्योंकि मुझे बाल कटवाने से एलर्जी थी। मेरे बाल कमर से नीचे तक रहे होंगे और उन दिनों मैं माँ के साथ बख़री, अपनी ननिहाल में थी। उस ब'र मेरी कोई मौसी या मामा वहाँ नहीं थे। इसलिये मौसेरे भाई-बहन भी नहीं थे। मेरे साथ खेलने वाला मेरी उम्र का कोई बच्चा नहीं था। गाँव अत्यंत पिछड़ा था और आस-पास का कोई बच्चा भी हमारे घर की तरफ़ नहीं आता। नाना जी की बहुत बड़ी हवेली थी जो गाँव की आबादी से कुछ दूरी पर एक पोखर किनारे थी। मेरे बहुत प्रयत्न के बाद सिर्फ़ एक दोस्त मिला - राजाराम।

राजाराम के पास भी खेलने का समय नहीं था। वो बकरियाँ चराता। बड़ा सा झुंड था उसका बकरियों का। उसमें छोटी-बड़ी हर तरह की बकरियाँ थीं। मैं सुबह होते ही, जिस वक़्त वो बकरियाँ निकालता, खेतों की तरफ दौड़ पड़ती, वह कहीं उन्हें चराता, और हम दोनों काफ़ी देर बकरियों के पीछे दौड़ते। मैं कभी उसके घर गयी या नहीं, मुझे ये भी याद नहीं, परन्तु उसकी एक बहन थी, जो बालों में रंग-बिरंगे रिबन लगाती। वो भी कभी-कभी हमारे साथ होती और उसके रिबन देख कर मैंनें भी नानी से वैसे ही रिबन लगाने की ज़िद की और नानी ने कहीं से मँगा कर मेरे बालों में रिबन लगाया था। मैं भी बिल्कुल वैसे रिबन लगा कर राजाराम और उसकी बहन के साथ बख़री में बकरी चराती। यह याद कर, मैं आज भी हँस देती हूँ।

राजाराम ने एक प्रोफ़ेशनल की तरह मुझे बकरी चराना सिखाया। बकरियाँ एक पतली टहनी जैसी छड़ी हाथ में घुमा कर कैसे नियंत्रित करते हैं, अगर कोई बकरी इधर उधर चली जाये तो कैसे पकड़ते हैं। मैं हर कार्य में सक्रियता से उसका साथ देती। उसकी उम्र कुछ दस से तीन-चार वर्ष अधिक रही होगी और मेरी दस से कुछ कम। वो मुझसे कुछ लम्बा था। गेहुँआ सा रंग, बिखरे भूरे बाल, और सुंदर सा चेहरा। वो साधारण सी क़मीज़ और टखनों तक लम्बा पजामे जैसा कुछ पहनता। रंग हमेशा धूमिल से होते, कभी धूमिल सफ़ेद, तो कभी धूमिल पीले, या स्लेटी। राजाराम

की बहन मुझसे छोटी रही होगी। वो बड़ी सुंदर थी। गोल गुलाबी चेहरा था। जब राजाराम मुझसे पहली बार मिला तब बहन उसकी गोद में थी। मैंने उसे अपनी एक गुड़िया दी थी और गुड़िया जब उसने गोद में उठाई तो मुझे लगा वो भी एक गुड़िया जैसी ही थी। राजाराम उसका बड़ा लाड़ करता। वो हमारी जीती-जागती गुड़िया थी। बस हमारे पीछे दौड़ती और ज़्यादातर घर पर रहती सो अक्सर राजाराम और मैं ही साथ होते और क़रीब रोज़ एक नया ऐडवेंचर होता।

एक दिन हम बकरियाँ चराते एक ईंख के खेत में पहुँच गये। लम्बी लम्बी ईंखें देख हमारा मन मचल गया। दूर-दूर तक कोई ना था। खेतों के पीछे ख़ाली मैदान सा था जहाँ कुछ देर बकरियाँ अपने-आप चर सकतीं थीं। राजाराम ने कहा कि हम एक-दो ईंखें आराम से खा सकते हैं सो मैं एक पास के खेत की मेढ़ पर बैठ गयी और वो दो ईंखें तोड़ लाया। एक मुझे दी एक-एक ख़ुद ले कर मज़े से अपने मज़बूत दाँतों से छीलने लगा। मैं ईंख छीलने की कोशिश करती तो मसूड़े दुखते सो उसने हँस कर मेरी ईंख भी छील दी और मैं आराम से छोटे-छोटे टुकड़े काट कर ईंख चबाने लगी। हम मज़े लेते इधर-उधर देख रहे थे। सामने ही ईंख का खेत था।

अचानक मैंने देखा कि ईंखों के बीच सफ़ेद साड़ी पहने एक औरत घूम रही है। तक़रीबन ग्यारह बजे का वक़्त था। मौसम सुहावना था। गर्मी या सर्दी तो उस उम्र में शायद ही लगती। सूरज चमक रहा था और खेत में घूमती वह औरत मानो हवा में तैर रही थी। उसकी शक्ल भी अजीब थी। जब वो ईंखों की ओट से ज़रा सी दिखती तो मैंने देखा वो साँवली सी थी, उसके दाँत पूरे बाहर थे, और चेहरा टेढ़ा था। दाँत इतने लम्बे थे कि वो मुँह खुला रखती और उसके काले-सफ़ेद खिचड़ी बालों ने शायद कंघी के दाँत कभी नहीं देखे थे। मैंनें राजाराम की तरफ़ मुड़ कर पूछा,

"राजाराम, यह औरत कौन है? क्या ये हमारे गाँव की है?"

राजाराम बुरी तरह थर-थर काँप रहा था। मैंने उसे कभी डरा हुआ नहीं देखा था। मेरी नज़र में वो दुनिया के सबसे शक्तिशाली पुरुषों में था। कभी-कभी अगर खेतों के बीच कोई खाई पार करनी होती तो वो मुझे उठा कर पार करा देता। एक बार मैं पेड़ पर चढ़ना चाहती थी तो उसने पेड़ के तने पर अपनी बाहों की सीढ़ी बना दी थी। मैंने कितना मना किया पर वो एक ना माना।

"अगर तुम्हारी बाँह टूट गयी तो?" मैंने पूछा

"अरे बउआ, आपके चढ़ने से मेरी बाँह कैसे टूट सकती है? हम गाँव के लोग ऐसे वैसे नहीं, बड़े तगड़े होते हैं। आप चिंता मत करिये और आराम से चढ़ जाईए।"

मैं आराम से चढ़ कर पेड़ की डाली पर बैठ गयी थी। जब तक मैं सही सलामत उतर नहीं गयी वो मेरी रखवाली कर रहा था। क्या दिन थे वो भी! मैं उसके

साथ दोस्त की तरह खेलती लेकिन वो मुझे एक सम्मान भी देता। बराबरी में भी एक आदर का भाव और शालीनता। क्या ऐसे पुरुष शहर में मिल सकते थे? उसी राजाराम की एक सींक जैसी दुबली-पतली महिला को देख कर घिग्घी बंध गयी थी।

''क्या हुआ, राजाराम?''

''अभी कुछ मत पूछिये, बउआ, बस आँखें बंद कर के ''सुई-डोरा'' का जाप करिये।'' राजाराम ने कान के पास फुसफुसा कर कहा।

वो स्वयं भी वही कर रहा था सो मैंने वह विचित्र जाप शुरू कर दिया। हम बड़ी देर ''सुई-डोरा सुई-डोरा'' बोलते रहे। मैं ज़्यादा देर आँखें बंद ना रख सकी सो जाप करते उस औरत को भी कौतूहल से देख रही थी। वो ईंखें और कुछ और भी पत्ते या डालियाँ इकट्ठी कर रही थी। अपनी ही धुन में थी। थोड़ी देर बाद, जब लौटने लगी तो उसकी नज़र हमारे ऊपर पड़ी। वह आ कर पास खड़ी हो गयी। मुझे राजाराम ने इतना डरा दिया था कि मेरी हालत भी उसके जैसी हो गयी थी। वो थोड़ी देर बस हमें देखती रही और हम अपना मंत्र जपते रहे। फिर वो बिना कुछ कहे अपनी गट्ठर सर पर उठाये चली गयी।

''कौन थी वो? तुमने मुझे सुई-डोरा जपने को क्यों बोला?'' उसके जाते ही मैंने राजाराम से पूछा।

''वो डायन थी। वैसे उसका नाम रामइक़बलिया की माय है।'' वो थरथराते हुए बोला।

''डायन? वो क्या होती है?''

''चुड़ैल! उसके पास जो जाता है वो उसको खा जाती है। उसने घर में सबको खा लिया। फिर अग़ल-बग़ल जो था उसको भी खाने लगी। रामइक़बलिया उसका बेटा था। सिर्फ़ उसी को नहीं खाया। गाँव के लोग उससे दूर दूर रहते। कोई उसके पास नहीं जाता तो फिर वो गाँव के बाहर कहीं रहने लगी। एक दिन रामइक़बलिया भी ग़ायब हो गया। सब कहते हैं, गाँव से दूर कुछ ठीक से खाने को नहीं मिला तो वो रामइक़बलिया को ही खा गयी।''

''लेकिन उसने हमें तो नहीं खाया?''

''वो तो हम सुई-डोरा जाप रहे थे ना। सुई-डोरा मंत्र से डायन का जादू नहीं लगता। तभी वो आई और बिना कुछ किये चली गयी। अब हम इस तरफ़ नहीं आयेंगे।''

''क्यों?''

''मैं भूल गया था कि ये रामइक़बलिया का इलाक़ा है। इधर अकेले कोई नहीं आता।''

"रामइक़बलिया का इलाक़ा?"

"हाँ, बहुत से लोगों ने इधर ही रामइक़बलिया को घूमते देखा है।"

"पर तुमने तो कहा रामइक़बलिया को डायन खा गयी।"

"अब रामइक़बलिया का भूत घूमता है और डायन के लिए खाना ढूँढता है।"

हम जल्दी ही बकरियाँ समेट कर लौटने की तैयारी करने लगे। राजाराम बकरियों के झुंड के पास अजीब सोच में डूबा खड़ा था।

"अब क्या हुआ? जल्दी चलो ना?" मैंने कहा

"मेरी एक बकरी नहीं है।"

"तुम्हें कैसे पता? क्या तुमने बकरियाँ गिनी हैं?" मुझे पहली बार ये ख़याल आया कि क्या राजाराम को गिनती आती भी थी? शायद वो आँखों से ही एक-एक बकरी पहचान लेता और गिनती की ज़रूरत नहीं थी।

"नहीं। पर मुझे पता है। एक थी जिसका केवल एक कान काला है। वो झुंड में नहीं है। उसे रामइक़बलिया ले गया।"

"तुम कैसे कह सकते हो उसे रामइक़बलिया ले गया?"

"मैंने कहा ना यह रामइक़बलिया का ही इलाक़ा है।"

मैं कुछ दुखी सी घर लौट गयी। सबसे विचित्र दिन था वो। उसमें डर और रोमांच था। डायन को देखने का पहला अनुभव माँ को बताने का उत्साह राजाराम की एक बकरी खोने के कारण कम हो गया। जब मैंने सारी कहानी माँ को सुनाई तो माँ गंभीर हो गयी।

"देखो बेटा, डायन कुछ नहीं होती। वो सब अंधविश्वाश है। कोई बेचारी रही होगी और तुम दोनों सुई-डोरा बड़बड़ा रहे थे। उसने सुन लिया होगा। ऐसी औरतें सब समझती हैं। वो बेचारी उल्टा तुम्हारा सुई-डोरा सुन कर ग़ुस्सा हो सकती थी और कुछ बिगाड़ भी सकती थी। बेचारी का क्या दोष? सब डायन कहते होंगे। अब अगर वो कभी मिले तो सुई-डोरा जैसे ऊल-जलूल जाप मत करना। भगवान का शुक्र है कि वो चुप-चाप चली गयी।"

मुझे बड़ी निराशा हुई। डायन तो डायन ही नहीं थी। अब सिर्फ़ एक ही सवाल था।

"अच्छा माँ, ये रामइक़बलिया की माय कैसा नाम हुआ?"

"रामइक़बलिया नहीं रामइक़बाल। उसका अपना नाम कुछ और होगा पर रामइक़बाल उसका बेटा था सो सब उसे रामइक़बलिया की माँ कहते होंगे।"

अगले दिन मैंने राजाराम को माँ ने जो कहा था वो समझाने की बड़ी कोशिश की पर वो नहीं माना। उसके लिए रामइक़बाल का भूत और रामइक़बाल की माँ का डायन होना, दोनों सच था। बकरी भी नहीं मिली। हालाँकि एक वैसी ही बकरी झुंड

में मौजूद थी पर राजाराम का दावा था कि वैसी दो बकरियाँ थीं और एक ग़ायब थी।

मैंने सोचा कि अगर राजाराम को गिनती आती तो यह समस्या खड़ी नहीं होती। उन दिनों, मुझे टीचर बनने का बड़ा शौक़ था। मेरी माँ जिस कॉलेज में प्रोफ़ेसर थीं उसमें एक चपरासी था - बैद्यनाथ। सब उसे बैनाथ कहते। वो माँ के विभाग का ख़ास चपरासी था और मैं जब कभी-कभी कॉलेज जाती तो मुझे बहुत प्यार करता। दिखने में ही वो इतना भला था- लम्बा, दुबला-पतला, गहरा साँवला रंग, और हमेशा धोती-कुर्ता पहनता। कॉलेज में घुस कर मैं भी अपने को माँ की तरह प्रोफ़ेसर ही समझती। और मेरा स्टूडेंट था - बैद्यनाथ। मैं ज़बरदस्ती उसे अंग्रेज़ी पढ़ाती। जब बड़ी होने लगी तो मैंने उसे पढ़ाना छोड़ दिया पर वो मुझसे कहीं भी मिलता तो झुक कर प्रणाम करता और कहता - गुरु जी प्रणाम !

राजाराम मेरा दूसरा स्टूडेंट बना। बैद्यनाथ की मैं इंग्लिश टीचर थी और राजाराम की मैं गणित टीचर बन गयी। बकरी चराने वाली टहनी से मिट्टी में उकेर कर मैं उसे गिनती सिखाने का प्रयत्न करती। पता नहीं कितनी कामयाब हुई पर इसी सब में छुट्टियाँ पलक झपकते बीत गयीं। कुछ वर्षों तक जब कभी उधर जाना होता तो वह कभी मिलता कभी नहीं पर पहले की तरह साथ बकरियाँ चराने का मज़ा फिर ना मिला। एक बार कभी नानी घर आईं थीं तो मैंने राजाराम के विषय में पूछा। वो नाम सुनते ही नाराज़ हो गयीं।

"बड़ा बदमाश हो गया है। गाँव का दबंग बन गया है। हमारे खेत से भी शीशम चुरा लेता है।" मेरे पापा भी यह वार्तालाप सुन रहे थे। उन्होंने कहा,

"माँ, फिर तो आप उसी को रखवाली के लिए रख लीजिए। फिर देखिए कितना शरीफ़ हो जाता है।"

सचमुच, नानी ने जाकर अपने खेतों की रखवाली के लिए राजाराम को ही रख लिया और फिर तो वह कभी कोई गड़बड़ नहीं होने देता। जब मुज़फ़्फ़रपुर में हमारा घर बना तो नानी स्वयं तो नहीं आ सकीं पर गृह-प्रवेश की पूजा के लिए राजाराम को चावल, चूड़ा, आँटा, और पता नहीं क्या- क्या की बोरियों के साथ भेजा। उस दौरान मैं क़रीब चौदह-पंद्रह साल की थी, राजाराम तो गबरू जवान हो गया था। तब भी वो मेरे लिए सबसे शक्तिशाली पुरुष था। पूजा में ख़ूब हाथ बँटाया और सबसे डबल काम करता। मैं रामइक़बलिया का भूत और रामइक़बलिया की माय दोनों को नहीं भूली थी। जब उससे उनके विषय में पूछा तो राजाराम बोला कि रामइक़बलिया की माँ तो कहीं ग़ायब हो गयी पर रामइक़बलिया अपने इलाक़े में अभी भी दिखता है।

"एक बार कुछ काम से मुझे रात को उधर जाना पड़ा। कुछ बहुत ज़रूरत थी नहीं तो मैं उधर कभी नहीं जाता। जब काम ख़त्म कर लौट रहा था तो एक आदमी

घूमता दिखा। मैंने सोचा चलो अच्छा हुआ कोई मिल गया। अब इसी के साथ लौट जाऊँगा। बहुत डर लग रहा था। मैंनें पास जा कर जब पुकारा कि कौन है तो उसने बीड़ी माँगी। मैं कुर्ते के पॉकेट से बीड़ी निकालने लगा और वो सामने खड़ा हो गया। जब बीड़ी देने के लिए सर उठाया तो रामइक़बलिया खड़ा था! फिर तो मैं उल्टे पाँव ऐसे भागा कि घर जाकर ही साँस ली।''

उसी दिन, शाम को पूजा के दौरान, हड़बड़ी में, मैं मकान के पीछे अपने ही कैम्पस में किसी काम से गयी। वहाँ कुछ मज़दूर अभी भी काम कर रहे थे। सीवर की टंकी, जो अभी ख़ाली थी क्योंकि हम नये मकान में शिफ़्ट नहीं हुए थे, उसमें अंदर कुछ काम चल रहा था। सभी मज़दूर इधर-उधर थे या उस दिन कोई काम नहीं हो रहा था पर उन्होंने टंकी खुली छोड़ दी थी। मैं धड़ाम से टंकी में गिर गयी। गिरी भी ऐसे कि खड़ी की खड़ी रह गयी। भगवान की कृपा से कोई और अनहोनी नहीं हुई और मेरी हड्डी-पसली सलामत रही।

राजाराम मज़दूरों के साथ पास ही कुछ काम कर रहा था। वो दौड़ा आया और ऊपर से अपने हाथ टंकी के नीचे अंदर मेरी तरफ़ बढ़ाने लगा। मैं कितनी भी कोशिश करती मेरा हाथ उसके हाथ तक नहीं पहुँचता। मुझे पूरा विश्वास था कि अगर मेरा हाथ उसके हाथ तक पहुँच जाता तो वह मुझे वैसे ही ऊपर खींच लेता। वो हिंदी फ़िल्मों के हीरो की तरह अंदर कूदने की तैयारी करने लगा पर तब तक दूसरे मज़दूर एक सीढ़ी ले कर आ गये। राजाराम ने अपने हाथों से सीढ़ी अंदर डाली और मुझे निकाला। जब मैं बाहर आई तब वो इतना घबराया हुआ था कि उसका चेहरा मुझे आज भी याद है।

राजाराम से वो मेरी अंतिम मुलाक़ात थी। फिर कभी उससे भेंट ना हुई। नानी के गुज़र जाने के बाद ननिहाल से भी नाता नहीं रहा। सच, बिना नाना-नानी का ननिहाल, ननिहाल नहीं ममिहाल होता है। और मामियों का हाल? उसके बारे में कहना ही क्या।

ददिहाल से कुछ सम्पर्क अभी भी है। गाँव की कुछ ज़मीन पापा ने बचा के रखी है कि इसी बहाने कभी आ-जा सकें। गाँव के ही रिश्ते से मेरे एक भाई, पापा का हाथ भी बँटा देते हैं। पापा से उनकी बड़ी बनती है। भाई भी बिल्कुल अपने लगते हैं। दोनों एक शाम अपने गाँव के बारे में कुछ गप्पें मार रहे थे। कोई हमारे खेतों की रखवाली करने वाले मज़दूर की मृत्यु की ख़बर मिली थी इसलिए दोनों उसी को याद कर रहे थे। पापा बोले,

''बड़ा दबंग था वो। ख़ूब मार-पीट करता पर मैंने उसी को रखवाली के लिए रख लिया। मेरे पेड़ तो क्या, किसी को एक पत्ता भी नहीं लेने देता।'' मैं मन ही मन हँस रही थी। पापा की ग्रैंड थ्योरी अभी भी वही थी, जो बरसों पहले उन्होंने नानी को दी थी।

''और चाचा वो याद है? जब आप दीदी से मिल के अमेरिका से आए थे, और

उसके बाद गाँव गये थे तो उसने क्या कहा था?'' भाई ने पूछा। मेरी बड़ी बहन विदेश में रहती है और हम कभी-कभी ही वहाँ जा पाते हैं।

''हाँ, याद है,'' पापा ने कहा और दोनों ठहाके लगा कर हँसने लगे।

''ऐसा क्या कहा था?'' मैंने पूछा।

''उसने चाचा से कहा - मालिक, अगली बार मेरा भी अमरीका का टिकट कटवा देना। मेरा बड़ा मन है। एक बार मैं भी अमरीका घूम आऊँगा।'' भाई ने बताया।

हम सब हँसने लगे।

''गाँव में कुछ भोलापन अभी भी बचा है।'' भाई ने कहा।

''उसका नाम क्या था?'' मैंने पूछा।

''रामइक़बाल।'' उन्होंने बताया।

मुझे सर्व-शक्तिशाली राजाराम, जो दुनिया में शायद केवल एक रामइक़बाल नाम के भूत से डरता था, दोनों याद आ गये। आशा करती हूँ कि ननिहाल में दोनों सलामत हैं।

# कुछ आपबीती कुछ जगबीती

उस आलीशान महल में दिन-रात पार्टी चलती। संगमरमर सी सफ़ेद और झील सी पारदर्शी थीं उसकी चिकनी दीवारें। इमारत के बीचोंबीच एक बड़ा सा नक्काशीदार गोल गुंबद और चारों तरफ़ फैले बाग़-बग़ीचे। जिनमें हर रंग के फ़व्वारे अनवरत चलते। बाग़ में मौसमी फूल गुच्छों में खिलते-मुरझाते। शानदार पेड़ इंसानों की तरह फलते-गिरते। फूलों की पंखुड़ियाँ, पेड़ों के फल, सभी पौधों के पत्ते, अपने-आप नीचे गिर कर मिट्टी में मिल जाते। ना कोई माली उन्हें बुहारता, ना घास काटता, ना पानी देता, ना खाद छिड़कता। फिर भी सब कुछ क़रीने से लगा था। फूलों की क्यारियाँ, पेड़ों की पंक्तियाँ, घास की चादरें, जैसे संगीतज्ञों ने किसी मधुर धुन की तरह क्रमबद्ध की थीं। गोलाकार बाग़ को घेरती ऊँची मोटी चारदीवारी पर नुकीली कीलें थीं और अंदर जाने का एकमात्र ज़रिया, एक लोहे का मज़बूत गेट, जिसमें भयानक जानवरों की आकृतियाँ उकेरी हुई थी, पर मोटा ताला पड़ा था। कोई दरबान वहाँ नहीं बैठता। पर अंदर जाने की हिम्मत किसी की नहीं होती।

महल में कितनी मंज़िलें थी कोई ठीक-ठीक नहीं गिन पाता। कभी लगता दो, कभी चार, तो कभी तीन। कोई आता-जाता दिखाई नहीं पड़ता पर सभी मंज़िलों पर रंग-रंगीली सैकड़ों खिड़कियाँ थीं जिनके शीशों पर अंदर घूमते, झूमते, बात-चीत करते लोगों की परछाइयाँ दिखतीं। दिन में हलचलें कुछ धीमी लगतीं लेकिन रात भर असाधारण रोशनी में जगमगाता शोर-शराबा होता।। हँसने-हँसाने और गाने-बजाने की आवाज़ें दूर तक आतीं। शहरों और गाँवों से दूर वह जगह जैसे किसी तिलिस्मी द्वीप पर थी। लोग कहते वहाँ कोई शैतानी ताक़त थी जो सब कुछ मशीन से चलाती। कुछ मीलों दूर जो बस्तियाँ थीं, वहाँ रोज़ दो-चार लोग उस महल का रास्ता पूछने आते। बस्तीवाले आदतन रास्ता बता देते पर महल में स्वयं जाने की बात सपने में भी नहीं सोचते। किसी को याद नहीं था कि महल कब बना। जब से उन्हें याद था तब से वह वहीं था और वैसा ही था। उन्होंने अपने दादा-परदादा से भी यही सुना था। उसका मालिक कौन था और कहाँ से आया था इसकी भी उन्हें कोई जानकारी नहीं

थी। महल चुपचाप अपनी दुनिया को ख़ुद में समेटे खड़ा था तो वो क्यों अपना समय उसके बारे में सोच कर व्यर्थ करते? उन्हें कोई कौतूहल नहीं था। अजीब-अजीब लोग उसका पता पूछने आते और वो फिर कभी दिखाई नहीं देते। बस्ती-वालों की दिनचर्या का वो भी एक हिस्सा था। उन्हें उस रहस्यपूर्ण महल और उसके विचित्र आगंतुको से कोई कष्ट नहीं था सो सब कुछ उसी ढर्रे पर चलता रहता।

अरुणिमा भी उस अटपटी बस्ती से होती महल के फाटक तक पहुँची। थोड़ी देर गेट पर बने ख़ौफ़नाक सिंह, गोरिल्ला, भालू, ड्रैगन, और नाग जैसी आकृतियों को पहचानने की कोशिश करती रही। दिन ढल चुका था। बादलों के बीच से अलसाया हुआ चाँद मद्धिम सी रोशनी में रात गहराने की राह देख रहा था। फिर देखते-देखते गेट खुल गया। बग़ीचे में फूलों से पटा सर्पिलाकर पथ महल के द्वार पर ख़त्म हो गया। हवा में संदली ख़ुशबू थी और भीतर से आती संगीत की तरंगे पूरे बग़ीचे में थिरक रही थीं। वो जैसे किसी नींद में चल रही थी। महीनों कभी रेल कभी बस, कभी ताँगा तो कभी रिक्शा, और फिर कई दिनों तक पैदल चलने के बाद वह वहाँ पहुँची थी। पैर थक रहे थे। उसकी फ़िरोज़ी रंग की सलवार-क़मीज़ धूल से मैली हो गयी थी। कढ़ाईदार दुपट्टा काँटों से भरा था पर सलोना चेहरा वहाँ पहुँचने की ख़ुशी में दमक रहा था। वो चाहे जितनी भी थकी होती उसका गोल मुखड़ा कभी नहीं मुरझाता। काली आँखों का काजल कभी ना बहता और भरे-भरे होंठों पर लगा हल्का गुलाबी रंग कभी फीका नहीं पड़ता। द्वार के दोनों तरफ़ बैठी दो काली बिल्लियाँ उसे पीली आँखों से घूर रही थीं। विशालकाय दरवाज़े पर पीतल और ताँबे से बनीं ख़ूबसूरत कलाकृतियाँ थीं। एक बिल्ली ने दरवाज़े को पंजे से धक्का दिया मानो अंदर जाने का आदेश दे रही हो।

अरुणिमा ने खुले दरवाज़े से एक अद्भुत हॉल में क़दम रखा। नीचे मखमली ग़लीचा बिछा था और ऊपर झिलमिलाता फ़ानूस सुनहरी रोशनी से चमक रहा था। हॉल में क़िस्म-क़िस्म की सुंदर मूर्तियाँ, गुलदान, लैम्प, और ऐसी ही अनेक सजावट की चीज़ें थीं। उजली दीवारों पर रंग-बिरंगी पेंटिंग और खिड़कियों पर रेशमी पर्दे टंगे थे। पर उतने बड़े कमरे में फ़र्निचर बस एक गोल मेज़ और उसके अग़ल-बग़ल लगी कुर्सियाँ थीं। मेज़ ठीक फ़ानूस के नीचे लगा था, और सामने सबसे पहले जिसपर नज़र पड़ती, उस सिंहासन जैसी ऊँची कुर्सी पर, एक महिला बैठी थी। उसकी उम्र पचास से साठ के बीच कुछ भी हो सकती थी। उसने एक गहरा लाल मखमली गाउन सा कोई वस्त्र पहना था। उसके कंठ, कानों, और बाहों में हीरे-जवाहरातों की लड़ियाँ थीं। महिला की बायीं तरफ़ एक पुरुष और दायीं तरफ़ एक पुरुष और एक स्त्री बैठे थे।

"आओ अरुणिमा, हम तुम्हारी ही प्रतीक्षा कर रहे थे।" सिंहासन पर बैठी रानी जैसी महिला ने उसका स्वागत करते हुए बायीं ओर की एक कुर्सी पर बैठने का इशारा

किया।

अरुणिमा कुर्सी के गद्दे में धँस गयी। बैठते ही अजीब सा आराम मिला। एक वर्दीदार वेटर ट्रे उठा कर आया और अरुणिमा के सामने रखे हुए लम्बे वाइन-ग्लास में रूबी जैसा लाल कोई पेय पदार्थ भर दिया। टेबल बहुत बड़ा था। अरुणिमा और उसके सबसे समीप एक तरफ़ बैठे पुरुष और दूसरी तरफ बैठी स्त्री के बीच में भी कुछ ख़ाली कुर्सियाँ लगी थीं। वैसे ही उन दोनों और उनके बग़ल में एक तरफ़ बैठे पुरुष और स्त्री के बीच ख़ाली कुर्सियाँ थीं। हर कुर्सी के आगे साफ़ प्लेटें और ख़ाली ग्लास सजे थे। टेबल के बीच में बड़े-बड़े चाँदी के बर्तनों में ढक कर तरह-तरह के खाने का सामान था। उनसे निकाल कर वेटर ने अरुणिमा की प्लेट में कई तरह के सैंडविच और केक भर दिए। वहाँ बैठे दूसरे लोगों की भी प्लेटें भरीं थीं और वे धीरे-धीरे खा रहे थे। सिर्फ़ सिंहासन वाली महिला बिना कुछ खाए वाइन-ग्लास वाला लाल ड्रिंक पी रही थी। अरुणिमा भी खाने लगी। वह इधर-उधर देखती और ख़ाली कुर्सियों और उनके आगे लगीं ख़ाली प्लेटों को देख कर सोचती कि शायद और लोग भी आने वाले हैं। कोई और दिखाई नहीं दे रहा था मगर वातावरण में संगीत और बातचीत के स्वर जैसे रचे-बचे थे। ऐसा लग रहा था जैसे अंदर के कमरों में पार्टी जारी है। हवा में खाने-पीने और कई तरह के पर्फ़्यूम का मिश्रण था।

"आप सभी का मेरे महल में स्वागत है," सिंहासन वाली रानी बोली, "मेरा नाम अभिसारिका है। मेरी और मेरे मित्रों की आत्माओं के अदृश्य अंश दूर तक फैलें हैं। वे आप जैसी समान सोच रखने वाली आत्माओं को आकर्षित कर मेरे महल के रास्ते की ओर निर्देशित करती हैं। हम बाहर की क्रूर दुनिया के सताये हुए लोग इस छत के नीचे एक दूसरे का सहारा बनते हैं और फिर उस निरर्थक चक्र में नहीं जाते। यहाँ हर शाम केवल छः लोग- तीन स्त्रियाँ और तीन पुरुष आ सकते हैं। रहने की एक फ़ीस है - सब को मुझे एक कहानी सुनानी होगी। कहानी कुछ भी हो सकती है- कुछ आपबीती या कुछ जग-बीती। शर्त ये है कि दिलचस्प हो। आपके पास सुबह तक का समय है। कहानियाँ सुनते-सुनाते निर्णय करने का - कि आप यहाँ रहेंगे या नहीं। सुबह केवल एक घंटे के लिए गेट खुलेगा अगर आप लौटना चाहें तो लौट जायें। यह दरवाज़ा आपके लिए फिर ना कभी बाहर से खुलेगा ना अंदर से।"

अभिसारिका चुप हो गयी। उसके गोरे अंडाकार चेहरे पर एक दिव्य आभा थी। बड़ी आँखों में लम्बी काजल की धार, होंठों पर लाल रंग, गालों की सुर्खी, सभी प्रसाधन किसी ने सावधानी से लगाए थे। खड़ी नाक में हीरे का लौंग उसके बदन के सभी हीरो में सबसे ज़्यादा चमकदार था। फिर वह एक पुरुष की तरफ़ मुड़ कर बोली, "चन्द्रभान, सबसे पहले तुम यहाँ आए थे। तुम्हीं शुरू करो।"

चन्द्रभान क़रीब चौबीस-पचीस साल का एक सुंदर युवक था। साँवला चेहरा

जैसे किसी अनुभवी शिल्पकार ने सही अनुपात में पत्थर पर ठोक कर गढ़ा था। सब कुछ ऐसा बना था जैसे कोई कमी ना हो। नाक इतनी ही ऊँची और आँखें बस इतनी ही बड़ी होनी चाहिए थीं। होंठ तो रस से भरे थे। बैठा था पर देख के लग रहा था कि उसका लम्बा-चौड़ा कामुक शरीर बिल्कुल ऐसा था जिसे देख कर लड़कियाँ चुम्बक की तरह खिंचती। अरुणिमा ने सोचा इसे क्या पड़ी थी दुनिया से दूर यहाँ आने की? फिर ध्यान से देखा तो कुछ अजीब लगा। चन्द्रभान ने राजाओं-महाराजाओं जैसे पुराने ज़माने के भड़कीले कपड़े पहने थे जो उसने सिर्फ़ तस्वीरों में देखे थे।

"मुझे पता नहीं ये मेरी आपबीती है या किसी और पर बीती कोई कहानी जो मैंने कहीं सुनी थी और लगने लगा मेरी कहानी है। या फिर मैंने कोई सपना देखा था और वो मेरी हक़ीक़त में मिल-जुल गया। कोई विश्वास नहीं करता यह सच है शायद इसीलिए मैं भी गड़बड़ा गया हूँ। पर कभी मुझे पूरा विश्वास था ये सच है। शायद आप को भी मुझ पर भरोसा ना हो।" चन्द्रभान झिझकते हुए बोला।

"यहाँ कुछ भी अविश्वसनीय नहीं है, तुम बिना संकोच के अपनी कहानी कहो," अभिसारिका अपनी वाइन-ग्लास से एक लम्बी घूँट लेती हुई बोली और चन्द्रभान ने अपनी कहानी शुरू कर दी।

"मैं एक छोटे से शहर में रहता। परिवार साधारण था। खाने-पीने की कोई तंगी नहीं थी पर हम अमीर नहीं थे। छोटा सा घर था, माता-पिता, और एक बड़ी बहन। पिता स्कूल में पढ़ाते और माँ घर संभालतीं। हम भाई-बहन जैसे निम्न-मध्यवर्गीय परिवारों के बच्चे बड़े होते हैं वैसे बड़े हुए। पिता ने सारी जमा-पूँजी बहन की शादी में ख़र्च कर दी। मैं पढ़ ही रहा था और उनकी अचानक दिल का दौरा पड़ने से मृत्यु हो गयी। मैंने किसी तरह एक ट्रेनिंग की और पिता के स्कूल में शिक्षक की नौकरी मिल गयी। स्थिति इतनी बुरी भी नहीं थी परंतु मैंने कुछ और सपने देखे थे। सब कहते मैं बहुत सुंदर हूँ और मुझसे तो कोई राजकुमारी विवाह करेगी। पढ़ने में ठीक-ठाक था। सोचा था किसी बड़े शहर जाऊँगा तो कुछ नए लोगों से मिलूँगा। शायद कोई राजकुमारी भी मिल जाये। पर उसकी संभावना ख़त्म हो गयी थी। मैं पिता की तरह उसी शहर में एक छोटी सी नौकरी करता मर जाऊँगा। ये ख़याल मुझे चैन से जीने नहीं देता।"

शहर की सीमा से सटे एक गाँव में बहुत ऊँचे और काफ़ी दूर तक फैले टीले थे। वहाँ कुछ पुरानी ईंटें और मूर्तियों के अंश मिले थे। पुरातत्व-विभाग ने खुदाई करने का बोर्ड लगा रखा था पर सालों से कोई काम शुरू नहीं हो पाया था। टीलों के बीच कुछ गड्ढे थे इसलिए ऊपर की तरफ़ कम लोग जाते। पर वो जगह बड़ी रमणीय थी। शहर के कोलाहल से दूर। आस-पास खेतों का विस्तार। बस हरियाली और पक्षी। इक्का-दुक्का लोग ही उधर आते। मैं अक्सर छुट्टी के दिनों में एक डब्बे में कुछ खाना

और बोतल में पानी ले कर वहाँ तड़के ही चला जाता। साथ कुछ किताबें भी ले लेता और टीले पर लेट कर पढ़ता, सोता, या सपने देखता।

सुना था टीले के नीचे महलों या बहुत पुराने शहरों के अवशेष हैं। मैं उनपर लेटे-लेटे जाने क्या-क्या सोचता। महलों और राजकुमारियों की कल्पना करता। एक बार यूँ ही कुछ सोचते हुए टीले पर सो गया। जब उठा तो शाम बीत रही थी। हल्का अँधेरा हो गया था। मैं जल्दी-जल्दी टीले से उतरने लगा और एक गड्ढे में पैर फिसल गया। सर पर किसी पत्थर से ठेस लगी और बेहोश हो गया। बेहोशी में भी लगा जैसे कहीं फिसलता हुआ नीचे गिर रहा हूँ। जब होश आया तो होश उड़ गये।

मैं एक अद्भुत शहर में था। वह पूरा लकड़ियों से बना था। ग़ौर से देखने पर बीच-बीच में कुछ ईंट के भवन थे। पर जो लकड़ी की इमारतें थीं उनकी भव्यता देखते बनती थी। मैं जहाँ उठा वो खुला मैदान था। सूरज बस डूबने वाला था। मैं कुछ और देख पाता उसके पहले अँधेरा हो गया और एक-एक कर दूर मशालें जलने लगीं। मैं उन्हीं रोशनियों का पीछा करता चल पड़ा। सबसे पहले जिस रोशनी तक पहुँचा वो एक ईंटों का अहाता था। उसमें चूल्हा जल रहा था। वहाँ कई लोग बैठे हँस-बोल रहे थे। मुझे डर लगा कि वो एक अपरिचित को देख कर कुछ कहेंगे या मुझे नुक़सान पहुँचायेंगे पर उन्होंने बस ऊपर-से नीचे मुझे ग़ौर से देखा और एक आदमी जो चूल्हे के पास खड़ा मिट्टी के बर्तन में लकड़ी की कलछी से कुछ चला रहा था बोला, "आओ भाई, सही समय पर आए हो। सालन बस तैयार समझो। इसमें मैंने जितनी तरह की तरकारियाँ डाली हैं उतने ही तरह के माँस। दो-चार मछलियाँ और एक कबूतर का बच्चा भी है। मसाले-मिर्ची किसी की कमी नहीं। बड़े स्वाद का शोरबा बनेगा। बस थोड़ी देर बैठो।" वह और ज़ोर-ज़ोर से कलछी चलाने लगा। एक दूसरे आदमी ने कहा, "कहीं बाहर से आए होगे? ऐसे परिधान कहाँ पहनते हैं?"

"अरे, दिनेशानंद पहले बेचारे को बैठने तो दो। आओ मित्र दरी पर बैठ जाओ।"

दरी मखमली गद्देदार थी। कुछ मसनद भी थे जिन पर टेक लगा कर लोग आराम से बैठे थे। मैं भी कुछ सकुचाता बैठ गया। इतनी देर बिना कुछ सोचे-समझे सहजता से जिधर रोशनी देखी चल दिया था। अब इन लोगों से क्या कहूँ मन ही मन सोच रहा था। फिर किसी आदमी ने कहा,

"तो क्या व्यापारी हो? लगता है भटक के आए हो। कपड़े-लत्ते सब गंदे हैं।" बस मुझे एक संकेत मिल गया। मेरे कपड़े गड्ढे से गिरते हुए मटमैले हो गये होंगे। मैंने कहा, "हाँ भाई लोग, आपका बड़ा धन्यवाद ज़ो एक अपरिचित को पास बिठाया। मैं बहुत दूर से भटकता आया हूँ। सामान भी खो गया। बहुत थक गया हूँ।" ज़्यादा बोलना ठीक ना होगा सो इतना बोल के चुप हो गया। वो सब बड़े भद्र लोग थे। कलछी

वाला बोला, "हाँ, हाँ, अभी आराम करो और मेरे स्वादिष्ट शोरबे का आनंद लो। हमारे राजा के राज में खाने-पीने की कमी नहीं। चाहो तो यहीं मेरी सराय में रहो। मेरा कुछ हाथ बटाओ या कोई और काम कर लो।"

"व्यापारी तो नहीं लगते। सूरत-शक्ल तो राज घराने वाली है।" वो आदमी, जिसे किसी ने दिनेशानंद बुलाया था, बोला। वो मुझे ध्यानपूर्वक देख रहा था।

मैंने कुछ नहीं कहा। कलछी वाला मिट्टी की प्यालियों में शोरबा भरने लगा और एक आदमी सब लोगों के बीच प्यालियाँ बाँटने लगा। सब उसी में लग गये। मुझे भी एक प्याली मिली। मैं पीने से डर रहा था पर प्याली से इतनी सुगंधित भाप उठ रही रही थी कि मैंने गरम शोरबे में होंठ डुबो दिए। इतनी स्वादिष्ट चीज़ सचमुच मैंने कभी नहीं चखी थी। वे सब भी शोरबे की तारीफ़े करने के बाद शायद मेरे आने से पहले जिस चर्चा में लगे थे उसी में लग गये। बात राजकुमारी की हो रही थी।

"हाँ तो संतोषानंद क्या कह रहे थे तुम? राजकुमारी ने क्या कहा?" संतोषानंद जैसा की मुझे बाद में पता लगा राजा के महल का एक सफ़ाईकर्मी था। वो कोई विशेष बात बता रहा था जो सिर्फ़ महल में काम करने वालों को पता थी।

"राजकुमारी सुबह उठ कर अपनी दासियों से फिर वही बोली जो पिछले कई दिनों से बोल रही थी। उसने सपने में देखा था कि वह सुंदर पुरुष उसके कमरे के ऊपर की छत पर सो रहा था। उसकी यही ज़िद है कि वह उसी से विवाह करेगी। रोज़ाना राजा के अंतरी-मंत्री, सेवक-दरबारी, दास-दासी, सब पूरे महल की छत पर खोजते हैं पर कोई पुरुष तो क्या चिड़िया का बच्चा भी नहीं मिलता।"

मैं हैरान हो गया। मुझे पूरा विश्वास था कि राजकुमारी मेरी बात कर रही थी। मुझे बस ये समझ नहीं आ रहा था कि मैं सीधा उसकी छत पर क्यों नहीं गिरा। अब मुझे वहाँ पहुँचने की तरकीब निकालनी थी। ज़्यादा परेशानी नहीं हुई। मैं क़रीब एक सप्ताह कलछी वाले, जिसका नाम आलोकानंद था, और जिसकी सराय का वो अहाता था, उसके साथ वहीं सराय में रहा। कुछ ही दिनों में मुझे समझ आ गया कि वो लोग मुझे देखकर ज़्यादा हैरान क्यूँ नहीं हुए। उस सराय में देश-विदेश से विचित्र कपड़े और उससे भी विचित्र बोली बोलने वाले लोग व्यापार के सिलसिले में आते। जैसा आलोकानंद ने कहा था उस राज्य में काम, कारोबार, और अन्न की कोई कमी ना थी।

वहाँ जो आता मेरे रूप-रंग पर कोई टिप्पणी अवश्य करता और पूछता कि मैं वहाँ कैसे आया था। मैं कोई बात बना देता। बस दिनेशानंद, जो वहाँ का नियमित ग्राहक था, वही मुझे घूरता। जल्दी ही मुझे ये भी समझ आ गया कि वो कोई दुष्ट इंसान नहीं था। वह बस दूसरों से कुछ ज़्यादा अक़्लमंद था। उसे शुरू से ही शक था कि मेरे वहाँ होने के पीछे कोई असाधारण कहानी है और वह उसे पता करना चाहता था। मैंने उसी की सहायता ली। एक दिन उसे अकेले में ले जाकर कहा, "देखो, मैं समझ रहा हूँ

कि तुम मेरे बारे में जानने के लिए उत्सुक हो। मैं तुम्हें सब बताऊँगा। चाहे तुम भरोसा करो या ना करो। बस एक बार किसी तरह राजकुमारी की छत पर पहुँचा दो। अगर वही हुआ जो हम सोच रहे हैं तो मैं तुम्हें भी मालामाल कर दूँगा।''

वो फ़ौरन तैयार हो गया और कुछ हफ़्तों में संतोषानंद की मदद से कुछ जोड़-तोड़ कर मुझे राजकुमारी के भवन की छत पर पहुँचा दिया गया। अगले दिन जब राजकुमारी को वही सपना आया और सब महल के नौकर छत पर सुंदर पुरुष ढूँढने निकले तो मैं मिला। मुझे राजकुमारी के सामने पेश किया गया। क्या बताऊँ कि वो मेरे सपनों से भी ज़्यादा सुंदर थी और उसका लकड़ी से बना नक्काशीदार कमरा कितना आलीशान था। उसने कितने मोटे रेशम का वस्त्र पहना था। उसकी पोशाक एक लंबे लहंगे और ज़रीदार चोली जैसी थी। ओढ़नी में मानो सितारे टँके थे और गोरा मुखड़ा चाँद था। वह सोने के पलंग पर बैठी थी और हाथ में चाँदी का ग्लास था। उसकी सेविकाएँ उसे घेर कर बैठी थीं और वे सब भी एक से बढ़कर एक सुंदर थीं।

''ये वही पुरुष है,'' बोलकर मेरी कोमल राजकुमारी ख़ुशी से बेहोश गयी। वो मेरी तलाश में महीनो से बीमार थी। राजा मेरे बारे में जानकार बहुत प्रसन्न हुआ। जल्दी ही राजकुमारी स्वस्थ हो गयी और हमारा ब्याह धूम-धाम से हुआ। अब अगर मैं यह बताऊँ कि शादी कितनी भव्य थी और मैं कितने ऐशो-आराम से रहा तो पता नहीं कितने दिन निकल जाएँगे। वो आप स्वयं अनुमान लगा सकते हैं। संक्षेप में बस इतना कहूँगा कि सब कुछ बिल्कुल सही चल रहा था। मैंनें महीनों राजसी ठाठ-बाठ का भोग किया। पढ़ा-लिखा तो था ही, कुछ दिनों में राज-काज में भी मन लगाने लगा। राजा भी मुझसे ख़ुश था।

मैंने दिनेशानंद को अपना ख़ास दरबारी बनाया और उसे एक सुंदर भवन उपहार में दिया। फिर भी वो ज़िद करता कि मैं अपना वादा पूरा करूँ और कहाँ से आया हूँ उसकी कहानी बताऊँ। राजकुमारी तो ये सोचती कि मुझे किसी जादुई शक्ति ने केवल उसके लिए वहाँ भेजा था। एक दिन दिनेशानंद ने जब मुझे बहुत तंग किया तो मैंने उसे पूरी बात सच-सच बता दी। वो आँखें फाड़ कर मुझे देखने लगा और बोला,

''तुम सच कहते हो या बात बना रहे हो?''

''मैं एकदम सच कह रहा हूँ।''

''मुझे उस मैदान में ले चलो जहाँ तुम गिरे थे।''

मैं भी वो जगह एक बार देखना चाहता था। हमने साईस को बुलाकर कर घोड़ा-गाड़ी मँगाई और उस मैदान की तरफ़ निकल गये। मैं दिनेशानंद को मैदान में ठीक उसी जगह ले गया।

''बस मुझे यहीं होश आया। मैं कहीं ऊपर से गिरा था।'' बोलते हुए मैंने ऊपर देखा। सूरज डूबने वाला था। दिन का वही समय था जब मैं वहाँ गिरा था।

''समय भी कुछ यही था।'' मैंने कहा और फिर ऊपर देखा। दिनेशानंद कुछ दूर खड़ा इधर-उधर उत्सुकता से देख रहा था। अचानक मेरा सर चकराने लगा। शायद मैंने दिनेशानंद को पुकारा। पता नहीं उसने देखा या नहीं। तब तक मैं बेहोश हो कर गिर पड़ा। जब होश आया अपने घर के बिस्तर पर था।

माँ ने कहा वो महीनों से मुझे खोज रही थी। वही क्या शहर की पुलिस भी ढूँढ कर हार चुकी थी फिर महीनों बाद मैं टीले के पास बेहोश मिला। किसी गाँव-वाले ने मुझे देखा और लोग मुझे उठा कर ले आए। डॉक्टर ने कहा बस कुछ घंटों की बेहोशी थी। सर पे चोट लगी थी और मैं जल्दी ठीक हो जाऊँगा। शहर भर में मेरी गुमशुदगी के पोस्टर लगे थे। सब मुझे जान गये थे। मिल गया इसकी ख़बर भी अख़बार में छपी। सभी पूछते इतने दिन कहाँ था तो क्या बोलता? एक-दो दोस्तों को जब सच्चाई बताई तो मुझे मनोचिकित्सक के पास ले गये। मनोचिकित्सक ने कहा कि मैं चूँकि राजकुमारियों के सपने देखता था और अपनी सूरत राजकुमारों सी समझता था तो वो सब मैंने अवचेतन में कल्पना में देखा। मैं कहता तो फिर महीनों कहाँ ग़ायब था। इसका जवाब मनोचिकित्सक के पास नहीं था। वो कहता यह तो मैं ही बता सकता हूँ और मेरे कहे पर किसी को भरोसा नहीं था।

जिसने हमेशा तड़क-भड़क के सपने देखे और वह स्वाद एक बार चख भी लिया हो वो क्या फिर उसी पुरानी नीरस दुनिया में लौट सकता है? वो भी तब जब उसे सब पागल समझते? मेरा दम घुटता। फिर एक दिन जिन कपड़ों में मैं टीले के पास मिला था वही पहन कर बिना कुछ और साथ लिए घर से निकल गया। पता नहीं कब से और कब तक भटकता रहा फिर यहाँ पहुँच गया।''

चन्द्रभान चुप हो गया। कहानी के दौरान वेटर आ-जा रहा था। ख़ाली होते ग्लास और प्लेट्स भरते रहते। अंदर से आता पार्टी का शोर रात बढ़ने के साथ और तेज़ हो रहा था।

''मैं अपनी टिप्पणी सभी कहानियाँ सुनने के बाद दूँगी।'' अभिसारिका बोली।

अब अनामिका की बारी थी। वह क़रीब तीस-बत्तीस की रही होगी। सुंदर तो नहीं थी पर उसमें कुछ विलक्षण था। ग़ज़ब का आकर्षक व्यक्तित्व और गहरी आँखें! ऐसी जैसे उनमें संसार के सभी दर्द हों। गेहुआँ रंग, छरहरा बदन, लम्बा चेहरा, साधारण नाक-नक़्श, पर उन भाव-पूर्ण आँखों से नज़र नहीं हटती। उसने एक शिफ़ॉन की जामुनी साड़ी और कुछ सोने के आभूषण- जैसे कान की बालियाँ, चेन, और कड़े पहन रखे थे। सबकुछ किसी डिज़ाइनर महँगी दुकान से ख़रीदा हुआ प्रतीत हो रहा था। वो ऊपर से नीचे जामुनी रंगो से सजी थी। लिप्स्टिक का रंग साड़ी से मेल खाता और ऊँची सैंडल भी उसी रंग का। वह किसी सोच में डूबी चन्द्रभान की कहानी सुन रही थी और कुछ कहना चाहती थी पर अभिसारिका की अंत में टिप्पणी देने वाली बात

सुन कर रूक गयी और अपनी कहानी सुनाने लगी।

"मैंने कभी बहुत सी जगहों में घूमने के सपने देखे थे। जीवन में होने वाले हर नये अनुभव के लिए उत्साह और हर अनुभव से हुए ख़ुशी और दुख को बाँटने वाले दोस्तों की कोई कमी नहीं थी। वह एक दौर था। मेरे अंदर कितने क़िस्मों की भावनाएँ थीं- प्रेम, वात्सल्य, कोमलता, ख़ुशी, श्रृंगार, उत्तेजना, संताप, दया, सहानुभूति, वेदना- मैं सभी भावनाओं को ना केवल व्यक्त करती पर अंदर तक महसूस करती फिर एक-एक कर सभी संवेदनाओं ने मेरा साथ छोड़ दिया। मैं बिल्कुल उदासीन हो गयी। मुझे लगने लगा कोई मुझे नहीं समझता है। मैं नए की खोज करती और वही पुराने लोग नए का भेष बदल कर मिलते और जाने-पहचाने घाव देते। मैं बार-बार उन्ही अनुभूतियों से गुज़रती और ठोकरें खाती। क्यूँ मैं इतनी भावुक थी? ये भावुकता ही मेरे दुःख की जड़ थी। पूरा बदन जैसे बैंग़नी रंगों की चोटों से भर गया। इतना दर्द संभाले ना संभालता और एक दिन सब ख़त्म।

मैंने अपना दायरा सीमित कर लिया। कुछ अंतरंग मित्रों से मिलती। जानी-पहचानी जगहों में ही जाती और हमेशा अपने शहर में रहती। वो शहर जैसा भी था मेरा था। उसकी सड़कें मेरी देखी-भाली थीं। मैं हर मोड़, स्पीड-ब्रेकर, खड्डों, गलियों, नालों से परिचित थी। कहाँ, कैसे, और किनसे बच के निकलना है पहचान गयी थी। परंतु एक दिन कुछ ऐसी अनहोनी हुई कि मेरा अपने शहर से बाहर जाना ज़रूरी हो गया। अनहोनी अचानक नहीं हुई थी और कुछ दिनों से मैं उस अनहोनी से बचने की कोशिश भी कर रही थी पर जैसे मेरी उदासीनता कुछ हट रही थी और वो पुरानी भावुकता फिर सतह तक आ कर बस छलकने वाली थी। बहुत टालने की कोशिश की पर इतने समय से दबा कर रक्ख़ी भावनायें नहीं रुकीं और मैंने सोचा चलो एक आख़िरी बार और सही।

एक मित्र ने साथ रहने के लिये आमंत्रित किया था लेकिन मैंने मना कर दिया। मैं उस दूसरे शहर जा कर एक होटल में रुक गयी। मैं बहुत देर होटल के कमरे में टीवी के चैनल बदलती रही फिर बाहर निकल कर यूँ ही भटकने लगी। ऐसा लगा जैसे यहाँ मुझे कोई मिलेगा जो मुझे समझ सकेगा और मुझे उसे ढूँढना है। शहर के नामों में क्या रखा है? नाम बताने से वह शहर भी ख़ास या आम हो जाएगा। वो ना आम था ना ख़ास पर वो एक अजीब शहर था। जैसे किसी बहुत पुराने ज़माने में वह उजड़ गया हो और वहाँ सिर्फ़ भूत बसते। कुछ भूत मेरे जाने पहचाने भी थे और मुझे ख़ौफ़नाक नज़रों से देखते। मैं उनसे बचती-बचाती एक रेस्टोरेंट के पास पहुँची।

वो इमारत भी कुछ टूटी-फूटी बदरंगी सी थी पर दीवारों पर ऐतिहासिक वैभव था। उन पर बनाई फूल-पत्तियों की नक़्क़ाशी दूर से दिखाई पड़ रही थी। दरवाज़ा किसी चाँदी सी चमकीली धातु से बना था जिसके कोने मटमैले हो रहे थे पर उनपर

किया महीन काम अभी भी चमक रहा था। दरवाज़े के अंदर लाल बेल-बूटेदार कारपेट से बिछा जीना था जिसकी रेलिंग मख़मली कपड़े से ढँकी था। मैंने किसी सम्मोहित अवस्था में सीढ़ियाँ चढ़ कर खाने-पीने के हॉल में क़दम रखा। एक अपरिचित धुन ने मेरा स्वागत किया। जगह एकदम भरी हुई थी। बहुत सारे लोग अलग-अलग टेबल के इर्द-गिर्द बैठे थे। हवा में नारियल तेल, शराब, और गुलाबजल की ख़ुशबू थी। मैं कोने के एक टेबल के साथ लगी कुर्सी पर बैठ गयी।

फिर पता नहीं क्या हुआ? ऐसा लगा मानो वहाँ मौजूद सब लोग आपस में परिचित हों। क्या उनका वहाँ रोज़ का आना-जाना था? वो कोई महानगर नहीं था। समुद्र के पास बसा एक छोटा शहर था जहाँ पर्यटक भी कम आते। मेरी तरफ़ कोई ध्यान नहीं दे रहा था। जैसे मैं भी कोई भूत थी और मुझे कोई देखना नहीं चाहता। मैं सबकी आँखों के सामने थी और वो ऐसी ऐक्टिंग कर रहे थे जैसे मैं वहाँ थी ही नहीं। फिर कहीं से एक बूढ़ा वेटर आया। वो किसी जहाज़ के रिटायर्ड कप्तानों सी वर्दी पहने था और कुछ बोरियत भरे अन्दाज़ से मेरा ऑर्डर एक पॉकेट-बुक में लिख कर ग़ायब हो गया।

मैं अपने खाने की प्रतीक्षा में आस-पास देखने लगी। मेरी नज़र उसपर पड़ी। वो मेरी बग़ल के टेबल पर थी। उस विचित्र संगीत की तानों में लहराता उसका अक्स जैसे सुवासित माहौल में तैर रहा था। वो सोफ़े जैसी किसी भव्य कुर्सी पर, एक अधेड़ उम्र के पुरुष की प्रशंसा-भरी नज़रों के घेरे में, आराम से बैठी थी। वह लड़की जैसे जवानी और बुढ़ापे के बीच की गलियों में खो गयी थी। जवान भी थी और बूढ़ी भी। उसका अवसाद में भीगा चेहरा जैसे कभी उमंगों से भरा हुआ था। आँखों में अपूर्व आनंद की झलक भर थी पर उनकी चारों ओर उभरे काले गड्ढे देख कर लगता कि वो लम्बी बीमारी या हादसे से अभी-अभी निकली हो। होंठों के पास अवसाद से खींची लकीरें थीं जिसने उसके व्यथित चेहरे को अनुपम मधुरता से प्रदीप्त कर दिया था। वैसा चेहरा किसी उग्र उत्तेजित अनुरागी इंसान का ही हो सकता था जो सालों के संयम के बाद गंभीर हो गया था पर आँखों और होंठों की भद्दी रेखाओं में ऊष्मा शेष थी। उसके सामने बैठा पुरुष सदाचार की मूर्ति था। वो साँवला शालीन चेहरा और प्रखर व्यक्तित्व कुछ उन भूतों की तरह था जिन्होंने अतीत में मेरी ख़ुशियों का माखौल उड़ाया था। मैंने सोचा अपने से बहुत बड़े या बहुत छोटे पुरुष से मिलना ज़्यादा सुरक्षित होगा। उनसे अपेक्षा कम होती और अपेक्षित से ज़्यादा मिलता और ज़्यादा छिनता।

मेरा ऑर्डर टेबल पर आ गया। संयोगवश, मैंने वही वाइन ली थी जो वह लड़की पी रही थी। मैंने एक बार भी उसके चेहरे से नज़रें नहीं हटाई। जैसे मैं उस विपरीत भावनाओं के मिश्रण में उलझे ढाँचे को धीरे धीरे पिघलते हुए देखना चाहती ताकि हर बूँद के अर्थ का विश्लेषण कर सकूँ। वो जब भी अपनी ड्रिंक का घूँट लेती मेरी जिह्वा

पर उसका स्वाद आ जाता। उसके दिल और दिमाग़ में चलते विचारों को मैं उसके हाव-भाव से पढ़ लेती। मेरा मन करने लगा कि मैं बाँहें फैला कर लड़की को अपने हृदय में समेट लूँ। मैं भी तो उसी की तरह थकी-हारी थी। हम दोनों लिपट कर रोएँ। पर उससे क्या होता? क्या बर्बर दुनिया अपनी चाल बदल देती? क्या क्रूर मनुष्य अपना स्वभाव बदल लेता? या फिर वहाँ बैठे सब निर्मम लोग हमारी पीड़ा से उद्वेलित हो, साथ बिलख कर रोते?

मैंने देखा वो पुरुष उसका हाथ पकड़ कर कुछ कह रहा था। उसके चेहरे पर आते भावों का निरक्षण करते हुए पुरुष के होंठ हिले और उस लड़की का साँवला चेहरा भट्टी में तपती ईंट की तरह लाल हो गया। उसकी तरल आँखें ऐसे टपकने लगीं जैसे रक्त की बूँदें। उनमें एक कत्थई रंग था जो मानो कह रहा हो कि वह अंतिम रंग है और फिर वह आँखें बिल्कुल स्लेटी हो जायेंगीं। स्लेटी और सूखी। स्लेटी और ख़ामोश। स्लेटी और विरक्त। अब किसी और रंग की जगह नहीं बचेगी। लड़की अपना हाथ छुड़ा कर उठी। वह बाहर की ओर मुड़ी और उसके पीछे मैं भी वहाँ से निकल गयी। उस दृश्य को याद करते भी तकलीफ़ होती है।

मुझे एक और दिन वहाँ बिताना था। अब करने को कुछ नहीं था। मित्र ने साथ बाज़ार चलने और ख़रीदारी करने की पेशकश की। मैंने उसे टाल दिया। वह शहर शंखों और सीपों से बनी वस्तुओं के लिए मशहूर था। मैंने वहाँ की किसी ख़ूबसूरत बीच के बारे में होटल के कुछ लोगों को बात-चीत करते सुना था। मैंने रिसेप्शन पर बैठी एक महिला से उसके बारे में पूछ कर वहाँ अकेले जाने का मन बना लिया था। उसी के पास की दुकानों से मैंने कुछ सीपों की मालाएँ ख़रीदीं और उन्हें पहन कर समुद्र तट पर बैठ गयी। मैं किसी से कोई बात नहीं करना चाहती थी। मेरे पास मेरे विचार थे- घातक विचार, कुछ पसंदीदा कारूणिक कहानियों के अंश, कुछ अश्रुपूर्ण कविताएँ, और मृत्यु की कल्पनाएँ।

मैं कभी लहरों से टकराती चट्टानों को देखती, कभी वहाँ के ऊँचे नारियल के पेड़ों को, कभी उनके बीच से गुज़रते खिलखिलाते लोगों को। सब ख़ुश थे। उनके साथ कोई था। पर हम जहाँ भी हों अकेले ही तो हैं? जो मुझे हुआ था वो बस एक अस्थाई आवेश था। अस्थायी। भले ही वो बार बार होता। अस्थाई। जिसका अस्थायी होना स्थाई था। जबकि मैं अकेली थी। हर वक़्त अकेली। कुछ दूर रेत की ढेरों पर वो भी बैठी थी। अकेली। कौन थी वो? वह मुझे देख कर ऐसे मुस्कुराई जैसे मुझे समझ रही हो।

क्या मैं उसी की खोज में वहाँ आयी थी? सूरज का जलता गोला समंदर में डूबने लगा। समुद्र की नमकीन हवा से सड़ान्ध आने लगी। हमदोनों एक दूसरे को देखते रहे जैसे देख-देख कर दर्द विलीन हो जाएगा। मैं चाह कर भी उससे कोई बात ना

कर पाई। उसके चेहरे की वेदना उसकी एकाकी पीड़ा से मानो दूर रहने की चेतावनी दे रही थी। हम बस एक-दूसरे को देख कर और चोटिल होते रहे पर एक-दूसरे की कोई सहायता नहीं कर पाए। मैं अंधेरे के डर से होटल वापस लौट गयी और अगली सुबह अपने शहर। और एक दिन बस यूँ ही फिर उसकी तलाश में घर से निकल गयी और जाने कैसे उसे ढूँढती यहाँ पहुँच गयी।''

अनामिका के चुप होते ही अभिसारिका एक तरफ़ बैठे पुरुष को बिना कुछ कहे ध्यान से देखने लगी। वो जैसे इशारा समझ गया और बिना किसी परिचय के बोलने लगा, ''मैं अपनी कहानी कुछ इस ढंग से सुनाऊँगा जैसे यह मेरी नहीं किसी और की कहानी है। अगर मैं कहानी ''मैं'' पर केंद्रित कर के कहूँ, तो शायद ईमानदारी से अपनी बात नहीं कह सकूँ। अगर बात ''थर्ड पर्सन'' में हो तो मुझे सुविधा होगी। इसलिए इस कहानी के नायक का नाम नवीन है। वो नायक है या खलनायक, ये तो सुनने वाले अपनी तरह से निर्णय करेंगे। नायिका का नाम ज्योति है। दोनों रेस्ट्रॉंट में बैठे हैं। दिल्ली के जनकपुरी डिस्ट्रिक्ट सेंटर में एक ऐसी जगह, जहाँ वो अक्सर मिला करते हैं। चलिये, नाम भी बता देता हूँ। यह एक पब जैसा है, नाम है फ़्यूल। तेज़ म्यूज़िक चल रहा है। लड़का दिखने में कुछ ख़ास नहीं परंतु क़द-काठी अच्छी है। लम्बा है और शरीर कुछ ऐसा जैसे जिम जाता हो। कुछ डोले-शोले वाला। साँवला, छोटी काली आँखें, छोटी नाक, घुंघराले बाल। लड़की दिखने में अच्छी लेकिन कुछ मोटी है। साँवली, बड़ी आँखें, गोल सी नाक, आकर्षक होंठ। उसके बाल सामने से ज़्यादा छोटे हैं। पीछे के लम्बे बालों को उसने एक हेयर-बैंड में ऐसे बाँधा है कि दिखाई नहीं दे रहे। लग रहा है, उसके पूरे बाल छोटे-छोटे हैं। नवीन कुछ व्यंग्य के स्वर में कहता है।

''तुम आज हरक्यूलस जैसी दिख रही हो।''

''तुम कहना क्या चाहते हो?'' ज्योति पूछती है। कुछ महीनों पहले ज्योति ने ग्रीक गॉड हरक्यूलस की एक सुंदर तस्वीर कहीं देखी थी और उसके ख़ूबसूरत जिस्म की तुलना नवीन के मांसल शरीर से की थी। उसके बाद के समय में नवीन और ज्योति के रिश्ते इतने बदल गये हैं कि वह ख़ुद उस बात को भूल गयी।

''हरक्यूलस ग्रीस की पौराणिक कथाओं का एक चरित्र है। वह अपने कुछ करुणिक और हास्यास्पद दोनों चित्रण के लिए प्रसिद्ध है।''

नवीन के स्वर में अभी भी व्यंग है। वो ज्योति पर कटाक्ष कर रहा है। ज्योति इतनी दुखी है कि ठीक से समझ नहीं पा रही।

''क्या तुम यह कह रहे हो कि मैं पुरुषों जैसी दिखती हूँ?''

''हाँ, वो भी।''

ज्योति हैरान है कि क्या यह वही पुरुष है जो उसकी तारीफ़े करता नहीं थकता।

जिसे कभी उससे इतना प्रेम था। नवीन को लगता है कि वो कुछ अधिक कड़वा बोल गया।

"असल में, हरक्यूलस एक ग्रीक हीरो है। यह एक प्रसंशा भी है। कभी तुमने ही मुझे हरक्यूलस कहा था। हरक्यूलस ने अकेले बहुत बड़े-बड़े कार्य किये जो किवदन्तियाँ हैं। तुम भी अपने ऊपर भरोसा करो और दूसरों के कंधों की खोज करना बंद कर दो।" नवीन ने कहा।

ज्योति कुछ नहीं कहती। वो अब केवल रोती है। नवीन बिल्कुल बदल गया है। दो हफ़्ते पहले ही नवीन ने ज्योति को अपने माता-पिता से यह कहकर मिलवाया था कि वह ज्योति से शादी करने वाला है। नवीन के पिता ने एक तरह से स्वीकृति दे दी थी परंतु जब उसकी माँ ने नवीन से कहा कि वह क्या सोच कर ज्योति से शादी करना चाहता है तो नवीन भी सोच में पड़ गया। सचमुच, वो मूर्ख था जो इससे प्रेम करने लगा। क्या है इस लड़की में? ना दिखने में अच्छी है ना इसका कोई अच्छा करियर है। ऊपर से बिगड़ी हुई। ज्योति के पिता ऊँचे सरकारी ओहदे पर हैं और ज्योति उनकी इकलौती बेटी। लाड़-प्यार कर उसे नकचढ़ी बना दिया है।

ज्योति अगले दिन ब्यूटी पार्लर जाती है और अपनी ब्यूटिशन से कहती है,

"मुझे एक नया "लुक" चाहिए। कुछ ऐसा करो कि मैं बिल्कुल अलग सी दिखने लगूँ। कुछ नई सी बन जाऊँ। मुझे नव-ज्योति बना दो।"

"मैम, अगर आपको नया लुक चाहिए तो बाल बदल लेने चाहिए। आपने देखा होगा कि लोग अगर हेयर स्टाइल बदल लें तो बिल्कुल अलग दिखने लगते हैं।"

"ठीक है, कुछ भी करो पर मुझे अलग बना दो। मैं तुम्हारे हाथों में हूँ। आजकल बाल बहुत झड़ रहे हैं। मेरे बाल हैं भी एकदम सीधे और तनाव के कारण सफ़ेद होने लगे हैं। इतने कम हो गये हैं कि मैं गंजी लगने लगी हूँ।"

"अगर मैं आपके बालों में कुछ सुनहरे "स्ट्रीक" भर दूँ तो कैसा रहे? आजकल तो सभी लोग बाल कलर कराते हैं। सफ़ेद बाल भी छिप जायेंगे। थोड़े से भूरे बाल आपकी साँवली चमकती त्वचा पर बहुत खिलेंगे।"

"ठीक है। जो रंग जँचे, भर दो।" ज्योति आँखें बंद कर लेती है।

घर वापस आकर वह अपनी छवि शीशे में देखती है। गहरे काले और बीच-बीच में कुछ सुनहरे और कुछ भूरे बालों ने उसका रूप बिल्कुल बदल दिया है। वो यही चाहती है। नवीन ने उसे मर्दानी कहा था। क्या अब वह सुंदर स्त्री में तब्दील हो गयी है? उसे अपने बिखरे बाल रात में गरजते काले समुन्दर जैसे लग रहे हैं। जिसमें ये सुनहरी उठती-गिरती चमकती हुई लहरें हिलकोरें ले रही हैं। लहरें कभी विचित्र कोण बनाती, विकृत हो कर मुड़ जातीं, अचानक ख़त्म हो जातीं। एक पागलपन और उन्माद की अव्यवस्था क़ायम करते हुए कभी आड़ी-तिरछी चलतीं और भयानक दृश्य

में बदल जातीं।

सुबह उठकर वह सबसे पहले आईना देखती है। बाल उलझ कर तनावपूर्ण लटों में घुँघरू जैसे गुथ गये हैं। पूरे चेहरे पर भँवरों की तरह बाल फैले हैं। सुनहरी रेखाएँ अभी उगते हुए सूर्य की किरणों जैसी लग रही हैं। लगता है काले समुद्र के पीछे सुबह बस होने वाली हैं। कहीं कुछ प्रकाशित पथ हैं तो कहीं कुछ अंधकारमय रास्ते। फिर उनका मिलाजुला ऐसा रूपांकन बन जाता है जैसे बिम्ब महँगी क़ालीनों पर होते हैं।

दोपहर में रेखाएँ यातनापूर्ण हो जातीं हैं। सोने के षट्भुजों के आकर की आकृतियाँ बन गयीं हैं। उनके भड़कीलेपन की चकाचौंध के कारण आईना देखा नहीं जाता। प्रकाश से वो अंधी हो जाती है। जब वो सारा दिन दुनिया के सबसे प्रदूषित शहर में बाहर बिता कर घर लौटती है तो उसके बाल कोयले के धुएँ जैसे लगते हैं, जिसमें ताम्बे के रंग की आग की लपटें उठ रही हैं। शाम होते ही वो उदास होने लगती है। उसकी भावुक मन:दशा की तरह जलती सुनहरी रेखाएँ भी वेदना से कुछ काली पड़ जातीं हैं। लकीरों के बेढब ढाँचे बन जाते हैं जैसे किसी नौसिखिये चित्रकार ने लापरवाही से कैनवास पर कुछ लाइनें बना दी हों। जब वो रात को बत्ती बंद कर देती है तो सभी आकृतियाँ ग़ायब हो जातीं हैं। जैसे बच्चे छुप्पन-छुपाई खेल रहे हों।

अगली शाम दोनों फिर मिलते हैं। जगह का नाम हैश है, एक दूसरा शोर-शराबे वाला पब, जो वसंत विहार में है। पता नहीं क्यों नवीन उसे वहीं मिलने को कहता है, जहाँ वह उन पुराने दिनों में मिलता था, जब उसे लगा था कि वो ज्योति से प्यार करता था। शायद वो देखना चाहता है कि जहाँ ज्योति पहले उसे सुंदर लगती थी वहाँ कब कैसी दिखती है। या जहाँ वो प्रेम के दौरान मिला था अब उन्हीं जगहों पर ज्योति को देख कर उसकी भावनाएँ कैसी हैं। उन अजीब से बालों में वह कोई और ज्योति लग रही है। समझ नहीं आ रहा कि क्या सोचे।

''ये सब क्या है?'' वह उसी निष्ठुर लहजे में कहता है जिसमें आजकल वो ज्योति से बात करता है।

''मेरा नया हेयर-स्टाईल। कैसा है? क्या तुम अभी भी कहोगे कि मैं किसी पुरुष जैसी दिखती हूँ?''

हल्की पीले लैम्प की स्वप्निल रोशनी ने उसके काले, भूरे, और सुनहरे रंगों के बालों पर अस्पष्ट और संदिग्ध सी लगने वाली आकृतियाँ बना दी हैं। वह एक गद्देदार कुर्सी पर बैठी है। दोनों आमने-सामने हैं और टेबल पर भी एक गोल सी नीली रोशनी है। ज्योति के होंठ गहरे मरून रंग की लिप्स्टिक से रंगे हैं और एक तरफ़ तिरछे मुड़े हैं। आँखों में काजल नहीं हैं। ज्योति की बड़ी आँखें नैसर्गिक रूप से काली और तरल हैं। उनमें नवीन को चुनौती देता हुआ सा कोई भाव है।

''तुम क्यों नहीं समझती कि ये सब करने से अब कुछ नहीं होगा। तुम्हें मेरी

स्वीकृति की क्या आवश्यकता है? मैं तुमसे इसलिए मिलता हूँ क्योंकि तुम रो-रो कर मिन्नतें करती हो। मैं तुम्हें समय देना चाहता हूँ कि तुम मुझे भूल सको। हम एक-दूसरे के लायक़ नहीं हैं। मुझे भूल जाओ।''

''ये सब तुमने अपने घर ले जाकर जब सबसे मिलाया था, उसके अगले ही दिन कह दिया था। पता नहीं क्या हुआ? क्या तुम्हारे घर वालों को मैं पसंद नहीं? ठीक है। मैं तुमसे कुछ नहीं माँगती। पर एक बार पहले की तरह देखो तो सही। मैं तुम्हें कितना प्यार करती हूँ।'' ज्योति की मधुर आवाज़ में करूण चाहत है।

''प्यार? तुम जानती भी हो कि प्यार क्या है? प्यार हेयर-स्टाईल बदलने का नहीं लाइफ़-स्टाईल बदलने का नाम है। हम दोनों एक साथ नहीं रह पाएँगे। हमारे परिवेश बिल्कुल अलग हैं।''

नवीन के पिता एक छोटी सी नौकरी करते थे। एक प्राइवट कम्पनी में निचली दर्जे के क्लर्क की। नवीन के मन में हीन भावनाएँ हैं। वो सोचता है कि इस बड़े घर की लड़की के बड़े नख़रे हैं। पहले जब वो किसी बात पर तुनक जाती तो बच्ची सी प्यारी लगती लेकिन अब उसका बचकाना स्वभाव असहनीय लगता है। नवीन ने आईआईटी से इंजीनियरिंग की है। एक बड़ी सी कंपनी में नौकरी कर लाखों कमाता है फिर भी ढकोसलेपन से ऊपर नहीं उठ पा रहा है। उसकी माँ छोटे क्लर्क की, आर्थिक तंगी में तीन बच्चों को सफलता से पालने वाली पत्नी है। बहुत त्याग किये हैं। बेटे पर गर्व है। भूल गयी है कि वो भी कभी रूपहले सपने देखने वाली लड़की थी। नवीन छोटा और सबसे प्रिये पुत्र है। बड़ा लड़का भी बड़ी पोस्ट पर है और उसकी पत्नी भी लाखों कमाती है। अपनी जात-बिरादिरी की भी है। नवीन प्रेम के चक्कर में पड़कर आर्ट्स पढ़ने वाली लड़की से शादी कर सब बिगाड़ लेगा। फिर लड़की को अपने पिता के ईमानदार कलेक्टर होने का घमंड है। कुछ ख़ास ज़मीन जायदाद नहीं बस सरकारी नौकरी का ग़ुरूर! जो रिटायर होने पर स्वाहा हो जायेगा।

ज्योति फिर बच्चों की तरह रोने लगी है जैसे किसी दूसरे बच्चे ने उसका खिलौना छीन लिया।

''मैं तुम्हें ख़ुश करना चाहती हूँ। तुम्हें बताना चाहती हूँ कि तुम्हारे लिए बदल भी सकती हूँ। हेयर-स्टाईल क्या लाइफ़-स्टाईल भी बदल दूँगी अगर तुम फिर मुझे पहले की तरह प्यार करो।''

''तुम ये सब कर के मुझे ख़ुश करना चाहती हो? जानती हो कैसी लग रही हो? लगता है तुम्हारे सिर के अंदर कुत्सित दिमाग़ में जो छल-कपट और चालाकियाँ भरी हैं वो बाहर आ गयीं हैं। जो प्रपंच तुमने अंदर, मुझे फिर फ़ाँसने के लिए गढ़े हैं, वो इन नीच रंगों में बाहर उग आए हैं।''

उस शाम के बाद पूरे हफ़्ते ज्योति दिल्ली के मंदिरों में भटकती है। कभी

हनुमान मंदिर, कभी कालका, कभी छत्तरपुर, कभी साईं मंदिर। हर जगह शांति खोज रही है। माथे पर तरह-तरह के लाल रंगों के टीके लगा कर माथा हल्का सुर्ख़ हो गया है। जैसे वहाँ ज़ख़्म हो। साबुन से रगड़ कर धोने पर भी रंग नहीं उतरा। रगड़ने से माथा और लाल हो गया।

शनिवार की शाम, ग्रेटर कैलाश की एम ब्लाक मार्केट के पब वी-2 में नवीन और ज्योति फिर आमने-सामने हैं। दोनों कुछ नहीं बोल रहे। ज्योति बेतहाशा बीयर पिये जा रही है और नवीन गोल्ड-फ़्लेक सिगरेट फूँक रहा है। समय बीतता जा रहा है। देर रात पब की लाइटें बंद हो जाती हैं। बस सामने बीचोंबीच डिस्क-लाइट्स जलती हैं। कानफाड़ू संगीत में नशे से झूमते जोड़े डान्स करते हैं। उस जलती-बुझती रोशनी में ज्योति के बाल भी जलते-बुझते शोलों से लग रहे हैं। माथे का लाल रंग दहक रहा है। नशे में चेहरा तमतमाया है।

''तुम्हें यह दयनीय रूप बना कर अपने को एक पुरुष से सतायी और दुखियारी स्त्री का स्वाँग दिखाना बहुत अच्छा लगता है? तुम ज़िन्दगी में कभी किसी लायक़ नहीं थी। ना कुछ कर सकी ना आगे कुछ बन सकोगी और सब का दोष किसी पर मढ़ना था इसलिए तुमने मुझे चुन लिया। अब आगे की सभी विफलताओं का कारण मुझे ही बताओगी।''

''शायद तुम ठीक कह रहे हो। लेकिन मेरी विफलताओं के बावजूद तुम मुझे प्यार करते थे। तुम्हीं ने कहा था कि मैं जैसी भी हूँ तुम्हारी नज़र में आदर्श हूँ क्योंकि मुझमें कुछ दूसरों से अलग है। तुमने मुझे जीवन भर प्यार करने का वादा किया था। कभी भी नहीं छोड़ने का वचन दिया था। उसका क्या?''

''मैं इंकार नहीं करता कि तुमसे कभी प्यार करता था। पर अब नहीं करता। जब वादा किया था उस वक़्त जो लगा कह दिया। अब लगता है वादा नहीं निभा सकता तो वो भी कह रहा हूँ। सब सच कहता हूँ। कोई जुनून था जो उतर गया है। अब प्यार नहीं रहा तो क्या करूँ? ज़बरदस्ती की नौटंकी?''

ज्योति बिलख कर रोती जाती है।

''मैं तुम्हारे बिना जी नहीं सकती।'' कहती जाती है और नवीन को उसपर केवल दया आती है। दया, जिसमें प्यार दूर-दूर तक नहीं। ज्योति उस शाम के बाद भी मिलने को कहती है लेकिन नवीन मना कर देता है। उसने जो कहना था कह दिया अब ज्योति बात ख़त्म करे। नवीन की माँ ने अपनी बिरादरी की एक लड़की नवीन के लिए देखी है। वो अमेरिका में काम करती है। नवीन भी उसके साथ विदेश जा सकता है। अब किसी तरह ज्योति से पीछा छुड़ाना है। कहीं मन में ''गिल्ट'' है। ज्योति से इतने वादे किए थे। वो पागलों जैसी हरकतें करती है। कहीं नर्वस ब्रेक-डाउन ना हो जाए। नवीन की माँ उसे आश्वस्त करती है कि वह चालबाज़ लड़की नाटक कर

रही है। नवीन कोई गलती नहीं कर रहा। इस उम्र में नादानियाँ हो जाती हैं। कुछ समय उस लड़की से हँस-बोल कर गुज़ार लिये और भावना में बहकर शादी का वादा कर दिया तो क्या हुआ? अब क्या कोई ज़बरदस्ती है कि शादी करनी पड़े?

फिर भी नवीन उसे समय दे रहा है कि ज्योति ये पागलपन छोड़ दे। वह जब बहुत गिड़गिड़ाती है तो नवीन उससे सिर्फ़ एक बार और मिलने को तैयार हो जाता है। ये अंतिम बार है। इसके बाद ज्योति कुछ भी कहे नवीन नहीं मिलेगा। ज्योति कनॉट प्लेस के टीजीआईएफ में मिलने को कहती है। वो सबसे पहली बार यहीं मिले थे। तो यहीं आख़िरी बार मिल कर विदा लेंगे।

भाग्यावश उन्हें अपनी पसंदीदा टेबल मिल जाती है। अभी कोई म्यूज़िक नहीं चल रहा। तेज़ रोशनी है। वेटर ने बीयर की बोतलों के साथ चिली चीज़ टोस्ट उनके सामने सज़ा दिया है। ज्योति पहले टोस्ट खाती है फिर एक बोतल बीयर गटक जाती है। नवीन रोज़ की तरह घड़ी नहीं देख रहा। सोच कर आया है कि तब तक बैठेगा जब तक ज्योति का मन ना भर जाये। ये अंतिम बार है। आख़िरी बार सह लेगा।

"क्या तुम मुझसे शादी करोगे?" ज्योति को चढ़ गयी है। वो आँखें नचा कर कहती है।

"नहीं।"

"फिर एक बार सोच लो। अंतिम बार पूछ रही हूँ। क्या तुम मुझसे शादी करोगे?" ज्योति अजीब मुँह बिचका कर मोहक बनने की कोशिश कर रही है। नशे में बिल्कुल पागल लग रही है।

"तुम मुझसे चाहे हज़ार बार पूछो मेरा उत्तर बस नहीं है। नहीं। नहीं। नहीं।"

नवीन तीन बार नहीं ऐसे कहता है जैसे तीन तलाक़ दे रहा हो। हर नहीं पर ज्योति का चेहरा विभत्स सा हो रहा है। वो एकदम विक्षिप्त दिखती है। क्या सचमुच पागल हो गयी है? उसने लहू से लाल रंग के कपड़े पहने हैं। आँखें लाल हैं। माथा लाल है। होंठ लाल हैं। बेतरतीबी से बिख़रे रंग-बिरंगे बालों में कुछ चाँदी के धागे भी हैं। नवीन को डर लग रहा है। ज्योति घृणा भरी नज़रों से घूर रही है। वह अचानक उठ कर खड़ी हो जाती है। नवीन भी हड़बड़ा के उठ जाता है। वो कुछ सहम के देख रहा है। ज्योति उसे ज़ोर का थप्पड़ जड़ देती है। नवीन को जैसे लकवा मार गया। अग़ल-बग़ल के लोग तमाशा देख रहे हैं।

"मैं ऐफ़्रोडाइटी हूँ। प्रेम और ख़ूबसूरती की यूनानी देवी।" ज्योति सर तान कर कहती है। अपना लाल हैंड्बैग उठाती है और महारानी की तरह ऊँची हील की सैंडल खटकाते हुए बाहर निकल जाती है। नवीन बिना इधर-उधर देखे चुपचाप उसके पीछे निकल कर सीधा घर जाता है।

दो दिन बाद माँ की पसंद की हुई लड़की से मिलना है। नवीन ख़ुद को समझा

रहा है कि उसने जो किया वो ज़रूरी था। वो कैसे अपने माँ-बाप को छोड़ देता। पहले पिता तैयार थे फिर माँ के पट्टी पढ़ाने के बाद वो भी इस रिश्ते के खिलाफ़ हो गये। उन्होंने उसे पढ़ाने के लिए कितनी मुसीबतों का सामना किया है। अगर वो ज्योति से विवाह कर लेता तो माँ ने ज़हर खाने की धमकी दी है। नवीन ज्योति से कटु बातें कहता ताकि वह उससे नफ़रत करने लगे। नवीन को भूल जाये। वह कामयाब हुआ। फिर भी मन में चोर है। क्या वह सचमुच सिर्फ़ ज्योति का भला सोच रहा था? क्या वह भी माँ की तरह विदेश जाने के सपने नहीं देख रहा? क्या उसे वाक़ई ये नहीं लगने लगा था कि ज्योति उसके क़ाबिल नहीं? क्या अपनी माँ के बहकाने के बाद उसे भी ज्योति से प्यार बेवक़ूफ़ी नहीं लग रही थी? नहीं नहीं। वो तो सिर्फ़ ज्योति को अपनी माँ से बचा रहा था। वो कैसे उन्हें छोड़ देता और कैसे ज्योति को इस घर में लाता जहाँ उसे कोई सम्मान नहीं मिलता। वो चाहे अपने मन को जैसे बहलाये, नवीन जानता है कि वो कायर है। जिस लड़की को प्यार किया उसे जीवन भर का दुःख दिया। उसके लिये लड़ने की हिम्मत नहीं है। पुरुष हो कर भी नवीन में पुरुषार्थ नहीं। अब अपना मुँह वह ज्योति को नहीं दिखा सकता। माँ का मुँह देखने का नवीन का दिल नहीं करता। अब दुनिया से दूर नवीन सिर्फ़ प्रायश्चित करेगा। ज्योति से तो नहीं पर शायद ईश्वर से क्षमा मिल जाये।''

''अब कुछ समय का अंतराल है। मैं कुछ मिनटों में आती हूँ। तब तक आप भी इस हॉल में चहलक़दमी कर यहाँ की नायाब वस्तुएँ देख सकते हैं। अच्छा होगा कि आप अभी एक-दूसरे से बातचीत ना करें। ये कुछ क्षण आपके आगे के जीवन के लिए अत्यंत महत्वपूर्ण हैं। इसमें आपने जो सुना है उसपर विचार करें। उसके साथ आप जो बची हुई कहानियाँ हैं उनके बारे में और अपने निश्चय के बारे में सोचें तो अच्छा होगा।'' अभिसारिका ने नवीन के चुप होते ही कहा और उठ कर चली गयी।

सभी लोग उस बड़े से हॉल में बिखर गये। वहाँ अजीब-अजीब वस्तुएँ तो थीं हीं और एक तरफ बुक-केस में मशहूर लेखकों की किताबें सजी थीं। नवीन उधर जाकर किताबें पलटने लगा। चन्द्रभान तस्वीरें देखने लगा और बाक़ी लोग भी इसी तरह व्यस्त हो गये। अरुणिमा ने एक खिड़की का रेशमी पर्दा हटा दिया और बाहर की खिली चाँदनी में रत्नों की तरह जगमगाते फूलों को निहारने लगी। ऐसा प्रतीत हो रहा था जैसे वह बाग़ किसी स्वर्गलोक में था। ओस की बूँदों की मानो बारिश हो रही थी और भीगी हुई चाँदनी की परत हर पत्ते और बूटों पर मोतियों जैसी चमक रही थी। अरुणिमा जाने कब तक बाहर जागती आँखों से सपने जैसा दृश्य देखती रही। अभिसारिका वापस आ गयी। उसने कपड़े बदल लिए थे। आसमानी रंग का झीना लम्बा गाउन सा ड्रेस, और उसी से मेल खाते, पहले की तरह सावधानी से लगाए सभी प्रसाधन। नीली पलकें और लाल होंठों पर भी एक मनमोहक नीली सी आभा।

इला की उम्र तक़रीबन पचास-पचपन रही होगी। इस उम्र में भी उसका रूप किसी तरुणी जैसा था। गोरा चेहरा, तीखे नैन नक़्श, और गुलाबी होंठ। चेहरे पर झुर्री का कोई निशान नहीं था। गाल बिल्कुल क्रीम से चिकने और सीधे काले बाल ख़ूब घने थे जिनको इकट्ठा कर बड़ी बेरहमी से एक जूड़ा बनाया गया था। फिर भी कुछ मोटी लटें चेहरे पर बिखर आतीं जिसे इला कान के पास लगी एक काली क्लिप में जकड़ देती। चेहरे पर किसी प्रसाधन का अंश नहीं था। आभूषण तो दूर इला ने कोई बिंदी या चूड़ी भी नहीं पहनी थी। साड़ी ज़रूर रंगीन थी, लाल और पीली, पर साधारण सूती और मुड़ी हुई। इला ने साड़ी सीधे पल्ले की पहनी थी। शरीर ना ज़्यादा भारी था ना दुबला। इतनी सुंदर होते हुए भी इला के चेहरे पर ऐसा कुछ था जिसे देख कर लगता वो जवान नहीं बल्कि साठ-सत्तर वर्षों से भी अधिक बूढ़ी है। आख़िर ऐसा क्या था? जबकि उसके चेहरे पर समय की एक भी रेखा नहीं थी?

"अब तुम्हारी बारी है, इला," अभिसारिका ने कहा।

इला कहीं कुछ खोई हुई सी थी, कुछ अटक कर बोली, "मुझे कहानी सुनाना नहीं आता। मुझे ना तो कभी किसी ने कोई कहानी सुनाई ना मैंने कुछ ज़्यादा कहानियाँ पढ़ीं। असल में, मैं बहुत कम पढ़ी-लिखी हूँ और हमेशा गाँव में ही रही।"

इला के चेहरे-मोहरे में देहात की पूरी छाप थी लेकिन वो छाप गँवारों जैसी नहीं बल्कि किसी ऊँचे घराने की बहू जैसी थी।

"कोई बात नहीं, इला, तुम बस सामान्य तरीक़े से अपनी आपबीती सुना दो। ऐसा क्या हुआ जो तुम भी इन लोगों की तरह दुनिया के रिश्ते-नातों से विरक्त हो गयी? शायद अपनी कहानी कहते-कहते तुम्हें लगे कि उस दुनिया में वापस लौट जाना चाहिए? या फिर तुम्हें पुरानी बातें कह कर ये सोचने का अवसर मिले कि यहाँ आ कर तुमने सही किया?"

"अच्छी बात है। मैं कोशिश करती हूँ। बस मुझसे ये अजीब सा पीने का पदार्थ अब पिया नहीं जा रहा। हो सके तो मेरे लिए एक स्टील के गिलास में सादा पानी मँगा दें।"

"अवश्य," अभिसारिका ने ताली बजाई और वेटर ग्लास में पानी ले कर हाज़िर हो गया। इला ने पूरा ग्लास पानी ऐसे पिया जैसे बहुत प्यासी हो, अपनी साड़ी के मुड़े पल्लू को सीधा करने की कोशिश की, और उड़ती लटों को कान के पीछे समेट लिया। कमरे में कहीं से बहुत तेज़ हवा आ रही थी। वातावरण हल्का ठंडा और ख़ुशनुमा था। इला ने अभिसारिका के पीछे की दीवार पर टँगी एक ख़ूबसूरत समुद्री तूफ़ान की तस्वीर पर नज़रें टिका कर अपनी कहानी शुरू की, "मेरा जन्म एक खाते-पीते किसान परिवार में हुआ। मेरे पिता भले इंसान थे पर जैसे माहौल में रहे थे उसी अनुसार उनकी सोच भी सामंतवादी या यूँ कहा जाए कि पितृसत्तावादी थी। मेरी माँ बेचारी भी कुछ ऐसे ही

परिवेश में पली-बढ़ीं थीं और कुछ विरोध नहीं कर पाती। पिता ने उन्हें ऐसे तो कोई तक़लीफ नहीं दी बस उन्हें एक बेटा चाहिए था। वैसे तो हमारी तरफ़ लोग कहते कि बैल के जोड़ों की तरह बेटे भी दो होने चाहिए पर जब एक के भी लाले हों तो किसी तरह एक बेटा हो जाये तो वही काफ़ी होता। उनकी क़िस्मत! नहीं होना था सो नहीं हुआ।

उन्होंने बड़ी कोशिशें की। हम आठ बहनें थीं। हर बार निराशा हाथ लगी। मैं पाँचवी निराशा थी। होश संभालते ही समझ गयी कि घर में मेरी कोई औक़ात नहीं। सबसे बड़ी और सबसे छोटी की कुछ औक़ात थी। बड़ी वाली पहली संतान थी और छोटी वाली सबसे छोटी गुड़िया पर बीच वालियाँ निरर्थक बोझ। हमें घर में मारा-पीटा नहीं जाता। खाने को भी कम नहीं मिलता। सब एक जैसी थीं तो कोई भेद-भाव भी नहीं होता। त्योहारों में एक ही थान कपड़ा आता और सब के कपड़े उसी को काट कर बनते। बड़ी बहनों के छोटे हुए कपड़े हम ख़ुशी-ख़ुशी पहनते। एक-दूसरे के साथ खेलते। गाँव के एक ही स्कूल में पढ़ते। मैंने पिता को माँ से एक बार ये कहते हुए भी सुना कि अगर इतनी बार में बेटा ना हो सका तो जैसी प्रभु की इच्छा। बेटियाँ तो लक्ष्मी का अवतार होती हैं तो यही सही।

तीसरी बहन पढ़ने में अच्छी थी तो पिता ने उसे शहर कॉलेज जाने दिया। बाक़ी बहनें पढ़ाई में मन नहीं लगातीं तो कोई पढ़ने को नहीं कहता। हमें कौन सा डॉक्टर-इंजीनियर बनना था। हमारी शादियाँ ही तो करनी थीं और हम सब बहनें अपनी माँ पर गयीं थीं। गोरी-सुंदर। हमारे देश में जब सुंदरता की यही खोखली परिभाषा है तो हमने भी वही सुना। सब गाँव की औरतें माँ से सहानुभूति दिखातीं। आठ-आठ बेटियाँ। जैसे हम आठ नहीं सोलह हों। एक भी बेटा नहीं। जैसे आठ बेटियाँ तो फिर भी बर्दाश्त कर लो पर बदले में एक लड़का भी नहीं मिले तो इससे बड़ी त्रासदी क्या हो सकती है। पर कम-से-कम सब गोरी-चिट्टी सुंदर हैं। शादी-ब्याह में परेशानी नहीं होगी। बड़े घर में ब्याह हो जाएगा। बेटियों का मतलब ब्याह ही तो होता है।

पिता ने शादी की दौड़-भाग सबसे बड़ी बहन के अठारह वर्ष पूरे होते ही शुरू कर दी। वह सब में सबसे सुंदर थी। उस समय पिता का जोश भी उफान पर था। ख़ूब अच्छा घर-वर मिला। शादी में ख़र्चा भी हुआ। पहली लक्ष्मी विदा हुई और घर से कुछ लक्ष्मी कम हो गयी। ऐसे ही करते-करते सभी लक्ष्मियाँ विदा होने लगीं और हर तरह से हमारा घर कंगाल होने लगा। सब की कमी खलती। इतना शोर-शराबे वाला घर शांत होता जा रहा था और पिता का धन जो पहले भी कुछ अत्यधिक नहीं था काफ़ी कम होता जा रहा था। मेरी बारी आते-आते पिता की कमर झुक गयी थी। माँ को तरह-तरह की बीमारियाँ होने लगी थी। इलाज के पैसे भी कम पड़ने लगे। माँ डॉक्टर के पास जाने से मना करती। अभी चार बेटियाँ और ब्याहनी थीं। अपने ऊपर

पैसे कैसे व्यर्थ कर दें? उनका जीवन तो अब ख़त्म होने वाला था। पर उनकी उम्र ही कितनी थी? उस वक़्त मुझसे भी कम। अपनी परिस्थिति से निराश हो कर और माता-पिता का बोझ कम करने के लिए पिता जहाँ मेरा ब्याह तय कर पाए मैंने चुप-चाप विवाह कर लिया।''

इला ने कहानी यहाँ रोक कर कुछ देर अपनी ख़ाली ग्लास की तरफ़ देखा और चुप हो गयी। किसी ने कुछ नहीं कहा। बस अभिसारिका ने फिर से ताली बजाई और वेटर एक और ग्लास पानी ले आया। अंदर से आता पार्टी का शोर बहुत तेज़ हो गया। ऐसा लग रहा था कि कुछ लोग बड़ी ज़ोर-ज़ोर से हँस रहे हों। इला की आँखों से आँसू नहीं निकल रहे थे फिर भी ऐसा लगा जैसे वो रो रही थी पर पाँच मिनट बाद जब उसने फिर बोलना शुरू किया तो आवाज़ बिल्कुल पहले जैसी थी।

''मेरे पति। क्या कहूँ उनके बारे में? इतना प्यार करते कि मैंने सोचा जो घर पर नहीं मिल सका वो पहली बार मिला है। घर में कोई अभाव तो नहीं था पर मुझे कभी कोई विशेष प्यार ना मिला। माँ सबका ख़याल करती पर हम इतने थे कि कभी मुझे कहानी नहीं सुनाई। कभी मुझे लोरी गा कर नहीं सुलाया। मैंने कभी कल्पना भी नहीं की थी कि मेरी भी कुछ इच्छाएँ हैं। मैंने सिर्फ़ मन मारना सीखा था।

पति का घर हमारे जैसा बड़ा नहीं था, उनके खेत भी कम थे, फिर भी स्थिति अच्छी थी। किसी चीज़ की कमी नहीं थी। वो हमेशा मेरा मुँह निहारते रहते। इतनी गोरी औरत पूरे गाँव में किसी की नहीं कह कर मेरा लाड़ करते। औक़ात से बढ़कर मेरे लिए ख़र्च करते। मेरे पिता ने दान-दहेज भी दिया था। मेरे पति कहते भाग्य से ऐसी औरत मिली है। इसकी ख़ुशी के लिए और कमाना है। खेती-बाड़ी में जी-जान लगा दिए। शायद उनके लिए मैं लक्ष्मी थी। मेरे आते ही उनका काम-धंधा बढ़ गया। उस बरस और आगे के कुछ साल, मौसम प्रभु की दया से अच्छा रहा, और उपज भी ख़ूब होने लगी। सब का श्रेय मुझे मिला। मेरे क़दम उनके लिए शुभ थे। सास भी गाँव-घर घूम कर मेरी बड़ाई करती। मैं इतनी बहनों में बढ़ी थी कि घर के काम-काज के सब गुर किसी ना किसी से सीख लिए थे। मेरी कोई बहन अच्छी सिलाई करती, तो कोई बुनाई, किसी को खाना पकाने का शौक़ था, तो किसी को कढ़ाई और सजने-सँवरने का। मैंने सभी से कुछ ना कुछ सीखा था। इतना बड़ा घर सम्भालने में माँ निपुण थीं। मुझे सब आता।

आप कहेंगे फिर गड़बड़ कहाँ हुई? मेरे बच्चा नहीं ठहरता। दो-तीन बार बस अपने आप कुछ हो जाता और गर्भपात हो जाता। पहली बार तो पति और सास ने ढाँढस बँधाया। कहने लगे ये सब हो जाता है। अभी मैं जवान हूँ और सब ठीक हो जायेगा। लेकिन जब तीसरी बार ऐसा हुआ तो लगा दोनों कुछ बदल रहे थे। पति खींचे-खींचे रहने लगे। जब मैं पूछ ती कि मुझसे ग़ुस्सा हैं तो कहते कि काम बढ़ गया है इसलिए

थक जाते हैं। लेकिन क्या मैं नहीं जानती कि वो क्यों बदल रहे थे? सास भी मुँह क्यों बनाने लगी थी? अड़ोस-पड़ोस की औरतों ने मुझसे जलना बंद कर झूठ-मूठ की सहानुभूति दिखानी क्यों शुरू कर दी थी? मैं हर व्रत-उपवास करती। रोज़ घंटों देवी माँ से प्रार्थना करती कि मुझे भी माँ बनने का सुख दें। देवी माँ ने दया कर दी। मैं बिलख-बिलख कर उनसे गोद भरने की मन्नतें माँगतीं। वो तो माँ हैं उन्होंने सुन ली। मैंने कोई बेटा-बेटी थोड़े ही माँगा था। मैंने तो माँ होने का सुख माँगा था। उन्होंने सुख दिया। भरपूर सुख दिया। चाँद से भी सुंदर बेटी मेरी गोद में डाल दी। इतनी सुंदर कि उसके सामने मेरी सुंदरता भी फीकी। इतनी गुणवंती कि मेरे सब गुण कम। ऐसी लक्ष्मी कि अपने पिता के लिए उसके क़दम समृद्धि का प्रताप! देवी माँ की दी हुई बेटी थी ना? पर थी तो बेटी ही?

पति और सास पहली बेटी से कुछ ज़्यादा नाराज़ नहीं हुए। चलो शुरुआत तो हुई। मुझे डर था कि मेरी दशा भी माँ वाली ना हो जाए। लेकिन भगवान की कुछ और इच्छा थी। मेरी पुरानी समस्या फिर शुरू हो गयी। बेटी के बाद कोई बच्चा ना हो सका। कुछ ही वर्षों में पति बिल्कुल अलग-थलग से हो गये। सास ने तो बेटी होने के दो वर्षों बाद ही ऐसा मुँह फुलाया कि कभी सीधा नहीं हुआ। सीधा हुआ भी तो मेरे प्रति नहीं। सास कम उम्र में विधवा हो गयी थीं। ज़्यादा खेत-ज़मीन ना होते हुए भी इकलौते बेटे को गर्व से पाला-पोसा था। अकेली हो कर उन्होंने वंश बढ़ाया और वही वंश मेरी वजह से ख़त्म हो जाये? ऐसी सुंदरता का क्या मोल? इससे अच्छा वो कोई काली कलूटी ही ले आती या देख-भाल के कोई सेहतमंद- जो बच्चा जन सके। मेरी गोरी कोमल सुंदरता ने उन्हें अच्छा बेवक़ूफ़ बनाया। अब वो गाँव-घर घूम कर मेरे विषय में यही सब कहती।

मैं देवी माँ के पास बैठ कर रोती-बिलखती पर उनसे किस तरह फिर बेटा माँगती? क्या वह उनका अपमान ना होता? इतनी सुंदर बेटी दी, माँ होने का वरदान दिया, जो माँगा मुझे मिला, और मैं कृतघ्न? मैं सोचती कि मुझे पहले यह क्यूँ ना ध्यान रहा? मैंने पहले ही देवी माँ से बेटे की माँ होने का वरदान क्यूँ नहीं माँगा? शायद वो यह कामना तभी पूरी कर देतीं। अब क्या करूँ? फिर अपनी बेटी का भोला चेहरा देख कर अपने को डाँट पिलाती। एक माँ होकर कैसे मैंने यह सोच लिया? जब मैं रोती तो मेरी चाँदनी अपने छोटे-छोटे गुलाबी हाथों से मेरे आँसू पोंछती।

कहाँ कोई कहानी सुना पाई उसे? पर वो मेरे आँसुओं की कहानी बड़ी होते-होते अपने आप समझ गयी। वो देवी माँ की वरदान विलक्षण बेटी थी। घर की अकेली। सास और पति उसका तिरस्कार ना कर सके। उसे कोई कुछ ना कहता। उसके जन्म पर पंडित ने भी कहा था कि बिटिया बड़ी भाग्यवान है। जिस घर रहेगी सम्पन्न कर देगी। इसे नाप्रसन्न किया तो घर ना बचेगा। पर उसकी माँ तो अभागी थी। दिन-

रात गालियाँ खाती। चुप-चाप सुन लेती। क्या करती? कहाँ जाती? अपने घर वापस? उस घर में? जहाँ से बोझ कम करने को यहाँ आई थी? और अपनी एकमात्र संतान को छोड़ कर? उसे साथ तो वो मुझे कभी नहीं ले जाने देते।

यूँ ही दिन गुज़रने लगे। चाँदनी सब समझती पर हमदोनों माँ-बेटी चुप रहतीं। मैंने कभी उसे चुप रहने को नहीं कहा। वो ख़ुद समझ गयी कि चुप रहना ही हमारे लिए बेहतर है। वो कोई छः-सात वर्ष की रही होगी। अभी भी बिल्कुल बच्ची थी पर उसे देखने वाले उसकी सुंदरता देख चकित रह जाते। इतनी शांत थी कि शायद ही कभी रोती ओर अपनी रोती माँ के आँसू नन्हें हाँथों से पोंछना कभी ना भूलती। मेरे सभी दुःख बस उसी स्पर्श से कम हो जाते। मैं पति के बारे में सास को घर की नौकरानी से कुछ अजीब सी खुसुर-पुसुर करते सुनती। लगता वो जान-बूझकर ज़ोर से फुसफुसा कर मुझे तंग करने के लिए कुछ सुनाना चाहती है। इसलिए मैं उन बातों पर कोई ध्यान ना देती। सब सुन कर भी अनसुना करती। फिर भी मन में खड़का था। कहीं वो सब सच तो नहीं? कई बार सोचा पति से पूछ लूँ पर उनका व्यवहार इतना बुरा हो गया था कि हम कभी बात भी नहीं करते।

फिर एक शाम पति घर आए और स्वयं ही बिना ज़्यादा कुछ कहे मेरे सवालों का उत्तर दे दिया। एक बच्चा मेरी गोद में डाल कर। कहा कि इस घर की स्वामिनी तो तुम्हीं हो। इसे आशीर्वाद दे दो। तुम्हारी चाँदनी का ही भाई है। एक ग़रीब औरत से ब्याह कर लिया है और उसे दूसरा घर ले कर दे दिया है। तुम्हें कोई तकलीफ़ ना होगी। वह औरत कभी तुम्हारे सामने ना आएगी। परन्तु बच्चे के विषय में तुम्हें बताना ज़रूरी था सो बता दिया। सब कुछ चाँदनी के सामने उसी के पिता ने कहा। इतनी छोटी बच्ची उम्र से पहले ही बूढ़ी हो गयी। कुछ ना बोली। मैं बेचारे गोद के उस नासमझ बच्चे को क्या गाली देती? उसकी क्या ग़लती थी? उसे आशीर्वाद दे दिया। उसके जाने के बाद बस रोई और चाँदनी ने आँसू नहीं पोंछें। पहली बार वो अपनी माँ के साथ रोई। हम दोनों जाने कब तक रोती रहीं।

वह घर उसी दिन छोड़ देती अगर मैं माँ ना होती पर अब मैं सिर्फ़ माँ थी। मैंने अपने पति को मन ही मन उसी दिन त्याग दिया। कुछ दिनों में जब मन कुछ शांत हुआ तो पति से कहा कि दूसरी रख ली तो ठीक है। बच्चे भी पैदा कर लिए अच्छा है। अब तो बेटा मिल गया ना? मेरे और मेरी बेटी के आने से ही आज सम्पन्न हो और दो घर रख सकते हो। वो जैसी भी औरत है कम-से-कम तुमने इतना अहसान किया कि अलग है और मैं उसे कभी ना देखूँगी। बेटे को भी आशीर्वाद देती हूँ पर मैं भी माँ हूँ, बेटी की ही सही, और इस माँ का तुम्हें श्राप लगेगा अगर उस औरत और बेटे के लिए तुमने मेरी बेटी का हक़ मारा। अब तुम्हारे पास सब कुछ है पर मेरी बेटी ही मेरी सब कुछ है। आज से हम पति पत्नी नहीं। इस घर को छोड़कर नहीं जाऊँगी क्योंकि

ये मेरी बेटी का घर है। जब तक वह अपने पति के घर नहीं जाती उसकी माँ यहीं रहेगी और अब मैं तुम्हारी माँ की गालियाँ नहीं सुनूँगी। उन्हें समझा देना कि मेरे मुँह लगीं या बेटी जन्मने के लिए कोसा तो ये माँ अब चुप बैठ कर आँसू नहीं बहायेगी।

सास इतनी आसानी से चुप होने वाली नहीं थी। चाँदनी के पिता ने कुछ समझाया ज़रूर होगा क्योंकि वह मुझसे कुछ ना कहती पर दूसरी तरह से मुझे तंग करने की कोशिश करती। नौकरानी से अपनी नई बहू की बड़ाई कर मुझे कोसती कि मेरे कारण उसे अपने पोते से अलग मेरे साथ रहना पड़ रहा है। जब तक वह मुझे कुछ ना कहती मैं चुप रहती पर अगर वह मुझे गाली देती तो मैं भी भिड़ जाती। अब मेरे पास खोने के लिए कुछ नहीं था। मुझे घर से निकालने की हिम्मत माँ-बेटे में नहीं थी। एक तो अंधविश्वासी थे क्योंकि मेरे आने के बाद पैसे का सुख मिला था और दूसरा लोक-लाज वाला थोड़ा शर्म बचा के रखा था। कुछ शर्म बेचकर दूसरी बहू ले आए थे पर बेटे के लिए किए इस पाप को समाज ने भी माफ़ कर दिया था। मुझे निकाल कर शायद लोक-निंदा मिलती। अभी तो कुछ लोग ये भी कह देते कि दूसरी से बेटा हो गया फिर भी बेचारी पहली को घर पर अच्छे से रखा है और भगाया नहीं।

मैंने उस ज़हरीले माहौल में रहकर बारह वर्षों की तपस्या की। अपनी बेटी को हर वो गुण सिखाया जो मुझे माँ और बहनों से मिले थे। स्कूल भी भेजा और ज़िद कर के कॉलेज भी। जब वो अठारह पार कर गयी तो उसके बाप को फिर हड़काया कि बेटी का ब्याह अपने से ऊँचे घराने में तय करे नहीं तो अच्छा ना होगा। ये भी कहा कि जैसे भी हो लड़का पढ़ा-लिखा हो और शहर में नौकरी करता हो। देवी माँ से फिर एक बार निर्लज्ज की तरह बिनती की, और माँ ने फिर मुझे निराश नहीं किया।''

इला का गला बुरी तरह रूँध गया। वो चुप हो गयी। अरुणिमा फूट-फूट कर रोने लगी और चन्द्रभान भी सुबकने लगा। वेटर एक और ग्लास पानी के आया। पीकर इला ने कहा, ''मैंने कहीं एक ही कहानी सुनी थी। अपने गाँव की पंडिताईन से। इला की। इला ऋषि मनु की पुत्री थीं किंतु मनु ने पुत्र प्राप्ति के लिए यज्ञ किया था। पूरी कहानी याद नहीं। कुछ इतना याद है कि इला बाद में सुद्युम्न नामक पुरुष बन गयीं। जब वे इला थीं तब एक पुत्र हुआ, पुरुरवा, और जब सुद्युम्न हुईं तो तीन पुत्र हुए। पता नहीं कहानी का क्या तात्पर्य था और पंडिताईन ने मुझे यह कहानी क्यों सुनाई। मेरी कहानी बस समाप्त होने को है। मेरी चाँदनी का विवाह हो गया। परम्पराएँ तोड़ कर मैं उसके होने वाले पति से शादी से पहले मिली। उससे कुछ ना छुपाया। दुनिया में अच्छे पुरुष भी होते हैं मुझे उससे मिल कर विश्वास हुआ। पूरी तरह आश्वस्त हो कर मैंने अपनी अनमोल चाँदनी उसे सौंप दी।

विवाह के उपरान्त जब कुछ महीनों में विश्वास हो गया कि चाँदनी ख़ुश है और मैंने उसका वर ढूँढने में कोई ग़लती नहीं की तो उसके बाद सिंदूर और बिंदी पोंछ दी।

चूड़ियाँ तोड़ डालीं। पति से कहा दूसरी और उसके बच्चे, अब दो बेटे थे, इस घर ले आए। मैं चली। उसने आश्चर्य से पूछा कहाँ तो मैंने कहा कहीं भी। उसने कहा कि अगर मैं चाहूँ तो दूसरी जहाँ रहती थी वहाँ रह लूँ। वो घर इससे भी अच्छा है। मैं हँस दी। सास और बूढ़ी हो गयी थी। कुछ महीनों से उसे कुछ पछतावा हो रहा था। शायद भगवान के पास जाने के दिन पास आ रहे थे तो पुराने पापों से डर लग रहा था। पति ने तो रुकने के लिये कोई ज़ोर ना डाला पर सास ने अवश्य कुछ क्षमा भरी वाणी में अपने साथ ले चलने को कहा। हम दोनों कहीं तीर्थ यात्रा कर लेती हैं। या ऐसा कुछ। जिस दिन मैं एक गठरी में केवल कुछ साड़ियाँ बाँध कर अकेली पैदल निकल पड़ी, सास रोई भी। पति? या कि मेरा भूतपूर्व पति? वो पता नहीं कहाँ था। मैंने ना देखा ना उसके बारे में सास से कुछ पूछा।''

कुछ देर सब चुप रहे। अंदर से हँसने-बोलने की आवाज़ें वैसे ही आती रहीं पर उन सात लोगों का समूह जैसे अंतरमन से गूढ़ वार्ता कर रहा था। किसी का कुछ कहने का मन नहीं हो रहा था। फिर आख़िरी पुरुष स्वत: बोलने लगा, ''मेरा नाम जितेश है। मैं अगले महीने पचास का हो जाऊँगा। मेरी कहानी बस छोटी सी है। मेरा ज्वैलरी का पुश्तैनी कारोबार था। शादी जल्दी हो गयी थी। एक ही बेटा था वो विदेश में पढ़ना चाहता था। मैंने उसे कारोबार में नहीं झोंका। जब वह विदेश में नौकरी करने लगा तो थोड़ी निराशा हुई। सोचा था शायद पढ़ कर वापस आ जाए। लेकिन वहाँ किसी लड़की से प्रेम करने लगा। भाग्यवाश, लड़की हमारे इलाक़े की ही थी पर उसका परिवार दो पीढ़ियों पहले वहीं बस गया था। इसलिए मन को सांत्वना देकर मैं तैयार हो गया। एक-दो साल बाद पोता हुआ तो हम पति-पत्नी उसे देखने गये। मुझे काम की वजह से जल्दी लौटना पड़ा पर पत्नी वहीं रह गयी।

कुछ महीनों बाद मैंने पत्नी को लौटने के लिए कहा तो बोली बहू काम पर जाती है। बच्चे को देखने वाला कोई नहीं। अभी बहुत छोटा है तो कुछ दिन और रुक जाती हूँ। ऐसे ही साल बीत गया। वो हर बार बहाना कर देती। मैंने कहा बहू के घर-वाले भी तो वहीं है वो कोई मदद क्यूँ नहीं करते तो कहने लगी सब को अपना काम है। मैं वहाँ कौन सा काम करती हूँ? यहाँ मेरी कुछ ज़रूरत है। भारतीय लोगों का अच्छा समूह भी है। सब मिलते-जुलते हैं। घूमने की नई जगहें हैं। बेटा-बहू बहुत ख़याल रखते हैं। ऐसे ही दिन निकलने लगे और वो आने का नाम नहीं लेती।

मैं क्या करता? मुझे ऐसा कोई कष्ट नहीं था। घर में नौकर-चाकर थे। काम भी बहुत था। मैं हर रात देर से आता। समझने लगा कि पत्नी वापस क्यों नहीं आना चाहती थी। मैं उसे समय नहीं दे पाता था। हमारा विवाह बड़ों का तय किया नीरस अरेंज्ड मैरिज था और मैंने उससे कभी प्रेम की बातें नहीं की थीं। कारोबार में कोई हाथ बँटाने वाला नहीं थी सो मैं उसे कहीं घुमाने भी नहीं ले जा पाता था। बड़ी मुश्किल से एक

विश्वासपात्र मित्र संदीप पर दुकान छोड़ कर कुछ दिनों के लिये विदेश जा पाया था।

मैं धीरे-धीरे उसके बिना रहने का अभ्यस्त हो गया। संदीप भी मेरे कारोबार में था। उसकी दुकान उसी गली में थी जहाँ मेरा शो-रूम था। घर भी पास था। उसके घर कई लोग थे। कभी जब मैं परिवार को मिस करता तो उसके यहाँ चला जाता। बाक़ी समय बस काम में लगा रहता। कुछ और करने को नहीं था इसलिए पैसे कमाने का नशा हो गया। शहर में दो-चार शो-रूम और खुल गये। कामयाबी मिल रही थी पर मुझे और चाहिए थी। मैं देश का सबसे अमीर ज्वैलर बनना चाहता था। ऐसी कोई डील हमेशा होते-होते रह जाती। लगता वो कामयाबी बस मेरे हाथ लगने वाली है और हाथ से फिसल जाती।

मैं चिड़चिड़ा होने लगा था। एक दिन सुबह दुकान खुलते ही बहुत सुंदर स्त्री आई। उसने क़ीमती रेशम और ज़री से बुनी साड़ी पहन रखी थी। हीरे के झुमके, सोने का हार, जड़ाऊ कंगन, और ऐसे ही बहुमूल्य गहनों से लदी थी। रूप-रंग तो अपूर्व था ही, जब वो एक महँगी कार से उतर कर उस वेश-भूषा में अंदर आई तो सभी सेल्स-मैन में उसे अटेंड करने की होड़ लग गयी। उसने समूचे शो-रूम को ईंगेज़ कर लिया। जितने तरह के गहने हो सकते- टीका से लेकर पाज़ेब तक - सब कुछ ट्राई किया। उसके गोरे दहकते बदन पर सब अच्छा लगता। वह घंटों कुछ ना कुछ पहन कर देखती रही। कुछ ख़ास गहने एक तरफ़ ऐसे रखे जैसे उन्हें चुन कर ख़रीदना चाहती हो। मगर शाम होते होते बिना एक भी आभूषण ख़रीदे वह स्त्री आराम से उठ कर चली गयी। सब ठगे से देखते रह गये।

ग़ुस्सा तो मुझे भी आया पर हम क्या करते? कई बार लोग आते और कुछ नहीं ख़रीदते। लेकिन वो कुछ विचित्र बात थी। दो-एक दिनों बाद एक दोपहर को भोजन के समय मैं संदीप की दुकान में चला गया। वहाँ देखा कि वही नज़ारा चल रहा था। वही सुंदर स्त्री बैठी थी और दुकान में काम करने वाले सब लोग तरह-तरह के गहने उसके क़दमों में डाल रहे थे। वह हँस कर सबकी प्रतिक्रिया सुनती और एक तरफ चुने हुए आभूषण रखती जाती। मैं संदीप से कहना चाहता था कि इतने उत्साह की कोई आवश्यकता नहीं। वह कुछ नहीं ख़रीदेगी। पर कुछ नहीं बोला। क्या होने वाला है जानते हुए भी, उसके रूप के आकर्षण में, मैं वहीं बैठा सब कुछ देखता रहा। शाम के ठीक उसी वक़्त वह उठी और जैसे आयी थी वैसे ही झिटक कर चली गयी।

अब तो मैं जहाँ जाता मुझे वही दिखती। मैंने शहर के अपने दूसरे शो-रूमों में भी उसे वही सब करते देखा। उससे चिढ़ भी होती पर एक जाना-पहचाना नशा था जिसने मुझे जकड़ लिया। उसे देखने को मन विचलित हो जाता। मैंने अपने शहर की कोई ज्वैलरी की दुकान नहीं छोड़ी। हर जगह गया। वो कभी मिलती कभी नहीं। मिलती तो भी विचलित रहता और ना मिलती तो भी। एक शाम मैंने बार में बहुत

शराब पी। उस दिन बहुत अकेलापन महसूस हो रहा था। वो रहस्यमयी स्त्री कई दिनों से नहीं दिखी थी। पत्नी की याद तो अब बिल्कुल नहीं आती। एक-दूसरे को देने के लिए हमारे पास अब क्या था? बेटा सेटल था और हम अनसेटल! शायद अब तक वो किसी और के साथ सेटल हो गयी हो। विदेशों में तो ये आम बात थी।

मैं बड़े ख़राब मूड में नशे से धुत्त घर लौटा। आते ही नौकर ने बताया कोई स्त्री मुझसे मिलने आई हुई है और हॉल में मेरी प्रतीक्षा कर रही है। रात के बारह बज चुके थे। इतनी रात गये कौन स्त्री आई थी और मेरी छत के नीचे बैठी थी? सब जानते थे मेरे घर कोई महिला नहीं थी। मैं हैरान सा ड्रॉइंग-रूम में दाख़िल हुआ। मेरे आलीशान सोफ़े पर वही स्त्री बैठी थी। कमरे की सभी फ़ेयरी लाइट, जो जाने से पहले मेरी पत्नी ने लगवाई थीं, जल रही थीं। उसने हरे रंग की रेशमी साड़ी पहनी थी, और जैसा कि मैं हमेशा देखता, उसका हर अंग बेशक़ीमती आभूषणों से अलंकृत था। मेरे सारे नौकर उसे घेर कर खड़े थे और दौड़-दौड़ कर कभी कोई पेय-पदार्थ तो कभी कोई खाद्य-सामग्री लाकर उसे ख़ुश करने में लगे थे। मैं थोड़ी देर देखता रहा। वो तरह-तरह की चीज़ें मँगाती पर ना कुछ खाती ना पीती।

आख़िर वो कौन थी? क्या चाहती थी? मैं उसका पीछा कर रहा था या वो मेरा पीछा कर रही थी? मन में लाखों सवाल थे। वो बात करना तो दूर कभी मेरी तरफ़ देखती भी नहीं। फिर मेरे घर क्यों आई थी? मैं आगे बढ़ा। उसने मुझे देखा और मुस्कुरा दी। जैसे उसका वहाँ होना स्वाभाविक हो।

"तुम यहाँ क्यों आई हो?" सबसे पहले मेरे मुँह से यही सवाल निकला।

"कब से तुम मुझे पाने की कोशिशें कर रहे हो। कभी यहाँ ढूँढते हो कभी वहाँ। मैं पास होते हुए भी तुम्हारे हाथों में आते-आते छिटक जाती हूँ। तुम और विचलित हो मेरी तलाश में भटकते हो। हमेशा तुम्हारे सामने रहती हूँ तो तुम ललचा जाते हो। नहीं दिखती तो लालसा और बढ़ती है। तुम ही क्या तुम्हारे जैसे दूसरे कारोबारी भी मुझे पाना चाहते हैं। मैं किसी के हाथ नहीं आती। आज जब मैं स्वयं चल कर तुम्हारे घर आ गयी हूँ तो कहते हो मैं क्यों आई हूँ?"

सच में! वो बस एक हाथ की दूरी पर थी। मैंने तो बस हाथ बढ़ा कर उसे पा लेना था। फिर हाथ क्यों रुके थे? क्या इसलिए कि जब वो तलाश भी पूरी हो जाती तो मैं क्या करता? या इसलिए कि जब वो मिलने वाली थी तो उसकी भी कोई क़ीमत ना रही? मैं उसके क़दमों पर गिर गया। बिलख कर उससे क्षमा याचना की। विनती की। कहा कि वो लौट जाए लेकिन मुझे कोई रास्ता दिखा दे। सिर्फ़ पचास की उम्र में इतनी दौलत पा कर भी मैं कंगाल हो गया था। उसे मुझपर दया आ गयी और उसी ने मुझे यहाँ का पता दिया।"

"तुम्हारी क्या आपबीती है, अरुणिमा?" अभिसारिका ने कोहनियाँ मेज़ पर

टिकाते हुए पूछा और मंद-मंद मुस्कुराने लगी। अरुणिमा जितेश की कहानी सुनते, मुग्ध आँखों से चन्द्रभान को निहार रही थी, और चौंक गयी। कितना सुंदर पुरुष था वो। अगर अरुणिमा उसे कहीं बाहर मिलती तो उसपर कोई कविता ज़रूर लिखती। क्या वह उसके आकर्षण से अछूता रह पाता? कोई ऐसा पुरुष भी था जो उससे आकर्षित नहीं होता? बाइस-तेईस की आयु में ही वो पुरुषों से बोर हो चुकी थी। उन्हें पाना जितना आसान था छोड़ना उतना ही मुश्किल। वह चन्द्रभान से नज़रें हटा कर अभिसारिका को देख कर लम्बी साँस लेती हुई बोली,

"मेरी आपबीती? वो मैं सुना नहीं सकती। क्योंकि मैंने कभी उसके बारे में सोचा नहीं। पाँचों कहानियाँ सुन कर लगता है मेरी कहानी इनसे कुछ मिलती है। मैं बस यूँ ही एक कहानी सुनाती हूँ। इसे आपबीती नहीं जग-बीती समझ लें। इस कहानी में एक युवक है और एक युवती। उनके कोई नाम नहीं और कोई उम्र नहीं। वो कहीं भी किसी भी शहर में हो सकते हैं।"

"अच्छी बात है," अभिसारिका बोली, "सच, मुझे भी कहानियाँ सुन कर लगता है मेरी कहानी कुछ ऐसी है। शायद इसीलिए अंदर पार्टी चलती जाती है और मैं रात भर यहाँ बैठी एक के बाद एक सिर्फ़ कहानियाँ सुनती हूँ। सुनाओ।"

अरुणिमा ने चन्द्रभान की तरफ़ देखते हुए कहानी शुरु की।

"मैं एक निष्पक्ष श्रोता हूँ। तुम जो चाहो मुझ से साँझा कर सकती हो। मुझे एक विश्वासपात्र मित्र या अंतरंग हितैषी समझ लो। मैं बिना माँगे कोई राय नहीं देता। ना ही किसी के बारे में जल्दी कोई धारणा बनाता हूँ। मुझे सुनना अच्छा लगता है। जब मैं बोलता हूँ तो भले ही बोलता जाऊँ पर जब मैं सुनता हूँ तो बोलता नहीं। मैं कुछ प्रश्न कर सकता हूँ। तुम्हारी बातें समझने की कोशिश में। बार-बार प्रश्न दोहराना भी मेरी आदत है पर मैं टिप्पणी नहीं करता।"

जब उस युवक ने ये कहा तो युवती चुप हो गयी। वो बहुत देर से बोल रही थी और युवक चुप-चाप सुन रहा था। वह शायद घंटे दो घंटे बोलती रही। युवक बोर नहीं हुआ। ना उसने किसी बात का विश्लेषण किया ना विरोध। युवती को एक बार भी नहीं लगा कि युवक उसे नीची नज़रों से देख रहा है। या उसकी सारी बातें सुनने के बाद युवती के प्रति उसका नज़रिया बदल गया है। शायद उसने सोचा था युवक उसे झिड़क देगा या कुछ ऐसा कहेगा जैसे वह कोई श्रेष्ठ पुरुष है और युवती एक पतित नारी। पर युवक के चेहरे पर कोई शिकन नहीं थी। वो पहले की तरह सामान्य था और प्रतीक्षा कर रहा था कि युवती कुछ और बोलेगी। पर वह सब कुछ कह चुकी थी और आराम करना चाहती थी। जैसे बड़े दिनों से पीठ पर लदा बोझ उतार फेंका था। अब बस युवक का हाथ पकड़ कर सूर्यास्त के रंगों को देखना चाहती थी। चाहे देखते-देखते उम्र की शाम हो जाए। फिर रात। एक-एक कर सभी मौसम गुज़र जाएँ। वो

वहीं बैठे रहें। उनके बालों में चाँदी की लटें उभर आयें और चेहरा आरी-तिरछी लकीरों से भर जाए। उसकी ऊँगलियाँ युवक की उँगलियों से अपनी ही भाषा में प्रेम का संवाद कर रही थीं। युवती ने आँखें बंद कर लीं। जैसे उसने उचित-अनुचित सब पर काला पर्दा डाल दिया और सचमुच प्रेम में अंधी हो गयी। वह बिना कुछ कहे एक दृष्टिविहीन इंसान की तरह केवल युवक के स्पर्श से उसके संपर्क का बोध करना चाहती थी। फिर बरबस बोल पड़ी,

"मैंने तो अपना सारा जीवन किसी मृगतृष्णा की खोज में व्यर्थ कर दिया। मैं खोखले सपने देखती और फिर उनके टूट जाने के दर्द में अपने को कहीं बंद कर लेती। हर बार किसी ग़लत आदमी पर भरोसा करती, ठोकर खाती, और भविष्य की चिंता में खोई रहती।"

जब वह फिर बोलने लगी तब उसे ऐसा लगा कि अभी और बहुत कुछ कहना था। वह कितनी अकेली थी और उसे सुनने वाला कोई नहीं था। युवक उसकी बग़ल में घास पर लेट गया। वो पास भी था और जैसे दूर क्षितिज पर डूबते सूरज की तरह हवा में सतरंगी किरणों से रंग भर रहा था। ऊपर विस्तृत आसमान की तरह ना उसका आरम्भ था ना अंत।

"अतीत समाप्त हो गया है और भविष्य आना बाक़ी है। सच तो ये है कि अभी इस क्षण से परे कुछ भी ठोस नहीं। इस पल में ही सबकुछ है।"

वह बोलती और साथ-साथ सोचती जाती। युवक उसकी लम्बी पलकों को झपकते देखता और सोचता कि वे कितनी सुंदर हैं। सूर्यास्त का एक नारंगी रंग युवती के भूरे बालों से लिपट कर सुनहरे वैभव में तब्दील हो गया था। युवक को रिश्तों का यह चरण सबसे रुचिकर लगता। जब वे एक-दूसरे को जानने-समझने की प्रकिया से गुज़र रहे होते और कुछ भावुक दुविधाएँ होतीं। युवक ने कहा था कि वो कोई धारणा नहीं बनाता पर वह युवती का मन ही मन विश्लेषण कर रहा था; वो कैसी दिखती, क्या बात करती, कैसी सोच रखती, सभी गुणों अवगुणों का जैसे दिमाग़ में एक ख़ाका बन रहा था। उसने जब पूरी लिस्ट पर एक नज़र दौड़ायी तो लगा युवती बिल्कुल सुंदर नहीं है। और शायद यही उसकी विशेषता थी। वो कुछ मनमोहक रूप से सिरफिरी थी। वह एक ऐसी औरत थी जो भौतिक दुनिया में भावुक विषयांतर के लिए बनी थी। उसे कोई वादा नहीं चाहिए था। युवक अपने निकट हमेशा विलक्षण लोगों को आने देता और उनमें जो बहुत ख़ास लगते वही उसकी यादों के संग्रहालय में जगह पाते।

युवक अपने को एक तरह का समाजसेवक मानता। उसके पास भले ही बाँटने के लिए अत्यधिक पैसे नहीं थे। परंतु एक चीज़ की कोई कमी नहीं थी और वो था प्यार। जब उसके सीने में इतना प्यार भरा था और दुनिया में इतनी युवतियाँ थीं जो प्यार पाने के लिए व्याकुल थीं तो क्यों ना वो भी दोनों हाथों से प्यार लुटाता? उसने

अपने प्यार भरे हाथ युवती के कोमल बदन पर फेरना शुरू किया। मांसल हिस्सों पर तवज्जो देते हुए युवक उसके हर अंग ऐसे दबाता जैसे उनमें से रस टपकेगा। युवती थोड़ी देर के लिए दिल और दिमाग़ दोनों भूल गयी। वह सिर्फ़ देह हो गयी। युवक जब उसकी छाती थपथपाने लगा तो वह थोड़ा झिझकी। युवक ने कहा, ''मैं केवल इतना चाहता हूँ कि तुम अपनी इच्छाओं को मत रोको।''

युवक जैसे उसकी कमज़ोरी समझ गया हो और उसने वहीं वार किया। उसने युवती की तड़प को भाँप लिया था और उसी की गुप्त चाहतों से उसका परिचय कराना चाहता था। युवती को लगा कि वह युवक के समक्ष निर्वस्त्र हो गयी है। युवक तो ये भी जान गया था कि युवती अभी इतनी निर्भीक नहीं थी कि अपनी इच्छाओं के आगे झुक सके और ना वो इतनी श्रेष्ठ थी कि इच्छाओं के ऊपर उठ जाए।

''मुझे सिर्फ़ आरम्भ अच्छे लगते हैं। शुरुआती दिनों का हल्कापन, नर्म भावनाओं की शुरुआत,'' युवती फुसफुसा कर बोली। युवती के स्वर वातावरण में बिखर गये और जैसे बादलों के साथ उसकी इच्छाओं की तरह हवा में उड़ने लगे। उसकी हृदय को चीर देने वाली आवाज़ ने युवक को और उत्तेजित कर दिया। काश उसके पास कोई ऐसी भाषा होती जिससे वह युवती के विचारों में प्रवेश कर जाता। दिल और दिमाग़ पर छा जाता। हम जैसे भी हों किसी दूसरे इंसान के विचारों में एक नया रूप ले लेते हैं। वह युवती के विचारों में कैसा दिखता?

युवती के शरीर से भीनी भीनी सुगंध आ रही थी, उसकी त्वचा गरम सी थी, और उसके चेहरे पर प्रणय की अभिलाषा। युवक की बातों और स्पर्श ने उसकी प्यास और बढ़ा दी थी। जैसे युवती के हर अंग में एक दिल था, जो युवक के छूते ही धड़कने लगता, और उसके स्पंदन से युवक के हाथ काँपने लगते। वह दोनों का काँपना विस्मित सा देखने लगता। युवक ने सोचा, ''इसे कुछ हल्के स्पर्श की आवश्यकता है। भाषा में व्यावहारिकता की कमी है। इसे एक अनुभव चाहिए- एक ऐसी शैली जिसके कुछ शब्द इसे यह समझा सकें कि हर वाक्य का प्रारम्भ और अंत निश्चित है।''

युवती को युवक के विचारों की भाषा का कहाँ ज्ञान था? वह उसके वाक्यों के अर्थ से अनभिज्ञ और शब्दों के जाल से मुक्त थी। उसके लिए तो यह पल एक गीत सा लयबद्ध था। रात के मखमली अंधेरे ने दोनों को आलिंगन में भर लिया। समय तो यूँ भी अवास्तविक था। अपनी चाल चलता। उसके बारे में नहीं सोचो तो उसका कोई अस्तित्व ना था। पता नहीं कब युवक की उक्ति ''इच्छाओं को मत रोको'' ने युवती के इर्द-गिर्द जादुई रास्ते बना दिए। उनसे गुज़र कर युवती ने अपनी देह युवक को समर्पित कर दी। मन का क्या था? वो किसी का नहीं होता। वो डरता और दहलाता। उसे हटा दो तो देह सुख देती। उसे सामने रखो तो देह भी सिकुड़ जाती। युवती ने मन फेंक कर देह फैला दी और देह के सुख में डूब गयी। इस समर्पण में

भी सुरक्षा थी। वह दिन किताब के पढ़े हुए पन्ने की तरह समाप्त हो गया और समय ने पन्ना पलट दिया। सदियों बाद शायद कभी वो दोनों उस पन्ने पर फिर लौटते और पुन: उसे पढ़ते। इस शाम को याद करते, अपने क़दमों के निशान ढूँढते, और फिर किसी तरफ़ मुड़ जाते।

छ: महीने बाद युवक और युवती उसी पार्क में बैठे थे। हवा में पतझड़ के पत्ते उड़ रहे थे। पेड़ों की ठूँठों पर कुछ पक्षी चहचहा रहे थे। आकाश पश्चिम में सिंदूरी रंगों से नहाया था। उनके सर के ऊपर कोई अदृश्य पेंटर जामुनी रंगों के ब्रश चलाता पानी के रंगों की तस्वीर बना रहा था। युवती उन तस्वीरों को बनते बिगड़ते किसी छोटी बच्ची की तरह देख रही थी। अगले ही पल ऐसा प्रतीत होता जैसे वह बच्ची नहीं कोई चाँदी के बालों वाली वृद्धा है और किसी पुरानी तस्वीर को याद कर रही है। वो बोलना तो जैसे भूल गयी थी। बिल्कुल ख़ामोश थी। पिछली बार कितना बोली थी। युवक को अपने होंठ उसके होंठों पर रख कर चुप कराना पड़ा था।

युवती की ख़ामोशी ने उनके रिश्ते को भी ख़ामोश कर दिया। युवती ने तो जैसे चुप रह कर सब कुछ स्थिर कर दिया। युवक ख़ामोशी तोड़ने के लिए विवश हो गया। उसके सभी शब्द वाक्य के अंत की प्रतीक्षा में आरम्भ में ही शिथिल पड़ गये। युवक को उस भारी-भरकम शिथिलता को भेदने के लिए कोई उपयुक्त शब्द नहीं मिल रहा था। वह क्या बोले? क्या उस पुराने माहौल में वे फिर कोई नया रिश्ता आरम्भ कर सकते थे? उसी शुरुआती नरमी के साथ? वहाँ जो भी था सूखे पत्तों की ढेर की तरह शुरू और ख़त्म होने की कहानी सुना रही था। वह तो भूल ही गया था कि युवती की वाणी कितनी मधुर थी और उसका चेहरा किसी नये खिले फूल जैसा।

वह भी युवती की तरह आसमान में देखने लगा। जैसे बादल में बनती तस्वीरों में उनके छोटे से अतीत के अंश ढूँढ रहा हो। जब पूरी तस्वीर घिरते अंधेरे में काली पड़ कर टूटने लगी तो युवक ने सब प्रपंच मानो त्याग दिए और एक साधारण मानव की तरह याचना भरे स्वर में कहा,

"मैंने तुमसे सम्पर्क करने की कितनी कोशिशें कीं। तुम ना कभी फ़ोन उठाती। ना मिलती। ना ख़त के जवाब देती ना कोई संदेश भेजती।"

युवती बिना जवाब दिए युवक को ख़ाली नज़रों से देखती रही। युवक ने आवेश से कहा, "क्यों? क्यों?" सिर्फ़ एक शब्द दोहरा कर उसने अपनी सारी भावनाएँ ऊढ़ेल दी। और क्या कहे कुछ समझ नहीं आया।

युवती के चेहरे के भाव वैसे ही शांत रहे। उसका भविष्य यादों के भार से झुक जाएगा। शायद शरीर भी। दर्द काले आसमान की तरह शाम की रंगीनी मिटा देगा। पर उसे जाना था। वह रुक कर कैसे अपने मन के शाश्वत पटल पर बनती रंगीन तस्वीर के एक-एक रंग मिटते देखती? युवक को उसकी शुरुआती दिनों की कल्पनाओं पर

धब्बे लगाते देखती? आरम्भ में जो सुहाने सपने देखे उनका मिथ्या अंत देखती? उसकी कज़रारी आँखें सर्दी की उस मोहक शाम की याद में डबडबा गयीं। वह उस आरम्भ को फिर आँखें बंद कर एक बार देखती हुई बोली, ''मुझे यह पता नहीं है कि क्यों, पर यूँ ही कभी-कभी, मैं ग़ायब हो जाती हूँ।''

सभी छः कहानियाँ ख़त्म हो गयीं। सुबह होने में बस एक घंटे का समय था। अभिसारिका ने कहा, ''आप सब अपनी कुर्सी से उठ कर दाएँ या बाएँ किसी भी कुर्सी पर बैठ जाएँ।''

सबने उठ कर जगह बदल ली। इला, नवीन, जितेश और अनामिका बिना ज़्यादा सोचे बस दायीं या बायीं तरफ़ हो गये लेकिन अरुणिमा और चन्द्रभान एक दूसरे के और पास वाली कुर्सी पर बैठे।

''आप सब अपने किसी ना किसी प्रेम की खोज में भटक रहे हैं। उसे पाने की चाह में या उसे पाने के बाद में थक गये हैं। वह मिले या केवल उसकी तलाश रहे? दोनों में कौन सा अनुभव सुखद रहा? आप ये भी तय नहीं कर पा रहे। अगर आप जगह बदल लें तो सामने साफ़ ख़ाली प्लेट मिलेगी। जगह आजू-बाजू जिधर भी हो उधर कुछ पहले का लिया हुआ मिटा कर नया शुरू किया जा सकता है। एक तरफ़ ज़्यादा बढ़ेंगे तो किसी की गंदी प्लेट मिलेगी। आपको क्या चाहिए आप जानें। एक घंटे बाद जैसा मैंने कहा था मेरे महल के द्वार खुल जाएँगे। इस छत के नीचे बाहर के कबाड़ से अलग आपको कुछ नया मिल सकता है या कुछ ऐसा जिसे पाने के बाद मिलने ना मिलने का कोई अर्थ नहीं रह जाएगा। बस अनुभव करना प्रमुख होगा। यहाँ हम केवल उत्सव मनाते हैं। पाने का भी और खोने का भी। थोड़ी देर हम चुपचाप बैठते हैं। आप निर्णय कर लें कि यहाँ रहेंगे या नहीं। दोनों ही विषय में कोई सवाल-जवाब नहीं होगा।''

सब सामने पड़ी ख़ाली प्लेट की तरफ़ देखते हुए अपनी अलग-अलग सोच में एक घंटे तक डूबे रहे। अभिसारिका पहले की तरह पीती रही और महल के हर हिस्से से उत्सव की मदमस्त आवाज़ें आती रहीं। दरवाज़ा खुला और बंद हुआ पर कोई अपनी जगह से नहीं हिला। दरवाज़ा बंद होते ही वेटर आया और ख़ाली प्लेटों में खाने का मेन-कोर्स सर्व करने लगा।

❑❑❑